[美] 成燕 著

南北极后，
还有远方吗？

中国国际广播出版社

用脚步丈量世界，用文字记录心灵

我和成燕不认识，是我的中学英语老师曹老师把我们俩拉到了一个群里。老师说，成燕写了一本书，希望我读一下，看看能否写个序。

于是成燕就把书稿发给了我，我一看是一本关于旅行的书，确切地说是一本她自己的游记。书的名称是《南北极后，还有远方吗？》。我对于旅行是极其感兴趣的，何况南北极我自己还从没有去过，于是抱着先睹为快的心情，把电子书稿认真翻阅了一遍。整本书主要包含了成燕和她女儿一起去南极、北极、非洲还有北欧等地的经历，文笔轻松日常。生命留痕，对生命轨迹的记录，尤其是可读并有趣的记录，是我很喜欢的一种文风。

成燕并不是专门从事写作的。我收到电子书稿之后，向她要简历，她给我发来了短短几行字：1977—1979年，江苏常熟师范学校，英语大专；1979—1985年，江阴市第一中学，英语老师；1985—1987年，江苏教育学院，英语本科；1993—1995年，美国亚利桑那州立大学，ESL（以英语为第二语言）硕士研究生学位；1995—2007年，美国安顺航空安全器材总公司（AMSAFE INC）亚太地区销售总监；2007—2015年，美国联合集团房地产公司（UNI Groups Realty）房产投资经理；2015年退休到现在。这份简历给我带来很多亲切的回忆。她去的常熟师范，是我考大学时梦寐以求的学校，可惜1978、1979年连续两年都没有考上。而她工作的江阴市第一中学，正是我考大学的第三年上补习班的地方。据她说，她还配合曹老师一起教过我们几次课，但我确实不记得了。如果真是这样，她也曾经当过我的老师了。

从她的简历，我们可以看出一个人上进和心态平和的人生。上进，是不放弃追求更好生活的机会，从专科到本科直到美国去读硕士研究生，这是不放弃自己的证明。在江南水乡那块富裕的土地上，人们很容易安于现状，但成燕依然冲出中国，走向了世界。心态平和，是说她追求的不是荣华富贵，而是丰富且有趣的人生。在退休后，在并不真正富有的状态下，能够用从容的心态周游全球，远达南北极，就是一个人内心丰富的最好证明。

退休后到处旅行的人并不少，但绝大多数人都是留下照片，便走向下一个景点。当然，这也无可厚非，毕竟也是一种姿态："鸿飞那复计东西。"但留下文字、留下思考，人生自然就多了一层丰富性，当年老到走不动的时候，翻看自己的文字，在夜深人静之时，在孤灯之下回顾人生，便有了温馨的依凭，可以自己对自己说一声，此生没有白走一趟。

江阴有个徐霞客。徐霞客对江阴的文化有着很大的影响。江阴人开放、包容、直率的个性，也许和徐霞客也有一定的关系。但最大的影响，也许是江阴人对于地平线之外的世界的渴望。我知道的江阴人中，不少人都有"朝碧海而暮苍梧"的情怀，或游走他乡，或勇闯天下。我自己也算是其中之一，从小就希望像徐霞客那样走遍中国，长大后扩展成为走遍全球。尽管因为俗务的羁绊，到今天也没有走几个地方，但内心那份不死的激情和向往还在。但凡有一天可以脱离世俗的纠缠，我必当背负行囊，毫不犹豫地上路。

我想，成燕可能也是这样的心态。只不过她已经毫不犹豫地上路了，而且走得那么远。我觉得，她的行走才刚刚开始，未来会走出更多的奇遇，写出更多美好的文字。今天大家读到的这本书，也许是她新的人生开始的信号。

祝福成燕，一路走出更多的精彩。用脚步丈量世界，用文字记录心灵。

俞敏洪

目　录

中东篇

北欧篇

南极篇

作者在联合冰川营地

南极之南，一生一次南极点

世界上最南的地方却找不到南，这里每年只有一次日出和一次日落，全球70%的淡水都冻结在此，却又是世界上最干旱的大陆。这，就是南极点——南极洲最不容易抵达，最让人心醉神迷的一片"圣地"，也是我们这次"远征"的目标。

5年前我乘船前往南极，用了20多天游览了南极三岛，游程结束后才发现，这次所谓的南极行只是到了亚南极，仅仅触碰到了南极的边缘，还未到达南极内陆。那次南极行既没有到达南极之南的南极点，也未接触到南极内陆真正的主人——帝企鹅，算是尚未真正一圆南极梦。

从此，南极点、南极内陆和帝企鹅就一直是我心心念念的一个梦想。

是啊，旅行哪来的完美，每一次的出行都会留下一些遗憾，欲想弥补遗憾，唯一的办法就是再去、再去……

天气变幻莫测，飞行充满悬念

我们此番去南极点的行程始于智利最南端的蓬塔阿雷纳斯（Punta Arenas）。这是我们二访蓬塔阿雷纳斯了，上次它是我们徒步智利百内国家公园W线路的中转站，这次又成了我们去南极点的中转站，我们和蓬塔阿雷纳斯实在有缘。

在机场接机的是组织这次旅行的南极后勤与探险公司（ALE）派出的年轻司机和一位年长的女学者，女学者自我介绍是来自新西兰的生物学家，名叫凯丽·简，也是我们这次探险旅行的向导之一。

我正嘀咕着探险公司怎么会派一位老人来当探险向导，一旁的女儿已经在手机上"嗒嗒"轻敲，几秒钟后悄声说，这位已经70多岁的凯丽·简女士可不简单，她倾尽一生研究企鹅，是世界上赫赫有名的企鹅专家。哦，原来是我以貌取人，有眼不识泰山哪！我干咳几声掩饰自己的尴尬，对这位貌不惊人的简女士肃然起敬，无比敬仰。

看上去和蔼可亲的简女士检查我们的行装时铁面无私，毫不留情。我带的手套、夹层外套，女儿的防雪眼镜、加绒裤均不合格，统统被简女士淘汰并要求重新购买。

不怪简女士的要求苛刻，因为飞向南极点是一次不可预计的旅程。虽然南极现在开始进入夏季，一般情况下气候非常干燥，天气晴朗，但若遇强风，可以使温度骤降至−30℃。南极点的温度本就很少能达到−25℃以上，加上大风，风感温度能达到−40℃。

这个一直是众多探险爱好者向往的地方，却也是一个终年被冰雪覆盖的不毛之地，这里是全世界风力最大、最冷、最遥远、最荒凉的地方。我和女儿只能乖乖就范，按简女士的要求重新添置。

ALE公司在蓬塔阿雷纳斯最受欢迎的餐厅请所有团员享用当地特有的名酒和据说是全世界最好吃的烤全羊，同时也介绍了16名探险队友相互认识。我们母女俩加上另外2名美国队友，1名西班牙队友，其余的11名队友都来自中国，祖国强大就是好啊！

我们领取了世界上独一无二的企鹅登机牌后就开始焦急地等候，因为ALE公司让我们在当天晚上7—8点等待飞行通知，如果联合冰川营地天气正常，我们就有可能提前在夜间起飞。托运行李已经被运上飞机，一旦接到起飞通知，我们仅有半小时的准备时间，届时必须人包（手提行李）俱全，迅速登机。

根据简女士和我的约定，从晚上6点到8点，我每隔几秒钟就会瞄一眼手机，对一下我们俩的联络暗号，如果是"狗"——Go，就是飞，"不狗"——No Go，就是不飞，今晚就歇息了。

两个小时内，我被这"狗不狗"搞得心急火燎，两眼看得直冒金星，手机也被我捂得发烫。万万不能错过联络暗号，要是赶不上去南极的飞机，定会遗憾终生！

手机"叮当"一响，吓得我一颗"老心脏"扑通乱跳，看一眼手机，"不狗"啦！南极内陆联合冰川营地现在狂风暴雪，为确保安全，飞机今晚不能起飞。我们终于可以睡个安稳觉了。

南极腹地，联合冰川营地体验生活

"狗"了！第二天一早终于又收到了简女士的联络暗号。除了我们团队的

16人外，还有一个来自欧洲的4人团队，他们此行的目标是攀登"7+2"之南极洲最高峰——文森峰。

终于看到了要带我们去南极内陆的"巨无霸"——苏联的伊尔-76运输机，因为这个机场是军用兼民用的，我们被告诫不允许在机场拍照。

第一次乘坐军用运输机，我好似刘姥姥进了大观园，东瞅西看瞧热闹。这架伊尔-76运输机是客货混装的飞机，机舱内很简陋，前面坐的是乘客，后面则堆满了货物，舱顶上方布满管线，机头的大玻璃罩子后面就是驾驶舱，驾驶员和机组成员皆来自俄罗斯。

不知为何，乘坐上这架飞机总有些心惊胆战。出发之前我在网上查过，虽说伊尔-76运输机是20世纪70年代的老机型，但里面的所有机械电子设备全部更新换代过，绝对保证在极端环境下具有高度的可靠性。我戴上耳塞，已听不到震耳欲聋的发动机声，感觉非常平稳和舒适。

飞行4个半小时后，"巨无霸"安全降落在南纬79°的联合冰川营地独有的蓝冰跑道上。在南极大陆，出于环保，没有沥青和混凝土铺设的机场，积雪在冰川上被压实，结晶形成的蓝色冰层就成了天然的飞机跑道。

联合冰川营地是一处功能齐备的营地，一年中只有在11月到来年的1月期间运营，此地也是南极众多国家科考站的后勤保障中转站。

打开舱门，呼吸到了第一口南极大陆的新鲜空气，我顿时做深呼吸状，舍不得呼出。我们在下机前已穿好了全套防寒服装，舱外阳光明媚、风平"雪"静，南极大陆以它难得的好天气，真诚、热情地迎接了我们。

下机后大家尽情照相，弥补上机前的遗憾。停机处距离营地几公里，大家钻进雪地车，ALE公司派出全程陪同我们的探险向导王尔晴女士向我们做了简单介绍。20多分钟后，我们来到了联合冰川营地。

联合冰川营地被雄伟的山峰环绕，周围一片皑皑白雪，在这浑然一体的纯白世界里，天地无缝对接，美景摄人心魄。

我们搭乘的苏联的伊尔-76运输机

世界上独一无二的蓝冰跑道

联合冰川营地被雄伟的山峰环绕

作者女儿在联合冰川营地滑雪

游客服务部经理助理是来自阿根廷的Gordo，我为他取了个中文名叫"高度"。他带领我们绕营地一圈，介绍营地的各类设施和相关规定。与我们游客直接相关的活动区域包括餐厅、会议室、图书馆、住宿帐篷区、厕所、浴室和卫星电话亭。他尤其重点介绍了洗漱淋浴间和厕所的使用方法。

分配给我和女儿的帐篷还有个名字，叫Bajaj，这是个印度人的名字，是印度第一位于1989年徒步750公里登陆南极点的探险者。双人帐篷十分宽敞舒适。联合冰川营地此时有160位工作人员，我们与工作人员共同用餐并合用卫生间。

饭菜虽然可口，但我很不习惯使用这里的卫生间。在南极上厕所，大小便必须分开，而且这里没有抽水马桶。因为南极不能留下任何垃圾，大小便分开主要是便于用飞机运回智利处理。

由于排泄物不能用水冲掉，因此卫生间里安置了两个并排的坐式马桶，一为"小号"，二为"大号"。解决完"小号"，立马得坐上另一个马桶解决"大号"。有时蹲了半天好不容易才有那么一点点"大号"来临的感觉，却被另一个马桶盖的刺骨冰冷刺激得无影无踪，有时在"大号"时突然又想要"小号"，那还得重新来过。如此这般，屁股移来移去，"大小号"纠缠不清，大脑中枢神经指挥系统完全失灵。

半夜里还得学会忍内急。前一晚我因内急起夜，忍了半天实在忍不住了，冒着零下十几度的低温穿衣外出，再回到帐篷时，脑袋被冻得异常清醒，翻来覆去，一夜无眠，还差点感冒，所受折磨的程度远比忍着更甚。无奈只能取出带来的塑料瓶子，在帐篷里将就着用瓶子解决了"小号"问题，搞得我叫苦连天，被这"大小号"逼迫得差点内分泌失调。唯有尽可能地自我控制，少吃喝，才能少拉撒。

浴室有3个小间可供洗澡，按要求是每2—3天洗一次，每次只能用一桶水，得自己先去外面铲半桶雪再加上热水，然后把洗头膏、沐浴液胡乱一通涂抹，再用唯一的这桶水冲洗，女儿说此为"军事化洗澡"。不过，相比攀登乞力马扎罗山时的8天8夜不能洗澡，我们已经非常满足了。

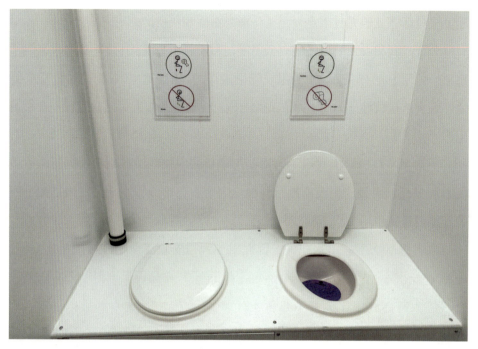

世界上最奇特的如厕方式

这里其实并不缺水，这样做是为了环保。废水也不能随意排放，而是要统一包机运回智利处理。南极大陆是一个生态极其脆弱的地方，所以，任何不属于南极的东西，包括人的排泄物，都必须带出南极。

南极探险的过程异常艰苦，极寒天气下人的生存环境十分恶劣，在南极这个纯净之地，我们必须得遵守规矩，保护环境。

亲吻南极点，我心飞扬

为了在去南极点的飞机上尽量节省空间和重量，我们按要求把要带的东西分别塞进了防寒外套和外裤的口袋里，连背包都省了，时刻等候出发的通知。

去往南极点不是定时、定点、定线的行程，出发时间随时可能会有变化。此时此刻，飞行员是绝对的"老大"。飞行员会根据南极点的特殊气候与冰山状况等大自然环境、行程中的安全考量以及国际管理组织的相关规定等，来研判各种情况做机动调整，最后决定何时起飞。这是南极的不可预测之处，也是它的魅力所在。这和我们第一次南极行一样，船长是"老大"，任何人都不得提出任何异议，必须绝对听从安排，无须解释，没有理由。因为在南极，你永远不要和天气作对！

晚饭后集中时小道消息满天飞，各路人马各显神通，有人说当天半夜就会飞去南极点，也有人说明天一大早才起飞，更让人紧张兮兮的消息是两个小时后就出发，即当晚10点就有可能起飞。我故作神秘，也报了个消息：我们将于明天下午2—3点飞去南极点，当天半夜11—12点返回联合冰川营地。

探险队员们将信将疑，我信誓旦旦，保证消息来源绝对可靠。刚才晚餐时我与坐在旁边的一名年轻的金发美女相谈甚欢，尤其是聊到各自攀爬乞力马扎罗山的经历时更是惺惺相惜、互为知己。晚饭结束告别时，金发美女嫣然一笑，柔声细语道，明天下午再见，我带你们飞去南极点！

我吃惊得下巴差点掉下来，手里一个没捧稳，茶水洒了一桌子。一晚上交谈下来，原来这个来自加拿大的才24岁的姑娘正是要带我们去南极点的飞行员。她是那么年轻美丽、温柔谦虚，完全不是我想象中高大严肃的飞行员的样子。这，就是南极，英雄不问出处。

第二天下午，我们准时登上飞往南极点的DC-3飞机。驾驶舱中的美女飞行员微微一笑，算是和我打过了招呼。历时3小时40分钟，12月1日下午5点，我们终于实现梦想，抵达了魂牵梦萦的海拔3400米的南极点。

探险队员们出发前往南极点

DC-3飞机带我们飞往南极点

从飞机上往下看到的南极大陆

南极点同样以极地难得的好天气接待了我们，-27℃，雪静风平，阳光灿烂。更神奇的是，我们下飞机的那一瞬间，天空中出现了甚为罕见的日晕（Sun Halo）。这是一种大气光学现象，是日光通过卷层云时，受到冰晶的折射或反射而形成的。我们看到，在太阳周围出现了几个以太阳为中心、内红外紫的彩色光环，这种日晕围着太阳的壮观景象，给人一种天地日月尽在眼前的感觉。我们何其荣幸，来到世界最南端享受大自然如此神奇美妙的景色！

我们先来到最著名的南极点地标——水晶圆球。地标后面随风飘扬着12个《南极条约》签约国的国旗。《南极条约》于60多年前，也就是1959年12月1日正式签署，这是一个伟大的、互利共赢的、和平利用南极的条约，是人类用理智战胜贪婪的杰作：南极不属于任何国家，南极是全人类的！

下飞机的那一瞬间，天空中出现了甚为罕见的日晕

水晶圆球地标后面随风飘扬着12个《南极条约》签约国的国旗

这一刻的心情，无法形容。除了惊叹，除了跳跃，什么都不用多说，什么也说不出口。

这里是百年来探险家们竞相前来追求梦想的地方，发生过许多伟大的冒险故事，百年前阿蒙森和斯科特的英勇事迹，至今仍为后世传颂。这里也是当今探险爱好者梦寐以求的终极目标，不仅因为其特殊的地理位置使普通人难以抵达，更因为资源稀缺，全球每年仅有不到200名探险旅行者前往。

我抱住水晶圆球，好似触摸到了阿蒙森和斯科特刚毅、坚韧、勇于献身的探险精神与灵魂，不禁轻轻地拥吻了一下水晶圆球……亲吻南极点，我心飞扬！

在南极点跳跃

与最著名的南极点地标——水晶圆球合影

　　我们又来到地理南极点90°标志——银亮极地纪念圣杯和竖立在美国国旗旁的探险立牌。女儿拿着GPS从南极点纪念标志继续向南走几步，当"S"的读数变成"90"，即南纬90度的时候，就是世界的尽头了。从这里开始，所有的方向都是北。

　　南纬90度是地理南极点，是地轴的南终点，南极点并非南极冰盖的最高点，覆盖在南极点上面的冰雪以每年10米左右的速度移动，所以，科学家们每年都要在1月1日重新勘定南极点的最新位置，立上标杆。

　　探险向导小王告诉我们，一年一度的立标活动非常隆重，所有在南极点的科学家和工作人员都会来到最新的南极点出席庆祝活动，并享用一杯用全人类最古老的、已有万年历史的冰块调制出来的冰激鸡尾酒。

　　很好奇这冰激鸡尾酒到底是什么味道，虽然我们无缘享用这鸡尾酒，但我们有来自祖国广东的探险队员特意带给大家分享的白酒。白酒很快开始发力，几名中国队友脱帽脱衣"high"起来，赤膊跳跃。在-27℃的极地，他们是真正的英雄好汉！

我不会喝酒，但我仍高举白酒与南极点合影。在这个世界上最遥远的地方，也是离生命最近的地方，体验大自然的博大和人的渺小，懂得什么是敬畏，什么是无常，什么是永恒；在这个既无方向、亦无时间的世界尽头，留下自己坚实的身影。

王导让我们绕着南极点转几圈，说是只要绕着南极点走一圈，就相当于环绕地球走了一圈。我连续绕了十几圈，开始头晕目眩、脚步踉跄，已然忘却了自己正身处海拔3400米的高原上。

呼啦啦地连轴转，我已经绕地球十几圈了，再伸出一只脚在西半球，另一只脚在东半球；一个转身就是环游世界，一边是今天，另一边是明天，迈出脚步向前又能回到昨天……哈哈，真是晕了、醉了！

与南极点的探险立牌合影

南极点，阿蒙森和斯科特的探险传奇

我们此刻正站立在南纬90度的南极点上，飘扬着的美国国旗旁边竖立的探险立牌上刻着：南纬90度，地理南极点，罗尔德·阿蒙森1911年12月14日（抵达南极点），斯科特1912年1月16日（抵达南极点）。

在南极大陆上，记载着前辈英雄们如群星般闪耀璀璨的南极探险史和探索陌生大陆史诗般的传奇故事。100多年来，无数科学家、探险家挑战自我，挑战人类的极限，一代一代前赴后继地用生命谱写伟大的传奇。其中最为著名的就是英国探险家斯科特悲壮地以生命为代价，与挪威人阿蒙森展开的那场20世纪著名的南极点角逐。

挪威人阿蒙森最初的想法是征服北极点，为此精心准备了4年。他正准备出发时，传来消息说美国的皮尔里已经抢先一步抵达北极点了。阿蒙森立即把目标改为进军南极点。

阿蒙森的探险队共有5个人。他们驾着由52条雪橇犬拉的4架雪橇，满载给养，向南极点风驰电掣而去。每向南110公里，他们便搭建一个仓库，存贮充足的食品和燃料。为了防止迷失方向，他们每隔一段距离就在雪地上插一个标杆。

阿蒙森探险队进入南极腹地之后，遇到了重重困难，冰裂缝越来越多，一不小心就可能殒命冰海。在离南极点550公里的时候，一路上坡，暴风雪肆虐。阿蒙森决定，从活着的52条狗中选出18条壮犬分拉3架雪橇继续向前，剩下体弱的雪橇犬忍痛杀掉充当食物。雪橇犬们在枪声中倒下，阿蒙森和队友们伤心落泪。"一定要赶在斯科特之前！"这个无比坚定的信念激励着他们坚持向前。

1911年12月14日下午3点，阿蒙森探险队终于抵达南纬90度，成功站在了南极点上。准备充分，策略得当，阿蒙森成了人类历史上第一个登上南极点的人。他们唱起了挪威国歌，5双手共同抓牢旗杆，把一面挪威国旗升到了南极点上空。

当挪威探险队员在南极点庆祝胜利的时候，斯科特率领的英国探险队还在暴风雪中挺进。

按时间表，本是英国人斯科特占了先机。他比阿蒙森早出发了两个月。而且，他之前进入过南极大陆，对南极大陆比第一次前往的阿蒙森了解得更详尽、透彻。从整体情况看，当时斯科特优势明显。

斯科特探险队拉雪橇用的西伯利亚矮种马适应不了严寒，一匹一匹地死去了，最后只好用人力拉雪橇，前进速度大打折扣。暴风雪、冻伤、体力下降，打击一个接一个地向队员们袭来。

一个月后，斯科特和队友们在南极点周围看到了挪威人留下的雪橇、雪板与狗的印记，显然对手走到了他们的前面。这是多么沉重的精神打击啊，有的队员精神几乎要垮掉了。

"前进！"斯科特嘶吼着。1912年1月16日，他们终于抵达南极点并发现了阿蒙森留下的帐篷和给挪威国王及斯科特本人的信。众人一下子从欢乐的巅峰跌至惨痛的深渊，他们把英国国旗插在帐篷旁边，成了到达南极点的亚军。斯科特在日记中难以抑制失败的崩溃情绪："天哪！这是什么鬼地方，真可怕，我们为之苦苦拼命却得不到优先的回报！"

在回程途中，他们遭遇了连续肆虐的暴风雪。坏天气、冻伤病、坏血病、挫折与沮丧感彻底击垮了他们的疲惫身躯，再加上来之前的一些判断失误，例如把食物站设在较远的南纬79度而不是原计划中更靠近南极点的南纬80度，而他们恰恰在走到南纬80度时弹尽粮绝，斯科特和队友们全军覆没，一个个悲壮地离去，将理想连同生命留在了无垠的南极冰原。

阿蒙森和斯科特的英勇事迹可歌可泣，为了永远地纪念他们，1957年，

美国阿蒙森—斯科特科考站的科学仪器

美国在南极点建立的科考站被命名为阿蒙森—斯科特科考站。人类历史上的大多时候，只有第一名才能享受所有荣誉，第二名则注定黯然退场。但斯科特虽败犹荣、虽死犹生，他们两人都是后世人永远纪念的英雄。

美国阿蒙森—斯科特科考站近在咫尺。但以前一直向游客开放的科考站于5年前停止接待游客，我们只能在科考站外面兜兜转转，难以一睹里面的真容。无法参观了解人类建立在世界最南端的科学实验室，对我们来说真是相当遗憾。

去南极，不是旅游是探险

如美女飞行员所预料的，我们在当晚11点多平安飞回联合冰川营地。至此，我们的南极探险活动完成了一半。

探险界有一种说法：南极探险，尤其是南极点的征程，这是除了到月球之外最危险的旅行。因为南极大陆的腹地仿佛冰雪的沙漠，是一片生命的禁区。

我们从南极顺利返美后的第二天，这次南极行的队员，来自中国河南的头条记者陈先生在群里发了一则消息：2019年12月9日，智利军方的C-130大力神飞机在飞往南极基地的途中坠毁，飞机上的17名机组人员和21名乘客共38人全部遇难。我上网搜索发现，此飞机飞行的线路与我们从智利到南极内陆联合冰川营地的飞行路线有很多重合之处。

自古至今，南极大陆的探险向来是壮怀激烈的，也因此，在出发前，组织这次旅行的ALE公司在合同上特地注明，这次去南极点和访帝企鹅的活动不是旅游，而是探险。这次旅行充满各种风险，ALE公司让我们签署了"生死条约"，旅途中万一发生任何事故和不测，ALE公司概不负责，皆由我们自己承担。我们是花大钱买风险，咎由自取，谁让我们自己乐意去呢？

无比庆幸我们这次是顺利去、平安归，圆梦南极点，这个全世界旅行者梦想的终极目的地。我们飞行几个小时，来到了早期探险家阿蒙森和斯科特需要艰辛努力几个月，冒险跋涉甚至可能付出生命的代价才有可能抵达的南极点，实现了我们的人生梦想。

当我们站在南纬90度，这个地球的最南端，眺望远方时，仿佛看到了100多年前的阿蒙森和斯科特的探险队正在跨越这片白色冰冻的大地，朝着我们艰难跋涉而来……人类的历史一下子变得鲜活起来，我们分明正在亲身经历、感受这种激励了整个世纪的、人类对南极的探索和科学研究的决心，以及探险家们为发现新事物而不屈不挠、英勇献身的精神。

南极点，神话一样的梦幻之地，一生一次，必将是我永恒的回忆！

用雪堆成的冰雪马拉松，准备迎接即将在南极洲举行的马拉松比赛

作者与帝企鹅的合影

南极之南，赴一场与冰雪世界的精灵——帝企鹅的约会

　　天荒地老有多久？人类漫长的文明史，比不过一只帝企鹅的家族记忆。

　　这次南极之行的另一个心愿，就是赴一场与冰雪世界的精灵——帝企鹅的约会。

　　世界上约有20种企鹅，全部分布在南半球，以南极大陆为中心，北至非洲南端、南美洲和大洋洲。南极企鹅有近1.2亿只，分为7种：帝企鹅、帽带企鹅、阿德利企鹅、金图企鹅、王企鹅、喜石企鹅和浮华企鹅。这7种企鹅都在南极辐合带以内繁殖后代，其中前4种在南极大陆上繁殖，后3种在亚南极的岛屿上繁殖。

几年前，我乘坐探险游轮海达路德号游览了南极大陆边缘的南极三岛：马尔维纳斯群岛、南乔治亚岛和南极半岛，20天的行程中有幸看到了7种企鹅中的6种，独缺帝企鹅。

帝企鹅生活在终年冰封的南极洲南部，常规的南极三岛行程难以一睹"帝颜"，从此我开始不断思念，期盼着哪一天能实现这个心心念念的愿望……

飞赴帝企鹅营地

这一次，我终于有幸深入南极腹地。我们的旅行公司——ALE公司安排我们入住他们公司在南极的大本营——联合冰川营地。

身处南极腹地的联合冰川营地坐落在接近南纬80度的地方，四周一片皑皑白雪。

现在，我们脚下不再是探险游轮或岛屿，而是2000多米厚的冰川，感觉虽然奇特，心中却无比踏实，因为身处此地，与帝企鹅又拉近了距离。

听联合冰川营地客服部经理卡洛琳说，刚刚离开的上一个探险团原计划在帝企鹅营地逗留3天2夜，但由于南极不可预测的恶劣天气，飞机无法起降，只得被迫在帝企鹅营地度过了11天，不仅回程机票作废，所有的旅行计划也都被打乱。我们不免心中忐忑，唯求老天爷保佑我们有个好天气。

南极天气变幻无常，任何两天都不会有一模一样的天气。因此，我们的预定行程计划无法定时、定点、定线。

即使前一晚公布了隔天的预定行程活动，第二天也会临时调整。就算大本营晴空万里，就算有那么多专业的科学家和后勤服务团队，但南极大陆瞬息万变的天气也能让已经加速上跑道的飞机立刻折回。这是南极的不可预测之处，也是它的魅力所在。

好在老天爷给力，第二天阳光明媚，联合冰川营地和帝企鹅营地两边的天气皆适合飞行。

卡洛琳经理午饭前笑吟吟地通知大家做准备。下午3点，16名队员加上2位探险向导分乘3架螺旋桨小飞机飞往威德尔海（Weddell Sea）海岸深处的古尔德湾（Gould Bay）帝企鹅栖息地。

这次执飞我们6人的飞机的正驾驶又是一位美女飞行员。她从容淡定，飞得十分平稳。

从联合冰川营地飞往帝企鹅栖息地共需要约3小时40分钟，螺旋桨小飞机人货混装，不设厕所。根据要求，我们每人携带的随身手提包里装有一个大号塑料瓶充当"临时尿壶"，以防万一。

登机后，我仔细观察了一下飞机内部，座椅和行李塞得满满当当，就算真有个"万一"，也已经无地方可充当"临时厕所"，更何况得在众目睽睽之下解决，那真是要多尴尬有多尴尬。所幸自己有备而来，"戒水"一天换来将近4小时无内急，哈哈！

千辛万苦，换来"一睹帝颜"

ALE公司把帝企鹅营地建立在大海的海冰上，也就是3.5米厚的冰架上。营地只在每年的11月至12月中旬开放。这是因为11月之前这里太冷，无法建营，12月中旬过后，由于温度升高，海洋活动加剧，冰面不能承受飞机起降，还会产生很多冰裂缝，十分危险。这也是为什么我们18人要分乘3架螺旋桨小飞机过来。每年只有不到2个月的时间可以建营看帝企鹅，在这段时间内，营地一般会接待4—5批人，我们是今年的倒数第二批。

帝企鹅营地的规模与联合冰川营地相比"袖珍"了许多，一次只能接待十几个人，帐篷也比联合冰川营地的小了很多。

不太习惯这种只能住一个人的帐篷，它的入口太小。若按正常情况，进出应该没问题，但现在我们里外穿着多层衣服，个个包裹得像只圆滚滚的企鹅，很难钻进去，只能从帐篷外侧着身子滚进去，出来时得再滚出来，新奇又辛苦。

而此地的厕所条件就更差了，除了与联合冰川营地的厕所一样，"大小号"分开外，这里的男女厕位各一间，还必须得等"大小号"装满了才能换新的漏斗，如果不是零下十几度的低温掩盖，早已臭不可闻。

我们现在所处的位置再过一两个月之后就会变成海洋，所以载我们来的这3架螺旋桨小飞机自始至终在营地陪伴着我们，可以随时应急。万一发生冰层断裂的紧急情况，就立刻用飞机营救我们出去。

帝企鹅营地的营长、身高一米九几的汉娜（Hannah）女士带领大家参观营地并讲解了营地的日程安排和安全须知。

汉娜营长非常了不起，曾经创造过女子徒步抵达南极点的最快世界纪录。直到两年前，瑞典人乔汉娜（Johanna）打破了汉娜营长创造的世界纪录。有趣的是，乔汉娜后来也被ALE公司录用，成了汉娜营长的同事，这个世界可真小！

汉娜营长宣布了观赏帝企鹅的纪律并反复叮嘱大家，一定要与帝企鹅主动保持5米以上的距离，绝不要给帝企鹅喂食，不要抚摸它们，更不能大声喧哗，以免惊扰它们，也不得追赶、触碰它们，不能做任何可能伤害到它们的事情，等等。

晚上9点，每个探险队员全副武装，戴好防风镜，把相机等随身物品都安放在雪橇上，将拉雪橇的绳子绑在腰部，扎牢捆紧，再拉上雪橇，跟随着带领我们的探险向导，踏上一望无垠的纯白色大地，向着帝企鹅栖息地开拔。

沿着插好的路标才徒步了不到1公里，前面踱来几只帝企鹅，好奇地张望着我们。队员们觉得稀罕，蜂拥而上，摆出各种姿势与它们合影。

我在一旁默默观赏。第一眼，好惊艳！正是我梦里那个冰雪世界的小精灵！

帝企鹅营地的营长、身高一米九几的汉娜女士

冰雪世界的小精灵

天边柔和的光线照亮了帝企鹅胸前那片
橙黄色的羽毛

这几只帝企鹅翅膀为黑色，腹部为白色，好似身披黑白分明的大礼服。喙呈橙色，脖子底下有一片橙黄色的羽毛，向下逐渐变淡，耳朵后部最深。两道金色的环形条纹围绕着颈部一周，全身色泽协调，雍容华贵。

目测这些帝企鹅差不多身长120厘米，体重45公斤。此刻，天边柔和的光线照亮了帝企鹅胸前那片橙黄色的羽毛，熠熠生辉，让帝企鹅显得格外高贵。

一只成年帝企鹅摇摆着向我走来，在距离我很近的地方停下，我能清晰地看到它的样子。我被眼前这只漂亮又富有"帝王风范"的成年帝企鹅深深吸引，不仅因为它的罕见和好看的外表，还因为当它高抬长颈脖，深深看向我的那一刻，总有一种说不出的深沉和浓郁的悲伤情绪……

前方就是帝企鹅栖息地，上千只帝企鹅排队列阵，好像一支训练有素的队伍，排成距离、间隔相呼相等的方队，面朝着同一方向，阵势十分整齐壮观。

上千只帝企鹅排队列阵

我们一步步走近，帝企鹅个个翘首以盼，好似等待着欢迎远方来客。

帝企鹅，世界唯一的你

帝企鹅，又叫"皇帝企鹅"，是南极洲最大的企鹅，也是世界企鹅之王。作为唯一一种迁徙到南极内陆、在严寒冬季繁殖后代的企鹅，它们是这片冰雪世界的真正主人。

我们眼前的这群帝企鹅正站在一片冰川的断裂带边上，有几百只之多。再远处，还能看到两个企鹅群。

越过千山万水，终于一睹"帝颜"，这些冰雪世界的精灵，是南极生存斗争中当之无愧的强者。

作者与帝企鹅群的合影

陪伴我们一路来到帝企鹅栖息地的是来自新西兰的70多岁的凯丽·简女士。她倾其一生研究企鹅，是世界上赫赫有名的企鹅专家。简女士之前已经为我们连续做了两个有关帝企鹅的讲座。

作者和企鹅专家凯丽·简女士的合影

　　在南极的夏季，帝企鹅主要生活在海上，它们在水中捕食、游泳、嬉戏，一方面把身体锻炼得很强壮，另一方面吃饱喝足，养精蓄锐，迎接冬季繁殖季节的到来。

　　4月份，南极开始进入初冬，帝企鹅爬上岸来，开始寻找"安家立业"的宝地。到达繁殖地一个多月后，雌帝企鹅会产下一枚淡绿色、重约500克的蛋，然后将蛋交给雄帝企鹅，就匆匆返回海洋。

　　此时雌帝企鹅的体重已经比原来减少了1/3，所以它们急需返回食物丰富的海洋，补养它们因生育而衰弱的身体。

　　考验企鹅爸爸的时候来临。雄帝企鹅用嘴将蛋拨到足背上，然后放低它们温暖的腹部，把蛋盖住。从此，雄帝企鹅便要弯着脖子、低着头，不吃不喝地站立60多天，承担起孵蛋的重任，靠消耗自身脂肪维持体能。

　　7月中旬到8月初的这段时间里，小帝企鹅们陆续地孵化出来。这时，雄帝企鹅才能稍微活动一下身子，然而雌帝企鹅还要在7—8周后才能回来。

初生企鹅的幼儿阶段，是在雄帝企鹅的脚背上和身边度过的，雄帝企鹅既是父亲又是保育员。小企鹅出生后，有时会饿得喳喳直叫，雄帝企鹅既心疼又着急，便伸几下脖子，试图从自己的嗉囊里吐出一点营养物来填充一下小企鹅的肚子。

雄帝企鹅有着独特的特性：尽管孵化期间禁食已久，他依然能在伴侣回来前从他的食道里分泌出一种固块物质来喂养出生的小企鹅，但这只能维持2周左右。一旦伴侣未归，生存的本能会让他抛弃小企鹅或者快要孵化出来的幼崽。

盼啊盼，企鹅妈妈终于回来了！当雌帝企鹅返回时，它们的嗉囊里装了不少食物，而且还非常新鲜，这是因为雌帝企鹅体内有一种特殊的抗生素，可以使食物3个月都不腐烂。

凭着生物的本能和鸟类特有的磁性定位测向的功能，雌帝企鹅准确地回到了它生儿育女的栖息地。凭着雄帝企鹅的叫声——企鹅通信和交流感情的语言，雌帝企鹅又准确无误地认出了它的丈夫，找到了它的孩子。

此刻，除了与久别重逢的丈夫亲热之外，雌帝企鹅最想的就是它的宝贝。它带给宝贝的第一件礼物就是一顿美餐。小企鹅见到了妈妈，本能地张开嘴巴，雌帝企鹅把嘴伸进小企鹅的嘴里，从自己的嗉囊里吐出一口又一口的流质食物，这是小企鹅出生以来的第一顿饱餐，也是它第一次享受到母爱。

雄帝企鹅把小企鹅交给妻子之后，也返回海里去觅食和补养身体了，此时它已显得消瘦，筋疲力尽。

从此，小企鹅就由雌雄帝企鹅轮流抚养。由于父母的精心抚养，小企鹅长得很快，不到一个月，就可以独立行走、游玩了。

企鹅专家凯丽·简女士说，我们现在所看到的小企鹅都已出生2—3个月，再过一个月就要开始脱毛并长出丰满的羽毛，当南极的盛夏来临时，它们将走向作为"捕食区"的大海，宣告独立成长。

汉娜营长生气了

第二天一早，平时乐呵呵的汉娜营长一脸严肃，向来欢声笑语的生活营区也有些压抑。

原来，昨晚第一次探访帝企鹅的活动出了些状况。

昨晚9点到凌晨1点，开放的是古尔德湾西侧的帝企鹅栖息地，从我们营地到帝企鹅栖息地单程徒步大约2.5公里，只要沿着插着黑色路标的道路前行，个把小时就能抵达。至于在栖息地待多久，可以根据各人不同的需求选择是否提前返回营地，我们母女俩和一个西班牙小伙儿3人是最后一批，由探险向导在凌晨1点前带回了营地。

但是，另外一名探险队员可能是没注意到路边插着表示禁止前往的三个"×"形小木桩，独自一人走进了没有开放的古尔德湾东侧的帝企鹅栖息地。

因为没有探险向导，这位老兄已然把汉娜营长之前反复强调的观看帝企鹅时必须遵守的所有规章制度抛到了九霄云外，直愣愣地走进了有着几百只帝企鹅的栖息地中心地带。

帝企鹅的主要天敌是贼鸥。此时此刻，面对突降的"天外来客"，小企鹅们惊吓得嘎嘎喊叫，四处乱窜。成年帝企鹅又何尝见识过如此之大的"贼鸥"？"大贼鸥"来袭，保护孩子的天性使它们顾不得自己的生命安危，同仇敌忾！

上百只成年帝企鹅凭本能从四面八方急速围拢过来，昂首挺胸，头颈和尖喙朝天不停地扭动，"嘎嘎嘎……嘎嘎"地不停对敌怒吼，用大嘴巴作为武器齐刷刷地瞄准了"大贼鸥"，对来犯之敌群起而攻之。

而面对眼前上百只成年帝企鹅准备"武力开啄"的黑压压一片的巨大嘴巴，这一刻轮到了探险队友惊慌失措，这辈子哪里遇见过这样恐怖的大阵仗啊！再环顾被帝企鹅包围的处境，一时竟吃不准往哪个方向逃脱。

就在帝企鹅和"大贼鸥"双方僵持不下时，另一名探险队员也走错了方向，来到了东边这片未开放的栖息地。"大贼鸥"连滚带爬，立刻朝着同伴的方向冲出了帝企鹅的包围圈，脱危解困。

汉娜营长真的生气了。她把责任全部揽到自己身上，责怪自己安排疏忽，不断地自我批评。坐在我对面的西班牙小伙儿则表示了不满：一清二楚的3个"×"形木桩，怎么会走错？

当汉娜营长说到帝企鹅宝宝吓得四处乱窜、成年帝企鹅准备"开啄"的时候，我分明看到了她眼眶湿润、泪花翻转。不知为什么，我蓦地鼻子一酸，竟也有了想流泪痛哭的感觉……

同时，此地危机四伏，让汉娜营长尤其担忧探险队员的生命安全。

我们现在行走在大海的海冰，也就是3.5米厚的冰架上。冰层上暗藏着许多断裂的冰裂缝，随时有可能发生冰崩、雪崩，导致冰层开裂，可谓处处险象环生。大家必须按规定，沿着探险向导们已经反复勘探过、绝对保证安全并插上路标的道路行进，万万不可自作主张地来个"自由行走"，一个不小心掉进塌陷裂开的冰裂缝中，那就真的要葬身大海了。不敢想象，尽是后怕。

凯丽·简女士举手要发言。作为探险向导之一，她昨晚观察到了两个必须立即纠正的现象。

之一，刚开始开放的是古尔德湾西侧3个帝企鹅栖息地的其中之一，但有几个队员自作主张地走到了另外两个尚未开放、向导们还未来得及过去画好距离、插上隔离杆的帝企鹅栖息地，使得几个值班向导追来赶去地维护秩序、疲于防守。

之二，当一些队员花上一两个小时静静守候，等来帝企鹅们的好奇围观，人和企鹅正进行着近距离的亲密接触（人是静止不动的，企鹅随意）时，其他队友看到了，羡慕不已，便不顾不管地往里凑，把企鹅们吓到嘎嘎乱叫、仓皇逃窜。这样不仅惊扰了企鹅，也是对其他队友的极不尊重。

针对以上两个现象，汉娜营长罕见地提高了嗓音，重申了观看帝企鹅时必须遵守的规定和原则，并把遵守纪律的要求又提升了一档。比如之前规定每个人外出时要领牌和放牌，以示个人去向透明，在营地时牌子翻上，去帝企鹅栖息地时牌子放下。而从现在开始，除了原有牌子的翻上放下外，还得加上一条：出门前和回来后，每个人必须向汉娜营长做口头汇报。这样一来大家也"手忙口乱"，既要翻牌又要找汉娜营长汇报去向。

狂风暴雪，体验帝企鹅的艰辛生活

半夜醒来，听到外面狂风呼啸，感到帐篷似要被吹掉，我不禁有些紧张害怕。

来到生活营帐篷听汉娜营长说，今天气温骤降，快到−20℃，风速接近30米/秒，相当于每小时70—80公里。虽然帝企鹅栖息地仍然开放，但队友们都决定不出去了，连平时跟我们同进同出的西班牙小伙儿也摇头放弃。我和女儿相视一笑，只要栖息地开放，母女走起！因为我特别想目睹在南极恶劣气候下，帝企鹅们挤在一起，同心协力、防风御寒的场景。

母女俩顶着狂风暴雪出门了。这一刻冷风刺骨，嗖嗖的寒风刮起一尺多高的冰沙雪粒，吹打在脸上，又疼又难受。我空手前行，所有的随身物品都堆在了女儿拉的雪橇上。

昨晚，由于我的防风镜与近视眼镜尺寸不符，导致二镜互相"掐架"。为了防止发生雪盲，我把防风镜和近视眼镜托上又取下，手忙脚乱加老眼昏花，在雪地上一个打滑，不小心摔了个大跟头，跌倒时全身重心压在了先触碰地面的右手上，导致右手掌肿得像新鲜出笼的小笼包。更为悲催的是，之前脚底的暖宝宝没贴好，烫出了一个大水疱，真是祸不单行，双重打击。

雪地跋涉非常艰难，一浅一深，一步一个脚印，而被烫伤的左脚底更是疼得"步步钻心"。摔坏的右手也是"自身难保"，一甩一疼地帮倒忙，个中辛酸苦楚难以言喻。唉，这怎么比我们登顶乞力马扎罗山还要辛苦？

四周雪雾袭扰，能见度极低。雪地湿滑，我这个伤病员走得越发小心翼翼，步履蹒跚，就怕再次摔倒，闹个股骨或颈骨骨折之类的，那可真是麻烦大了。

带队的探险向导踩着滑雪板、拉着雪橇在前面走得龙行虎步、英姿尽展。他有时甚至奋力向前滑出些花样，再一溜烟地滑回来等候我们。

想起出发前汉娜营长告诉我们：You are in good hands.（你们在可靠人的手里。）我忍住脚疼和手疼，龇牙咧嘴又开心地笑了。

我们的向导叫南姆加·夏尔巴（Namgya Sherpa），尼泊尔夏尔巴人，是登山界的名人，攀登过世界无数的山峰，更是11次登顶世界最高峰珠穆朗玛峰，也曾率队登顶南极洲最高峰——海拔4897米的文森峰20多次，厉害吧？

跟随这样的"牛人"，我们母女俩也就大胆地往前走了！哈哈哈，漫天飞舞的雪花中飘来我们清脆爽朗的笑声！

风吼雪打，无法与南姆加交流，我只能向他投去无比信赖和崇拜的目光，同时在心中默默感谢汉娜营长给我们配备了最好的探险向导。

我们在南姆加规定的范围内放好便携式小椅子，采用企鹅专家凯丽·简女士的建议：不要东逛西看，这样会惊扰到帝企鹅，坐下来静静守候，静静地观赏帝企鹅的日常生活。你不能走向帝企鹅，但帝企鹅们可以走向你。

现在的帝企鹅栖息地中，有几十只成年企鹅看管着几百只企鹅宝宝。

来了，只见一个企鹅妈妈抖抖身上的雪花，摇着胖嘟嘟的身子不慌不忙地朝我走了过来，近了，更近了……

作者和登山名人南姆加·夏尔巴的合影

　　企鹅妈妈清澈的眼睛里对我没有一丝戒心，更无敌意。我和企鹅妈妈就这样相互端详，相看两欢。

与企鹅妈妈相看两次

有那么一瞬间，爱的暖流通过无线电波一股脑儿地传递给对方，企鹅妈妈弯头深情地看着我的那瞬间，我心头一颤，快冻僵的身子顿时变得热乎乎的。

估摸着我已通过"审查"和"验证"。企鹅妈妈开始"嘎嘎"呼叫，她的小宝贝——一只企鹅宝宝摇摇摆摆地向我和它妈妈靠拢。

这只小企鹅浑身毛茸茸的，毛羽略带灰色，眨巴着一对带内圈的黑眼睛，走起路来还有些东歪西斜。它抬头看我，无辜的眼神惹人怜爱。

小企鹅闻了闻我的雪地靴，抖抖小翅膀，觉得没什么新奇，估计也不能吃，还是去向妈妈要吃的。小企鹅依偎在妈妈怀里撒娇，母女俩长时间地看着我，不仅没有丝毫恐惧，反而对我充满了信任。

惹人怜爱的小企鹅

风雪凄迷，气温又下降了几度，南姆加适时地递给我一件冲锋保暖外套，看到我受伤的右手行动不便，他体贴地帮助我穿好，又退到后面默默守候去了。

我们身边的几只成年企鹅背着风雪，就地卧倒。更有一些成年企鹅围在外圈，企鹅宝宝们则往中心靠拢，它们和人类一样懂得协同作战，还懂得相互照顾，挤在一起防风御寒。

我对面前的帝企鹅们肃然起敬，因为亲身经历了南极险恶的自然环境后，见识到它们在这片苦寒之地，依旧心态平和，从不逃避，也从不抱怨，以它们娇小的身躯对抗并适应着大自然，生生不息。它们才是南极真正的主人，人类只是访客。

我们身边的几只成年企鹅背着风雪，就地卧倒

白雾弥漫、风雪呼啸中，仍有几只成年企鹅俨然警惕的哨兵一样，履行着自己的职责，左顾右盼地观察着周围的情况。

根据凯丽·简女士的介绍，我们眼前的小企鹅已经出生两三个月，开始独立行走和游玩。它们的父母为了给它们更多的营养，要去大海寻找更多的食物。因此，父母把小企鹅们交托给其他大企鹅看管。这样，就形成了企鹅"幼儿园"。

幼儿园的小企鹅们慢慢学会自立，开始尽快成长。小企鹅们有时会受到贼鸥的侵袭，这时，负责看护的大企鹅们会发出求救信号，招呼邻居们前来增援，共同抗敌。

小企鹅们非常活泼可爱，耐心地等待着父母归来。对于个别不守纪律、四处乱跑的小企鹅，负责看管的大企鹅们就会用尖喙啄一下它，让它归队。

出生两三个月，开始独立行走和游玩的小企鹅们

　　顺着南姆加手指的方向，我在风雪中抬头眺望，看到在通往大海的企鹅"高速公路"上，几只大企鹅一改平日里双翅撑开、双脚一摇一摆的走路方式，而是把呈炮弹样流线型的身体紧贴在雪地上，用四肢交替滑行，速度飞快。

　　原来是企鹅宝宝的爸爸妈妈们从大海里觅食回来，惦念着家里那嗷嗷待哺的孩子，归心似箭呢！

　　这几只从大海归来的成年企鹅滑到栖息地后站了起来，摇摆着身子走进企鹅群，一路"嘎嘎"地呼唤，开始从几百只企鹅宝宝的叫声中准确地判断出自己的儿女，并从"幼儿园"领回自家已经饿得饥肠辘辘的小宝贝们。

凯丽·简女士说，帝企鹅只喂养自己的孩子，别家的孩子可以帮忙看管，但绝不帮忙喂养，哪怕对方饿死。

　　女儿提醒我注意这几只刚回巢的大企鹅和其他大企鹅的区别。啊哈！这几只回巢企鹅吃饱喝足、膘肥体壮，圆滚滚的大肚子里必定装满了丰富的海鲜，想必它们的企鹅宝宝有福了，今晚吃海鲜大餐！

有只名叫鲍米的小企鹅宝宝

　　晚上，帝企鹅就在帐篷外与我们同眠，我在帝企鹅的"嘎嘎"声中入睡，好几次半梦半醒中还听到了帝企鹅们好似摇篮曲的催眠歌声。

　　第二天一早刚拉开帐篷的门帘，惊喜地见到两只帝企鹅来"叫早"了，仿佛童话般的梦幻场景。

两只来"叫早"的帝企鹅

汉娜营长早餐后宣布的消息让我们几个欣喜不已：由于联合冰川营地暴风肆虐，恶劣的天气不适宜飞行，我们在帝企鹅营地的行程增加了一天。

凯丽·简女士笑着对我和女儿竖起大拇指并啧啧称赞：这母女俩，每天出征三次，总是第一批开拔，最后一批回归，连最恶劣的天气也没有缺席，真是"探险队劳模"。

我被简女士夸得有些不好意思。其实是因为我们舍不得放弃哪怕一分一秒与帝企鹅们相处的珍贵时光。帝企鹅是最感动我的动物之一，它们为了繁衍生息，在-70℃的南极寒冬下蛋孵化，为躲避天敌，要走上一个多月到海里取食喂养幼崽，多么伟大！

我已经与这些冰雪世界的小精灵们亲密相处了两天，这里是它们的家，吵闹又和谐。我们用几个小时的守候，换来帝企鹅们的认可和渐渐包围，待我们最终融入帝企鹅群中时，我觉得自己仿佛就是它们中的一员。或许在我身边的这群帝企鹅眼中，我很有可能就是另一种企鹅呢。

伉俪情深

我们有幸目睹帝企鹅夫妇彼此依偎，两情相悦，对唱心灵之歌时的甜蜜模样，并伴随着一些滑稽有趣的形体动作，譬如扇动翅膀，相互鞠躬，或把扁平的长嘴一齐指向天空。

　　我还捕捉到帝企鹅"一家三口"令人感动的幸福相处情景：企鹅父母对小企鹅的疼爱、反刍哺育，小企鹅对父母的亲昵依赖……

帝企鹅"一家三口"令人感动的幸福相处

还有这一幕令我难忘：企鹅妈妈大张着喙，耐心等待企鹅宝宝把嘴探入自己咽部，让它啄食口腔内已经半消化的食物。大嘴衔小嘴，母子心连心！

大嘴衔小嘴，母子心连心

古灵精怪的小企鹅们

我们定格了小企鹅们步调一致、排队前进的可爱瞬间，还有小企鹅们憨态可掬、在一起调皮玩耍等的精彩场面，我们甚至目睹了一群又一群的企鹅宝宝在没有成年企鹅的带领下从一个栖息地迁徙到另一个栖息地的场景。

　　真是看不够啊！而如今，多一天与它们的相处时间，岂不是天助我也！

　　母女两人整装再出发！又一次行走在极昼明媚的阳光下，感受冰雪的美妙与无情；在灵动可爱的动物前，感叹生命的奇迹和动容！

　　这一次向我们开放的是古尔德湾东侧的帝企鹅栖息地，也就是第一天晚上出"事故"的那片栖息地。走近了，我又听到了帝企鹅呼唤伴侣、企鹅儿女呼唤父母的独特叫声。

　　帝企鹅是一种喜欢展示自己的动物，当你原地不动时，它们会慢慢走到你的跟前。它们并不怕人，相反对我们这些远道而来的人类充满了好奇，似乎在热烈欢迎着我们。

　　为了拍摄，大家都豁出去了。有的站着、蹲着，有的坐着、跪着，不停地按动快门，捕捉那些感人的瞬间。女儿干脆趴在雪地上大拍特拍。

　　好像是为了配合镜头一般，两只成年帝企鹅朝着我的镜头方向一摇一摆、笨拙迟缓地迈步过来，待我拍够了，又双双趴下，很优雅地用肚子滑起冰来，给我留下了十分难得的瞬间。

　　前方不远处，几只企鹅宝宝正围着一只已经死亡的小企鹅，一只成年帝企鹅走过去，驱散了围观的企鹅宝宝们。看到这个令人悲伤的场景，我不由得一阵心酸，潸然泪下。

　　每对成年企鹅每年只产一枚蛋，尽管小企鹅在家庭和集体的精心抚养和照料下，不断成长、健壮起来，然而，由于南极恶劣环境的压力和天敌的侵害，再加上缺少食物等原因，小企鹅的存活率很低，仅占出生率的20%—30%。

　　同行中的鲍米姐姐蹲坐在地上，出神地观看着企鹅群，已经许久未动。几只帝企鹅宝宝围了过去，眨着眼睛好奇地盯着她看，上下左右地仔细观察着。其中一只企鹅宝宝摇晃着上前，先闻闻鲍米姐姐的雪地靴，再用小尖喙啄啄她的手套，接下来的一幕让人既感动又意想不到：企鹅宝宝先把头枕到鲍米姐姐身上，再尝试着把整个身子翻到了鲍米姐姐的双腿上，眯上眼睛，叽咕几声，似乎在说，嗯，好舒服，先让我躺着歇息一会儿。

这一瞬间如此震撼美好！鲍米姐姐屏住呼吸，心跳如鼓，一动不动端坐着的平静外表下，内心深处早已像浪花一样欢腾，幸福的感觉无与伦比，热泪顷刻间溢出眼眶……

大约2分钟后，企鹅宝宝伸个懒腰，摇晃着起身，又好奇地闻了闻鲍米姐姐的冲锋外套，甩甩头，味道不熟悉呢。企鹅宝宝慢慢地从鲍米姐姐的大腿上跳了下来，似乎没过瘾，又重新来过……

我赶紧把相机对准了这个千载难逢的镜头，第一次因为看傻眼，漏掉了宝贵的拍摄机会。第二次要是再抓不住，岂不成为"千古罪人"，说不定会被鲍米姐姐"臭骂"一辈子呢！

这一瞬间如此震撼美好！鲍米姐姐屏住呼吸，心跳如鼓

企鹅宝宝似乎感觉到了我的手忙脚乱，晃晃悠悠地又来了第三遍，简直把鲍米姐姐的双腿当成游乐场的滑梯，玩上瘾了，也让我的相机、手机猛过了把瘾。

汉娜营长激动地跟鲍米姐姐来了个拥抱，一连串地祝贺："鲍米，恭喜你创造了一个世界纪录。这帝企鹅宝宝跳到你身上，认你做妈咪呢。"

凯丽·简女士则在一旁摇头，表示绝对"不可思议"，并说自己研究企鹅一辈子，第一次见证了帝企鹅与人类如此亲密的互动，以后要把这个案例放进自己对企鹅的科学研究里。

原来我们尚未回到营地时，我们的探险向导已通过无线电话现场直播了这个场景，激动人心的喜讯不仅瞬间传遍了帝企鹅营地，同时也传到了总部的联合冰川营地。所有人都在同一时间分享着我们的喜悦！

简女士告诉我们，首先，世界上每年只有极少数的一二百人有幸一睹"帝颜"；其次，观看帝企鹅有着极其严格的规范要求，而发生今天这样的奇迹，真的是极其不可能的。

简女士含笑问道："鲍米，难道你就是传说中的Emperor Penguin Whisperer（帝企鹅语者）？"

回到联合冰川营地，ALE公司的大老板尼克先生表示，只要鲍米愿意，联合冰川营地随时有一份工作给她。他颇为神秘地笑道："我猜你一定会再回来的，因为有只叫鲍米的帝企鹅在等待着你归来！"

保护帝企鹅

当与帝企鹅近距离接触时，我们会发现，帝企鹅的生活要求很低，但非常快乐，它们安居乐业，有自己的情感，有自己的家庭生活，和谐共处。

在冰天雪地的遥远的南极大陆，这种看起来有些笨拙的生物，年复一年在这里上演着充满希望与勇气的生命赞歌，令人敬畏。

数百万年来，帝企鹅经受住了南极黑暗的严冬、极度低温，以及豹形海豹等凶猛捕食者的考验，但帝企鹅种群依然面临着坎坷的未来。

世界自然保护联盟（IUCN）将帝企鹅列为濒危物种。截至2018年，大约共有238000个繁殖对，但科学家预计，到21世纪末，帝企鹅的数量可能减少多达33%。

帝企鹅是所有企鹅中对冰的依赖性最强的物种，它们在觅食、繁殖、抚育后代的过程中都离不开冰。帝企鹅是唯一一种在海冰上繁殖并在南极洲过冬的企鹅，其食物的主要构成是磷虾。

大多数南极磷虾工业捕捞都发生在近岸水域，并且与帝企鹅的觅食区域重叠。如果这些活动持续靠近近岸区域，且海冰覆盖率由于全球气候变化而不断降低，帝企鹅就必须到离聚居地更远的地方寻找食物。父母离开的时间越长，企鹅幼崽被掠食或饿死的可能性就越大。

人类必须建立海洋自然保护区，保护帝企鹅的食物来源和觅食场所，必须对渔业进行基于生态系统的管理，帮助减轻这些企鹅的威胁并保护它们走向未来。

在我们返回的途中，有一幅画面让我泪目：前方几十米远的企鹅"高速公路"上，有一只成年帝企鹅正在滑向大海觅食，它好似听到了我们雪中的脚步声，突然掉头，转过身来奋力滑向我们，然后站起来一直跟着我们走，目送着我们。

一段路程之后，它依然紧跟着。我心头一热，哽咽细语：送君千里，终须一别，回吧，亲爱的！

它似乎听懂了，久久地望着我们，缓缓地张开了它的双臂。它，也在向我们告别，神态中带着恋恋不舍。

不舍得！我们一步一回头，依依不舍地挥手。再见了，冰雪世界的精灵——帝企鹅！

张开双臂向我们告别的帝企鹅

联合冰川营地上空盘旋着吉祥的蘑菇云

南极之南，联合冰川营地群星璀璨

南极，是地球上最神秘、最遥远的梦幻大陆。直到18世纪，南极神秘的面纱才被人类揭开，然而极端恶劣的自然条件让人望而却步，至今这里依然没有常住人口。

这个终年被冰雪覆盖的不毛之地，从古至今一直是众多探险爱好者向往的地方。纵然有着千里苍茫的重重冰障、酷冷肃杀的凛冽寒气，却依然无法阻止前赴后继的探险者们坚毅的脚步和好奇的访问。

这里也被誉为勇敢者的天堂。我和女儿此番就尝试做回勇敢者，在挑战中寻找新的自我。

这次南极内陆之行，我们见证了奇迹。南极大陆亿万年的冰川，在漫长岁月中一次次崩塌，一次次重生，永无止境。

我们亲吻过南极点，踏足了100多年前阿蒙森和斯科特的探险队跨越过的这片冰冻的白色陆地。

我们触摸到了南极大陆的骨骼，那雄伟奇绝的南极山川，在一片苍茫中露出漆黑的山脊。

我们也欣然奔赴了与帝企鹅的甜蜜约会，目睹了数以万计的帝企鹅族群，在亿万年来无人常住的地方生老病死，安然生活，如同冰雪世界的精灵。

这一次次的冒险探索，都是通过ALE公司设立在南极腹地、坐落在接近南纬80度的联合冰川营地中转的。

欣然奔赴与帝企鹅的甜蜜约会

徒步象头山，探秘蓝冰湖

联合冰川营地是ALE公司在联合冰川上建立的南极探险大本营。

联合冰川营地位于广阔的联合冰川上，它地处壮观而偏远的埃尔斯沃思南部山脉，只有乘坐传奇的伊尔-76运输机才能到达。所有的旅客都从这世界上独一无二的蓝冰跑道上，踏出在南极洲的第一步。

联合冰川营地是一处功能齐备的营地，一年中只有在11月到来年的1月运营，这3个月是南极的夏季，也是南极探险的主要季节。

营地每年自10月开始搭建，来年的1月底拆除，一部分设备会运回南美，一部分设备则留在原地。营地不仅为客人提供向导体验，还可以作为物流枢纽，支持私人探险和各个国家的南极科考计划。

完美实现抵达南极点和探访帝企鹅的终极梦想后，我们仍有2天的时间在联合冰川营地度过。

成群结队的帝企鹅

客服部经理卡洛琳亲自陪同，带我们来到了营地附近的象头山。这座山因山峰形态看上去酷似大象的头部，因而得名象头山。

我远远望去，确实，那一块突出的山峰活脱脱就是大象的头部。

探险向导要求我们在雪地靴外再套上冰爪防滑套，大家徒步跋涉到了象头山的底部。

这里其实更像是火星上的一座荒凉山峰，除了我们，四周没有任何活物，只有被冰覆盖着的岩石和山脚下泛着幽蓝光泽的蓝冰湖。

别看这象头山看起来不高，我们仅爬到垭口就花了半个多小时。上面的风很大，刚站到垭口上，一阵狂风怒号，把我的近视眼镜吹落到岩石上，两个镜片顿时"一拍两散"。这下惨了，我得像个半盲的人那样摸着前行了。

我深深体会到了半盲的痛苦，但也不能说一点好处都没有，起码看远方、观近景皆有一种朦胧之美。

象头山

像是火星上的一座荒凉山峰

探秘蓝冰湖

我眯眼仰视象头山，伸手抚摸它冰冷的岩石，仿佛触摸到了南极大陆裸露在外的肌理。这也是此行中我们极少数能接触到陆地的时间，其余时间我们的脚下都是千米厚的冰川。

　　从南极吹来的风把巨大的波浪吹进蓝色的冰里，把冰的表面打磨得闪闪发光。阳光下的蓝冰湖更是美得"炸开了花"。各式各样的"冰凌花"妩媚多姿，数不胜数。其实出现这种"水母冰"奇景，是因为湖水含氧量高，结冰时连气体一同被冻结了。

闪闪发光的冰面

"冰凌花"

　　在深深感叹大自然的神奇魅力的同时，我们通过蓝冰湖上美丽的冰池、冰碛和冰花捕捉近距离冻结的地层和冰川的广角景观。

　　卡洛琳经理出"奇招"，让我仰面躺在蓝冰上，四脚朝天，她举起我的双手，助理经理、阿根廷小伙儿Gordo（"高度"）同时举起我的双脚，开始顺时针方向旋转，然后松开，让我的身体随着旋律在蓝冰上自由地缓缓打转！

　　这一刻，身下是南极冰原，温暖的阳光柔和、均匀地洒满了我的心房，我紧闭双眼，享受着明媚阳光，让自己的思绪在茫茫的冰雪世界里、在天空和大地之间起伏翱翔……

大自然的神奇魅力

让自己的思绪在茫茫的冰雪世界里、在天空和大地之间起伏翱翔

7+2，极限探险的最高境界

记得出发前ALE公司在智利蓬塔阿雷纳斯的欢迎酒会上介绍了一组成员，这个来自欧洲的4人小组虽将与我们同机抵达联合冰川营地，但目标并不同。

我们16名探险队员的终极梦想是南极点和帝企鹅，而这4人探险小组则是剑指文森峰——南极洲的最高峰。

4人小组的队长，奥地利人Andreas很自豪地告诉我们，文森峰是他们"7+2"的最后一站，一旦登顶成功，他们4人将完成极限探险的历史使命。

"7+2"，这激发起我强烈的好奇心！上网搜索得知，"7+2"是指攀登七大洲最高峰，且徒步到达南北两极点的极限探险活动。探险者提出这一概念的含义在于，这9个点代表的是地球上各个坐标系的极点，是全部极限点的概念，代表着极限探险的最高境界。

七大洲最高峰：

亚洲最高峰：珠穆朗玛峰（8848米）；

欧洲最高峰：厄尔布鲁士峰（5642米）；

非洲最高峰：乞力马扎罗山（5895米）；

北美洲最高峰：德纳里山（6193米）；

南美洲最高峰：阿空加瓜峰（6961米）；

大洋洲最高峰：查亚峰（4884米）；

南极洲最高峰：文森峰（4897米）。

两极点：

南极点：南纬90度；

北极点：北纬90度。

从1997年俄罗斯人konyukhov Fedor第一个完成"7+2"计划，到目前为止的20多年间，全世界仅有极少数人完成此项探险。

不知哪位探险前辈说过，"人之所以追求户外，为的不是一个单纯的结果，而是追求整个过程中的苦与乐"。对此，我深有体会。我曾经登顶过非洲最高峰——5895米的乞力马扎罗山，也算是与这个"7+2"沾点亲、带点故。只是，攀登乞力马扎罗山是这个"7+2"中最容易的一项。我不由得再次感慨万千：唉，我要是再年轻10岁……

多少年来，完成七大洲最高峰和南北两极点探险的壮举，已经成为全球无数探险者梦寐以求的体验。近年来，中国的许多企业家也对这个"7+2"乐此不疲。

扯远了，还是回到联合冰川营地，说说第一天带领我们去象头山徒步的探险向导。

作者和探险向导 Scott Woolums 合影

我们的探险队友西班牙小伙儿旅游功课做得认真又仔细，当我们快结束当天的行程时，他略显神秘地与我悄悄耳语："知道吗？今天带领我们的这个向导，美国人Scott Woolums，是一位了不起的绝地探险专家，扬名登山界，'7+2'走过了7次！"

我怀疑自己听错了，追着再问了一遍，没错，"7+2"走了7次！哇，我吃惊得嘴巴顿时张成了箱子口那么大。

于是，我们几个像"追星族"一样追上了他，纷纷和他合了影。

世界的尽头，邂逅夏尔巴人

晚饭的餐桌上，西班牙小伙儿又是使眼色又是对我身后指指点点，我回头一看，一个身形瘦削的男子坐在我后面的那张桌子前，正平静地喝着手中的咖啡。

西班牙小伙儿悄声说，又是一位神人哦！Robert Anderson，曾经9次登顶珠穆朗玛峰（简称珠峰），但让他名扬世界的大事发生在1988年5月，他率领另外4人，在没有夏尔巴人的协助下，开创了世界首次无氧登顶珠穆朗玛峰的尝试，最终5人团队中的英国人Stephen Venables成功登顶。Robert Anderson和其他3人虽然功亏一篑，最后关头登顶失败，但在登山界，登山勇士们都敬仰这位开创者，无氧登顶珠穆朗玛峰的鼻祖！

我囫囵吞下满嘴食物，来不及擦干净嘴角的油渍就转身"追星"去了。

哈哈，这就是探险迷人的地方，不知在什么时候，在世界的哪个角落，会有什么样的惊喜在等着你。

在去往蓝冰湖的路上，卡洛琳经理特别隆重地向我们介绍了为我们开车并带领我们徒步蓝冰湖的向导拉克巴·里塔·夏尔巴（Lakpa Rita Sherpa），又一位尼泊尔登山名人。

我想起了帝企鹅营地的向导，曾11次登顶珠穆朗玛峰、同样来自尼泊尔的南姆加·夏尔巴，未曾想到联合冰川营地的这位尼泊尔老兄拉克巴·里塔·夏尔巴的登山生涯更为传奇，已经攀登过珠穆朗玛峰17次，比南姆加还多6次，更是尼泊尔第一位完成"7+2"的探险英雄。

曾经17次登顶珠穆朗玛峰的夏尔巴人拉克巴·里塔·夏尔巴

个子不高、身材敦实的拉克巴黑黝黝的脸上一直挂着憨厚的笑容。我追上去与他并肩同行，并抛出了第一个困扰我的问题：为什么南姆加和他都姓"夏尔巴"？

　　拉克巴嘿嘿一笑后解释道，夏尔巴人（Sherpa）是尼泊尔和印度的山地民族，主要居住在尼泊尔境内，夏尔巴是他们的部落名，所有人都叫"某某·夏尔巴"，也因此大家都姓夏尔巴。

　　夏尔巴人世代生活在喜马拉雅山脉的两侧，长时间的独居让他们近乎与世隔绝，没有融入其他国家的夏尔巴人虽然生活在城市文明的边缘地带，但他们在如此漫长而复杂的历史过程中，始终顽强地保持着自己独具特色的民族文化。

　　直到后来，夏尔巴人因为给攀登珠穆朗玛峰的各国登山队当向导、背夫而被世人知晓，闻名于世。

　　在尼泊尔，绝大多数珠峰登顶者的背后，都有不止一位夏尔巴人的协助。从他们加入登山队开始，所有起居、装备运输、修路、做饭甚至搭建帐篷等事务，都与夏尔巴人有关，是夏尔巴人筑起了一条通往珠峰峰顶的通路，让8000多米的绝命海拔更多了一重安全的保障。

　　对于夏尔巴人来说，在雪山上工作是他们养家糊口的一个途径，而且与其他工作相比获得的报酬更加丰厚。从拉克巴的父辈那一代开始，夏尔巴这个人群逐渐被世人关注，出色的工作能力和杰出的登山能力让他们成为喜马拉雅山的名片，卓越超群的夏尔巴向导更是为自己赢得了良好的口碑和光荣的名誉。

　　拉克巴出生于"登山世家"，父亲、兄弟和几个叔伯不是登山向导就是登山背夫。当我对他作为登山向导17次登顶珠峰的伟大壮举啧啧称奇、佩服得五体投地并连连膜拜时，拉克巴则神情淡然，他抿嘴一笑说，我的17次不算什么，我堂弟Kami Rita Sherpa比我厉害，他已带队24次登上珠峰，至今保留着登顶珠峰最多次的世界纪录，并会继续创造更高的纪录！

果然，这个世界没有最牛，只有更牛！

我几年前去过珠峰大本营，高原反应的"悲惨遭遇"犹记在心，在海拔5200多米的珠峰大本营度过的那一夜更是刻骨铭心，差点丢了老命。

因此，我对珠穆朗玛峰的感情有些复杂，敬畏它险峻高耸的山峰和令人窒息的高海拔环境、赞叹它雄伟身姿的同时也好奇着它的神秘。但对于夏尔巴人来说，珠穆朗玛峰是滋养着他们的神山，既有像母亲一般的保护，也有像父亲一般的肃穆。

我无比好奇，拉克巴又是如何远离他魂梦相系的故乡，来到了遥远的南极大陆，并与我们不期而遇？

拉克巴黝黑的脸上掠过一丝忧愁，漆黑的眉毛突突连跳了几下。干咳几声后，拉克巴告诉我们：自从1953年5月29日新西兰登山家埃德蒙·希拉里及向导丹增·诺尔盖·夏尔巴首次成功登顶世界最高峰珠穆朗玛峰后，这座屹立在中国和尼泊尔交界处的世界最高峰就成为无数登山者的最高追求。而在喜马拉雅山脉中土生土长的夏尔巴人，则开始了世世代代与珠峰或伤痛、或荣耀但终归密不可分的命运。

作为珠峰和登山者之间的"中间人"，夏尔巴人冒着失去生命的风险运输补给物资，一次次走过艰险的登山路。他们的辛勤工作使得富有的西方登山者能够获得足够的重要补给、氧气罐和登山装备。除了要运输物资、建设营地、修通线路外，他们还要为登山者引路，在别人遇到危险时进行救援。

拉克巴深知这一行业面临着巨大的辛苦和危险，他受过无数次伤，几次与死神擦肩而过。也面对过无数次雪崩，最严重的一次是2012年的雪崩，他被一大块冰砸到，伤得很重，幸运的是没有丢掉性命。

在珠峰登山史上，夏尔巴人以生命为代价创下了"三个世界之最"：成功攀登珠峰人数最多，无氧登顶珠峰人数最多，珠峰遇难人数最多。

2014年4月18日，珠穆朗玛峰南坡发生雪崩，大本营被埋，16名尼泊尔夏尔巴向导遇难。这是人类攀登珠峰有史以来最严重的事故。拉克巴当时也在大本营，他逃过一劫，幸免于难，第一个飞快赶到了现场参与救援活动。

"知道吗？我发了疯一般拼命挖，从雪堆里拉出一具又一具尸体，他们都是我日夜相伴的同事、朋友、兄弟啊……这一天，我们整个村落都在焚烧松枝，遮天蔽日的烟雾模糊了天空，空气中弥漫着巨大的悲伤，我们一再失去至亲，这样的情绪已经累积了几十年。从山难中活着回来的人不停地喝着青稞酒直到醉倒，而有亲人遇难的家庭则陷入了巨大的黑暗。"拉克巴眼泛泪光，望向不远处闪烁着耀眼光芒的蓝冰湖。

沉默半晌，他又说道："就是那一刻，我告诉自己，是时候与珠峰说再见了。由于气候变化和山难频发，长年累月的高海拔登山更是险象环生，朝不虑夕。就算我们有天生的登山基因，夏尔巴人仍是血肉之躯，每分每秒都在搏命。我已经失去了太多的亲人和朋友，我不想让我的两个孩子再失去他们的父亲。"

拉克巴接受了ALE公司的工作邀请，来到南极工作。现在，他和太太以及两个孩子已经移民美国并定居在华盛顿州。

极致的人生，不需要张扬

南极，世外之地。既然天外有天，世外高人自然多聚于此。

午饭后小憩，我惬意地躺在联合冰川营地图书馆的沙发上，翻看着卡洛琳经理推荐的一本瑞典文的书——Solo Sister（《孤独姐》），是在ALE公司工作的作者乔汉娜的自传。虽然我看不懂瑞典文，但里面大量的图片一样引人入胜。

南极大陆的腹地是一片生命的禁区，仿佛冰雪的沙漠，乔汉娜曾在茫茫风雪中拖着80公斤重的雪橇，没有任何外援，与世隔绝，无助力、无补给，独自滑雪38天23小时，走完1130公里，其间只休息了一天半，成功创造了女子单人徒步南极点的世界纪录。

我在前文中提到过，乔汉娜打破了帝企鹅营地汉娜营长曾经创造的女子单人徒步南极点的世界纪录，比汉娜营长提前10个小时。机缘巧合下，乔汉娜又成了汉娜营长的同事和好姐妹。

我沉浸在乔汉娜的世界里，感受她的千辛万苦、艰难跋涉，仿佛听到了她踩在茫茫冰雪大地上孤独寂寞的脚步声……

女儿走进来摇一摇我的肩膀说："快点老妈，乔汉娜正在拆帐篷，马上就要登机了。"

哪个乔汉娜？我丈二和尚摸不着头脑，不知女儿葫芦里卖的什么药。女儿咯咯一笑说："还有哪个？你手里的那个。"

顺着女儿手指的方向，我顾不得雪滑路冻，三步并作两步，飞快地走向了远处正在拆除帐篷的乔汉娜。

我结结巴巴地向乔汉娜表示自己正在阅读她的那本自传，并对她无比敬佩。乔汉娜嫣然一笑说："哦，你懂瑞典文，很少有人读瑞典文的书！"

乔汉娜是那么年轻美丽，内心充满着惊人的勇气和理想的火焰。她又相当幽默和睿智，说话常常一语中的。我哪里懂瑞典文啊，只得尽量掩饰住自己的尴尬，跟着乔汉娜一起哈哈大笑。

汉娜营长身高一米九几，高大健硕，乔汉娜则是中等个头，身材婀娜。她们二人徒步南极点的探险行程不仅靠着一腔热血，还要对行程有着周密的计划，对危机能够沉着处理。她们都拥有勇敢坚毅的心和铁血精神，才能分别成功抵达南极点，各创世界纪录，探险界从此盛开着两朵英雄姐妹花！

作者与乔汉娜的合影

　　站在乔汉娜边上一位瘦高个儿的男士笑眯眯地说："啊哈，又一位'追星族'追来了。"他拿过我的照相机，热情地帮我和乔汉娜连续拍了好几张照片。听他这么一说，好似乔汉娜不止有我这个"老粉丝"啊。

　　回到生活营区，我喜滋滋地把我和乔汉娜的合影回放给女儿看，卡洛琳经理在一旁对我说："燕，我刚才看到罗伯特·斯旺（Robert Swan）在帮你和乔汉娜拍照，世界上可没有几个人能享受到如此殊荣，由有着'当代斯科特'之称的罗伯特亲自掌镜拍照哦。"

　　当代斯科特，罗伯特·斯旺？卡洛琳经理见我一脸懵，忍不住嘻嘻一笑后揭开谜底：英国人罗伯特·斯旺是世界上第一个成功徒步南北两极的探险家，是探险界赫赫有名的人物。

　　罗伯特·斯旺的探险成就不亚于当年的探险前辈斯科特和阿蒙森，他的探险风格更加接近和他同为英国人的斯科特，因此被誉为当代斯科特。

罗伯特·斯旺这次正在从事一个新的与能源环保有关的徒步南极点的探险活动，因此向ALE公司雇用了乔汉娜，作为他的徒步探险向导……

我没等卡洛琳经理说完就拎着相机追了出去，一路狂奔至原地，白茫茫一片，哪里还有人影？

卡洛琳经理从后面赶了上来，气喘吁吁地说："我还没说完呢，他们团队已经登机了，你瞧，飞机不正在我们头顶上吗？"

眼看着头顶上变得越来越小的飞机，我不禁捶胸顿足，扼腕长叹。天哪，还有什么能比与当代斯科特失之交臂更加遗憾的呢？我猛踩脚下的雪，狠批自己，行程攻略功课不及格！

行万里路，胜读万卷书

真是应了那句话："行万里路，胜读万卷书。"行路远了，反而连吹嘘也少了底气和勇气。因为知道的多了，才知道自己不知道的太多。低调的神人见多了，才明白整天宣传自己的并非牛人。

与从国内来的11人团队相处久了，大家慢慢地熟悉起来。这11人可了不得，不是英雄就是好汉，个个是国内顶级的旅行家。

已经走遍世界的从河南来的陈先生笑呵呵地问起我们走了多少个国家，我尴尬一笑，惭愧无语。比起他们11人团队中的最低纪录者，但也已经走了180个国家，刚满30岁的年轻人小刘，我走过的80个国家只是他的一个零头。

来自福建的企业家柯大哥是中国首批走世界的人，早已完成走遍世界"233+2"——233个国家和地区，再加上南北两极点，还获得了美国旅行者世纪俱乐部（TCC）颁发的钻石级证书。而来自深圳的大学老师小芹姐也一样完成了"233+2"，皆让我佩服得五体投地。小芹姐鼓励我，争取早日实现走遍世界的梦想！

在联合冰川营地冰天雪地的生活环境里，我们已经习惯不用看时间、不需要电灯，太阳每天24小时明晃晃地照射着，没有电视、网络和微信，更不用刷朋友圈。可我们呼吸着身边探险英雄们的气息，每一天都是激情难抑！我对这些探险家肃然起敬，他们传奇的故事，不管何时听到、看到、想起，我都会感动不已。

在联合冰川营地的这几天，可以看到各种各样的人，160名工作人员来自不同国家，除了少数科学家和研究人员外，其他人都做着一些非常普通的工作。

因为极其高昂的运输费用，他们绝大多数都会在此地工作到运营期结束、营地被拆除。这是个至多3—4个月的季节性工作，薪水待遇会高于他们所在国家的其他普通工作，这个工作结束后，他们还得各回各国，继续寻找其他工作来维持生计。

我与他们中的很多人交谈过，很少会听到他们抱怨，每时每刻似乎都能感觉到他们的快乐。

为我治疗脚伤和手伤的是身材苗条、优雅漂亮的营地医生英国人爱雅。爱雅很骄傲地告诉我，她可是排队等了2年才得到了这个梦寐以求的工作。而推荐她的朋友——格陵兰姑娘阿维安娜几年前刚来到营地时，从打扫和管理厕所工作做起，这是第5年，刚升任客服部副经理。在这里，她还收获了自己的爱情，很快就会与同样在营地工作的丹麦小伙儿谈婚论嫁了。

阿维安娜指给我看，正在打扫厕所卫生的那个小伙儿是个刚毕业的博士研究生。我同样地钦佩他们，如果没有发自内心对南极大陆真诚的热爱，怎么会有这样一批平凡但具有深厚职业素养的人们来保证极地探险的顺利和成功呢！

极致的人生，不需要张扬！联合冰川营地那一个个看上去极其平凡的探险家、工作人员，对我来说却都是神一般的人，他们用一种特殊的方式，让我切身地、刻骨铭心地去感受这个世界的高远和深邃、辽阔与宏伟，去好好地看清这个世界，用尽全力拥抱这个世界……

我是何等幸运，能在世界的尽头与这些神一样的朋友相遇！

而我，也已经不再是原来的我了。我亲吻过南极点，约会过帝企鹅，触摸过南极大陆的冰川骨骼，这一丝一缕的回忆都是我人生的宝贵财富，必将伴随我的余生，直到我生命的终点！

作者和女儿与企鹅合影

去南极——南极三岛之马尔维纳斯群岛和南乔治亚岛

为什么要去南极？我相信100个人会有100个答案。

有人说要去南极圆梦，拜访南极洲真正的主人——企鹅和海豹。有人不远万里来到南极，想探寻这片不可思议的冰雪世界，亲眼见证这个天气无常、风雪肆虐、常年苦寒的南极，造物主把这里变成了最不适宜人类居住的大陆，却也在这里创造了世间罕见的风雪奇景。还有人是为了看一眼美丽的蓝冰，这里的蓝冰也叫冰川冰，并非海水冻结成冰，而是大陆冰川、河流及湖泊入海的淡水冰冰架。在漫长岁月的风刀雕琢下，冰川冰变得更加致密坚硬，里面的气泡逐渐减少，由于阳光折射而呈现淡蓝色。更有人是为了追随伟大的探险家阿蒙森、斯科特、沙克尔顿等人的足迹前行，去突破自我、挑战极限。

我对以上种种都充满好奇和渴望，再加上力所能及的体能、金钱、时间和一个小小的决心，便成就了这次南极之旅。

向南、向南、再向南！乌斯怀亚，世界的尽头

结束智利巴塔哥尼亚的W线徒步后，我和女儿坐大巴10小时，从智利的蓬塔阿雷纳斯来到阿根廷的小城乌斯怀亚（Ushuaia），这里被世人称为世界的尽头。

管它是世界的尽头还是开头，我下了车直奔餐馆，先犒劳下饥肠辘辘、咕咕作响的肚子。我们一眼看到这家餐馆内正在陈列窗里起劲地游来游去的帝王蟹，咽着口水冲了进去。

母女俩铆足了劲，在餐桌上埋头苦干，很快就消灭了一只巨大无比的阿根廷帝王蟹。对不起了，帝王蟹大哥！

咂咂嘴，味道那叫一个好，不仅比在智利首都圣地亚哥海鲜市场吃的那只帝王蟹鲜甜上几倍，还更廉价，再抹一抹嘴巴，心满意足。

吃饱喝足，双脚有力，我开始在小城里四处溜达。这是一座别致美丽的小城，城市依山面海而建，街道并不宽阔，是一座一眼就能望穿的山城。小城简约整洁、朴实无华，湿润的青草地上开满了各种不知名的鲜艳花儿，是一片自然生长的花草。草地连着大海，大海倒映着蓝天，在海湾的庇护下，一片宁静美丽。

因为乌斯怀亚距离南极大陆最近，所有去南极的游客都要在此登船起航。只有极少数的人才会从澳大利亚坐飞机前往南极，价格极其昂贵。

小城虽小，海边的小街小巷却挤满了小旅行社。进入旅行社瞧一眼，大

部分都有去南极旅行的船票。

有些游客会来乌斯怀亚蹲点一段时间，耐心等候，每天在各个旅行社游走。因为有时旅行社会突然放出last minute——最后一分钟的特惠价，据说价钱便宜得令人不敢相信。

我们在一家旅行社门口碰到一个捷克小伙儿，他告诉我们他已经在乌斯怀亚等候快两个星期了，至今还没撞到大运，而他的朋友去年来到乌斯怀亚几天就拿到1/5的特惠价去了南极。捷克小伙儿挠挠头，满眼尽是殷切期盼，我们祝他好运。

乌斯怀亚距阿根廷首都布宜诺斯艾利斯远达3200公里，距南极洲却只有800公里。从澳大利亚、新西兰等地乘船前往南极洲，至少需要一周的时间；而由乌斯怀亚起航，越过德雷克海峡，两天便可到达。因此要前往南极洲探险和考察，乌斯怀亚是一个理想的起航和补给基地。

乌斯怀亚本身就是个旅游城市，这里不仅有很多天然奇景可供观赏与游玩，还有风味特别的美味海鲜，如蟹、蚌、磷虾、火地岛帝王蟹、海豹肉、沙丁鱼、鳕鱼和海蜇等，使游客们大饱口福。游客们除了可以乘游船到比格尔海峡中参观海豹岛和鸟岛，还可以去见识色彩奇妙的火地岛国家公园。我们这次头天到，第二天一早就直接上船，因此只能在小城里随便转转，没有时间游玩当地的景点，留待下次吧。

马尔维纳斯群岛"走亲访友"：拜会黑背信天翁，走访跳岩企鹅和麦哲伦企鹅

整艘船游客共230人，来自19个国家，从中国来的就有30多人，再加上来自其他国家的海外华人，共有近60位华人，我不禁感叹祖国的日益强大！

刚上船，行李尚未安置好，女儿就叮嘱我吃晕船药。Ms Fram（法兰姆小

姐）游轮在大海里摇晃了两天。第一天就看见很多人晕船呕吐，餐厅里也只有寥寥几人。我提前吃了药，因此虽然有些小晕，但能吃能喝，心中感谢女儿！第三天船到达马尔维纳斯群岛，终于靠岸。天气晴朗，风平浪静，岛屿上黄花盛开，绿草茵茵，非常美丽迷人的海岛风光。

第一个登陆点是马尔维纳斯群岛的小岛 West Point（西点）。我们步行2.5公里到达 Devil's Nose（魔鬼的鼻子），这里是几千只黑背信天翁（laysan albatross）和上百只跳岩企鹅（Rockhopper Penguin）的家。

走近峭壁丛生的海岬，山崖中竟然隐藏着令人震撼的勃勃生机。率先迎接我们的是跳岩企鹅。好美丽的跳岩企鹅，它们因为眼睛上有一簇长长的黄色羽毛而被称为凤头黄眉企鹅，又因为它们喜欢用双脚跳跃的方式在岩石上前进而得名跳岩企鹅。

跳岩企鹅往前跳，一步可以跳30厘米高，越过小丘，跨过坑穴，是企鹅中的攀越高手。雌鸟每次产2枚蛋，但通常只有1枚蛋被孵化。父母双亲轮流孵蛋，3个星期后小企鹅出生，父母又得轮流上岸喂食雏鸟，直到大约70天后，小企鹅长大，可下海自行觅食。

我看到一对跳岩企鹅夫妻出双入对、相亲相爱，爸爸妈妈轮流孵蛋、喂食和育儿。眼前的这只企鹅宝宝刚刚咽下妈妈喂的饭，又张开小嘴，叽叽咕咕地叫唤着，似乎在说："妈妈，我还饿呀！"并用小脑袋不停地碰撞着妈妈的下巴，妈妈无奈地弯下头去再次喂食。嘿嘿，这就叫会叫唤的宝宝有奶喝！

山崖边的通道很狭窄，必须分批、有序前行。现在我们过来拜见久仰大名的黑背信天翁了。近距离观察，黑背信天翁们温文尔雅，神定气闲地孵育着它们的小宝宝。

黑背信天翁长81厘米，体重2210—2800克，是一种有极长翼羽的大鸟。它们翅膀的长度惊人，以毫不费力地飞翔而著称于世。黑背信天翁寿命相当长，平均可存活30年。

黑背信天翁一年只产1枚蛋，孵蛋则是分工合作的，雌鸟专门负责孵蛋，雄鸟专门在巢外负责警卫，孵蛋需75—82天。黑背信天翁求爱时，嘴里不停地唱着"咕咕"的歌声，同时非常有绅士风度地向"心上人"不停地弯腰鞠躬，尤其喜欢把喙伸向空中，向它们的爱侣展示其优美的曲线。

最令人感动的是，黑背信天翁"婚后"会坚守严格的"配偶终身制"，致死不改变配偶，夫妻间即使一只死掉，另一只也会终生不找配偶，孤独终老。

有时来得早真的不如来得巧，前面的队伍刚过，轮到我占领了这个绝佳位置。这只黑背信天翁妈妈朝我深深地看上一眼，然后慢慢挪开身子，徐徐展开大大的脚掌，哇，下面正是它的小宝贝。只见一只浑身披着淡淡乳白色绒毛的幼鸟正端坐在妈妈的脚掌里，似乎在告诉我，妈妈的大脚丫就是我温暖的小床。鸟妈妈俯下身爱怜地亲吻了下宝宝后开始喂食，大嘴衔小嘴，黑背信天翁妈妈喂食宝宝，看得我泪眼婆娑！

黑背信天翁孵育小宝宝

像黑背信天翁这种一夫一妻的鸟类，主要由雌鸟孵蛋，雄鸟则负责后勤保障。丈夫会尽职地守护好领地，有的还给雌鸟送吃送喝，甚至偶尔也会"替班"——趴在窝中孵一会儿蛋，让伴侣活动筋骨，放松一下。也有许多夫妻会轮流倒班，共同孵蛋，每一班时间短则1—3个小时，长则三五天，甚至半个来月。因为像黑背信天翁这样的鹱形目鸟类，每次一方孵蛋，另一方都要出远海觅食，几天才回。

而它们的天敌——贼鸥，则会千方百计地寻找机会去偷抢跳岩企鹅、黑背信天翁的蛋和小宝宝。贼鸥来犯时，黑背信天翁爸爸就会用大嘴驱赶它们。

跳岩企鹅和黑背信天翁同在一片乐土，同居一座山崖，互不干扰，和谐地生活在一起。

舍不得离开，那就再多看一眼吧！

又来到卡尔卡斯岛（Carcass）。岛上仅有2名居民，已在此定居30年了，饲养着900只羊，当然少不了日夜陪伴他们的岛上其他居民，比如麦哲伦企鹅（Magellanic Penguin）和各种海鸟。

我在小岛上邂逅了麦哲伦企鹅。麦哲伦企鹅是群居动物，经常栖息在一些近海的小岛上。它们尤其喜爱在茂密的草丛和灌木丛中挖洞造窝，以躲避鸟类天敌的捕杀。

我们躲在远处，仔细观察着一个麦哲伦企鹅的巢穴，小企鹅不时地伸出小脑袋，眨巴着眼睛四处瞧，不知是否在急切盼望着海里的爸爸妈妈快回家。

返回的途中，与一群肚皮鼓鼓的麦哲伦企鹅狭路相逢，我们识相地退到一旁，为企鹅们让路。啊，原来是麦哲伦企鹅小宝宝们的爸爸妈妈捕鱼回家啦！

这座岛上唯一的报纸，竟然也是企鹅报。

南乔治亚岛：30万只王企鹅让我看得目瞪口呆

从马尔维纳斯群岛到南乔治亚岛需要两天时间。南乔治亚岛是英国的海外属地。这座岛面对太平洋的一侧，因为天天刮大风，终年积雪，人类根本无法生存。而面向大西洋的一侧，因为高山把风挡住了，这里便成了野生动物的天堂，并且留下了捕鲸时代和英雄时代的许多人文遗迹。

我们要去南乔治亚岛看王企鹅（King Penguin），这个企鹅栖息地居住着30万只王企鹅。王企鹅在求偶时，常有种种表演和鸣叫。在交配时，企鹅群中十分热闹，鸣声聒耳；在孵蛋时，则一片寂静。王企鹅集体繁殖，不筑窝，每窝下一个蛋。王企鹅夫妇轮流孵蛋，50多天后，小王企鹅出生。小王企鹅长到40多天后加入"企鹅幼儿园"（当成年企鹅出海捕食时，会将小企鹅送到"企鹅幼儿园"，一来相互取暖，二来抵御天敌），10—13个月后羽翼丰满，开始独立生活。

南乔治亚岛也是世界上最美丽的地方之一，它有着许多超过2000米的高山与雄壮的冰河，又有着深绿色的草地、深邃的峡湾和海滩。南乔治亚岛还是众多象海豹、毛皮海豹的家。

海豹生活在寒温带海洋中，海豹的繁殖特点是产崽、哺乳、育儿必须到陆上或冰上来。除产崽、休息和换毛季节需到冰上、沙滩上或岩礁上之外，其余时间都在海中游泳、取食或嬉戏。海豹的发情期为12月，妊娠时间为9个月，幼崽出生在次年11月初，平均每次生产1只小海豹。小海豹生长到4—6周时断奶。繁殖期不集群，幼崽出生后，组成家庭群，妈妈哺乳期过后，家庭群结束。

海豹在岸上或冰上交配，交配后会立即怀孕，但在前3个月，胚胎会暂停发育，之后才恢复正常，怀孕期约为1年，刚好吻合南极短暂的夏季。

海豹的哺乳期很短，最长的不过数月，最短的甚至只有4天。海豹奶营养非常丰富，令小海豹的体重每天能增加多达25%。海豹妈妈在哺乳期会绝食，体重骤减，然后它们会绝情地离开小海豹，让它们断奶，自生自灭。适者生存，这是自然界永恒的规律。

可爱的小海豹

哈哈，迎面而来的这群王企鹅正在陆地上用像蛙鞋一样的双脚笨拙地蹒跚前行，真是太可爱了！不过，王企鹅虽然步行笨拙，但遇到敌害时可将腹部贴于地面，以双翅快速滑雪，后肢蹬行，速度很快。

大海边，有几只王企鹅捕鱼归来，想着家中嗷嗷待哺的孩子，爸爸妈妈心急火燎，正急吼吼地往家赶呢！

去南极看企鹅有季节性，我们在12月中下旬已能看到成群的王企鹅幼鸟。

王企鹅们搏击海浪

眺望远方的王企鹅

王企鹅身长约90厘米，体重15—16千克，外形与帝企鹅相似，其躯体的大小仅次于帝企鹅，长相"绅士"，是南极企鹅中姿势最优雅、性情最温顺、外貌最漂亮的一种。

王企鹅在南纬66—77度之间的南极大陆的冰上繁殖，其产卵期从11月开始，在相对温暖的夏天孵化，使小企鹅在冬天到来之前就能在海边自由来回。

那么，几十万只企鹅和几千只海豹是如何在这片海滩上和谐共存的呢？

据我现场所观，企鹅小心翼翼地与海豹保持一定距离，而海豹则尽量无视企鹅，一旦企鹅靠近，海豹就会露出凶牙向它们咆哮以吓走对方。所幸象海豹和毛皮海豹的主粮是磷虾和鱼，只有豹形海豹才会吃企鹅。

游轮又靠近一个王企鹅栖息地，这次不能上岸，因此大家就在船上观看，成千上万的王企鹅漫山遍野，场面壮观。

成千上万的王企鹅

依依不舍，挥手告别王企鹅，也向海豹们道声再见！

可爱的企鹅们啊，何日再相见？

阿德利企鹅

美如梦幻，遥远的南极半岛

　　离开亚南极之马尔维纳斯群岛和南乔治亚岛，游船在海上漂泊了两天，正式抵达南极半岛（Antarctic Peninsula）。

　　第三天清晨睁开眼后，我看了一眼外面的世界，正是我梦里、心中的南极：垂直巨大的冰山、壮观的浮冰、壮阔的冰川和憨态可掬的野生动物，美如天堂，静如天堂！

　　在游轮航行期间，我们在船上的生活也丰富多彩，船上特聘的专家学者和科学家们给我们举办了有关南极生态环境、冰河、冰川、历史及奇特海洋生物与鸟类等不同主题的专题讲座。

在国际南极旅游组织协会所制定的《南极游客活动指南》中，严格规定了游客不能在南极大陆上过夜停留、必须与企鹅等南极动物保持5米以上的距离、不能惊扰动物、不能扔垃圾、不能踩踏植物等行为规范，每位游客必须严格遵守。

我们所有登陆穿着的衣服、帽子、手套、背包全部要自己动手用吸尘器除尘，特别是口袋、粘扣等容易藏污纳垢的地方，要认真除尘，船方派人监督，避免外来生物和细菌被带进南极。然后到三层甲板上领取登陆的靴子，每次登陆必须穿船方提供的靴子，上下船还必须在消毒池里将靴子消毒。所有这一切都是为了保护南极这片最后的净土，保护南极的生物链。

船上的探险队员总是一马当先，提前到登陆点探测是否适合登陆。看到他们半个身子泡在大海里帮助230名游客上下冲锋舟，确保游客的安全，我们感动、感谢、感激不尽。

来到南极，总会看到在南极历史中曾非常重要的捕鲸与捕海豹的基地，这些迄今仍存留着的昔日的建筑及废弃厂房和设备诉说着一段残忍的、血淋淋的捕鲸历史。在工业革命时期，鲸鱼油价格好时，南极是捕鲸的"天堂"。很多远道而来的捕鲸船在南极半岛用飞枪、大炮捕杀鲸鱼，鲸鱼差点遭遇灭顶之灾。幸好后来因为国际重视该地区的动物生态而颁发相关的禁捕令，它们的数量才逐渐增加。

废弃的捕鲸船是罪恶历史的见证。不远处有一座白色的小教堂，当年的捕鲸者为了减轻猎杀的内疚和生活的压力，常会来此教堂祈祷。而我们到来的这天正好是圣诞节，船长带领众船员及游客来到这座教堂欢度佳节。

生活在南极半岛上的最大企鹅群——阿德利企鹅（Adelie Penguin），它们以磷虾为粮，每年的10月抵达繁殖地。它们的巢是由石头堆砌而成的，阿德利企鹅每年会产下2枚蛋，但若非食物充足，通常只有一名子女能成活。12月，也就是南极全年最暖和的季节（温度约为-2℃），阿德利企鹅就会开始孵蛋。孵蛋和哺育的责任由父母双方轮流负责，一方去觅食，另一方就留下来孵蛋。

还有一种巴布亚企鹅，又名白眉企鹅、金图企鹅，体形较大，身长60—80厘米，重约6公斤，眼睛上方有一块明显的白斑，嘴细长，嘴角呈红色，眼角处有一个红色的三角形，显得眉清目秀。因其模样憨态有趣，犹如绅士一般，十分可爱，因而俗称"绅士企鹅"。

我有幸看到巴布亚企鹅妈妈守护着两只小宝宝。爸爸筑巢，妈妈守护，但这两只成年企鹅此时正在表演窝里斗！

虽然规定游客必须与企鹅保持5米的距离，但不能规定企鹅必须与游客保持5米的距离，企鹅可以无限制地接近我们，这就是游客们的福气了。我们在这里看到了几十万只阿德利企鹅和巴布亚企鹅，密密麻麻，让人叹为观止！

我们又参观了阿根廷南极科考站并与科考站科学家合了影。向致力于南极科研并献身于南极的科学家们致敬！

接下来是拉美尔水道，美得令人心醉，任何言语表达面对此景都苍白无力。雪山、冰川、蓝天一一倒映在清澈透明的水中，有那么一刻，我已经分不清哪里是真实、哪里是虚幻，只愿把这真真假假的美景收入眼帘，印入心中。南极之美好，自然之美好，人生之美好！

由于南极的特殊气候与冰况等自然环境、航程中的安全考量以及国际管理组织的相关规定，船长必须随时研判各种情况，机动调整，对于行程有最后的决定权，以确保旅客、游轮及船员的安全，因此，船长是我们整艘船的绝对权威，任何人必须绝对服从并不得提出任何异议。

在南极，经常听到的一个感人故事是关于著名南极探险家欧内斯特·沙克尔顿（Ernest Shackleton）到南乔治亚岛求救，顺利救援出其困在象岛的探险队员的故事。

雪山、冰川、蓝天

　　1914年，英国探险家沙克尔顿带领一支27人的队伍计划徒步穿越南极大陆。这是他第三次远征南极，他的"坚韧号"在距离南极大陆140公里的地方被冰冻住、挤坏。

　　沙克尔顿带领的27人队伍在南极艰难生存了700多天，依靠着坚韧不拔的品格和他卓越的领导能力全员生还，是世界探险史上的光辉典范。

　　凡是来到南极的游客，都会去沙克尔顿的墓地向这位人类历史上伟大的探险家致以崇高的敬意！

　　十分幸运地，我见到了帽带企鹅，它最明显的特征就是脖子底下有一道黑色条纹，十分像海军军官的帽带，显得威武又刚毅，俄国人还称它为"警官企鹅"，哈哈。

　　在陆地上，帽带企鹅会筑起一个个由石头堆砌成的圆形的巢，每次孵约2枚蛋，孵蛋由雄鸟和雌鸟轮流进行，为期5—10天。企鹅幼崽会在约35天后孵化，帽带企鹅每年夏天通常孵出2只企鹅幼崽。与其他企鹅通常优先哺育较强壮的幼崽不同，帽带企鹅同等对待所有幼崽。

小企鹅的羽毛在7—8星期后即长丰满。在出生50—60天后会换毛，换为成体的毛之后就可以出海了。

"爸爸垒巢忙，妈妈守护我。"穿过企鹅"高速公路"，越过碎石、乱石铺满路面的几座大山，游向大海捕鱼捉虾，企鹅父母养家糊口的生活真不容易呀！

鲍米姐姐问我，来南极看到这么多种企鹅，最喜欢哪种？哎哟，真是难死我了，因为每种企鹅我都喜欢又喜爱！

帽带企鹅温柔育儿

当然，我也很喜爱这些可爱的海豹。海豹社会实行"一夫多妻制"。雄海豹拥有妻室的多少在很大程度上是依据该海豹的体质状况而定的，年轻体壮的雄海豹往往有较多的妻室。在发情期，雄海豹便开始追逐雌海豹，一只雌海豹后面往往跟着数只雄海豹，但雌海豹只能从雄海豹中挑选一只。

雄海豹之间不可避免地要发生争斗，狂暴的海豹给予彼此猛烈的伤害：用牙齿狠咬对方，有些雄海豹的毛皮便因此而被撕破，鲜血直流。战斗结束，胜利者便和雌海豹一起下水，在水中交配，而其他海豹只能以失败告终，继续去寻找属于自己的"妻子"。

雌性、雄性海豹均需2—4年性成熟。不同种类的海豹繁殖的时间有少许差异，但区别不大。

漫天飞雪中，一只海豹宝宝向我露齿一笑，冰冷的身心顿觉暖意融融。

小海豹向我微笑

鲸鱼，是我此次南极之旅最想看到，却又是最难看到的动物。虽然有很多次机会看到了鲸鱼，但由于距离遥远，既看不太清楚，又抓拍不到好的照片。

离开南极之前，一个座头鲸家庭的几头鲸鱼过来欢送，让我们能近距离、尽情地观赏它们。鲸鱼们时而高高地昂起头，时而悄悄地潜入水中；时而直直地竖起尾巴，时而用巨大的扇形尾巴重重地拍击水面。

为了更加隆重地欢送我们，鲸鱼们多次从长在背部的鼻孔里长长地喷出一道道水柱，在海面上形成一柱柱喷泉，景象壮观，游客们看得如痴如醉！

鲸鱼冲出海面

2016年最后的晚上，船上的年轻人欢聚一堂，开始倒计时迎新年。

我则独倚船栏，静静地看着光线一点点变暖，周围的山脉呈现出越来越惊艳的景致，梦幻的霞光尽情地给雪山、浮冰上披了层层金纱。

南极大陆的壮美、神秘与原始，在这一刻展露无遗。

2016年的最后一分钟，守来南极的祥云……

除了脚印，什么也不带来；除了回忆，什么也不带走！

静谧、壮美的南极

作者行走在半月湾岛

天哪，我们竟然被赶下了去南极的游轮（上）

这两年来，新冠肺炎疫情肆虐，人们度日如年，我和大家一样，越发对大自然感到莫名的热情和渴望，憧憬着没有现在这种"社交距离"的生活，幻想着和疫情前一样可以自由自在地到处旅行。

接到旅行社通知，我在3年前预订的去南极的游轮因为全球新冠肺炎疫情暴发，推迟到两年后，今年终于可以成行。

关关难过关关过

疫情期间出趟远门真是不容易啊。智利政府一大堆入关申请表格填得我们晕头转向，几个"臭皮匠"凑成一个"诸葛亮"，英语、西班牙语连环上，见招拆招，总算在出发前收到了智利政府发给我们的防疫证书和C19通关表，没有这两样，就过不了智利海关。

又请好友帮忙让我们在72小时内做好并拿到PCR核酸检测结果，填完最后一张表并带上按智利政府标准要求准备的一系列文件，一行人兴冲冲赶到了机场。

美联航通知由于飞机晚点延误一小时，接下来又通知两名空姐失联，目前找不到人。我们个个心急如焚，如果赶不到休斯敦飞智利的航班，这趟旅行就完了。

又延误了两个半小时，两位空姐袅袅前来，好不容易飞机起飞，待我们赶到休斯敦的登机口，从休斯敦飞智利首都圣地亚哥的飞机已经在10分钟前起飞，只剩下垂头丧气的我们。

万般无奈，只能去美联航客户服务部排长队换票。美联航不道歉、不赔偿，两手一摊，说是天气原因。

待我们再排队几小时买到第二天的机票，找到旅馆时已是凌晨3点。掐指一算，我们的核酸检测第二天作废，也就进不去智利了。

队友找到机场附近一家测试点，说是两小时出结果，心急火燎地打车赶到，又被告知两小时出结果的机器坏掉了，改成10小时出结果，做了等于白做。

再奔到机场里面的测试点，一手交钱，一手测试，250元，45分钟出结果。

第二天晚上的飞机还有两人候补，真是一波多折了。还好，最终如愿以偿，全组人上机。

进入智利海关时交上72小时有效的核酸检测报告后被告知，当场还得再做一次。又被捅喉咙、捅鼻子，几天内连做4次核酸检测，更愁死了每次的检测结果。

按原计划订的从智利首都圣地亚哥去巴塔哥尼亚的飞机票早已作废，再排队几小时交涉，拉丁（Latam）航空服务真好，让大家上了当晚的飞机，旅行社连夜接机并驱车几小时赶到目的地，已经是凌晨两三点，第二天一早5：30再来接我们。我们连续几天几夜未眠。

总算，很麻烦、很难以想象地到达了目的地——智利的百内国家公园，开始了正常的旅行。

我们过五关、斩六将，关关难过关关过。

被赶下游轮

结束了百内国家公园的徒步和游览，我们提前两天赶回蓬塔阿雷纳斯，首先要做游轮公司要求的72小时之内的PCR核酸检测。

通过旅馆前台介绍，找了一家可以来旅馆帮我们做核酸检测的公司，收费120美元，保证10小时出结果，也可以在外面找个当地诊所做，收费12美元，便宜9/10，但想想西班牙语沟通麻烦，不知何时出结果，贵就贵点吧。

这是我所做过的5次核酸检测中最痛苦的一次，棉花棒捅进捅出，差点窒息，好在结果皆大欢喜。

明天就要上船了，徒步健将陈普、张林夫妇自告奋勇，当晚从旅馆徒步走到码头查看游轮是否进港。直到当地太阳落海的时间——将近晚上10点了，也不见游轮踪迹。

第二天一大早，张姐从码头发来游轮的照片，大家一片欢腾，几番风雨几番波折，终于，我们今天就要上船去南极啦！

中午，我们一行人拖着大件小件行李箱赶到码头，海达路德（Hurtigruten）游轮公司除了要求我们出示72小时之内刚做完的核酸检测报告外，又让我们每个人再做一次一小时出结果的快速核酸检测。

一系列手续办完，快速核酸检测一小时也出了结果。大家顺顺当当地上了游轮，各进各房。

5年前我和女儿就是乘坐的这艘法兰姆小姐游轮，我称之为"法小姐"的游轮去了南极，此番选择的是同一条线路，旧地重游，旧船重乘，经历了如此这般的艰辛磨难，唉，再次见到"法小姐"，在船上好生安顿下来，我感慨万分，差点老泪纵横。

海达路德游轮公司的"法小姐"游轮

广播里召唤游客午餐，我们7人被安排在同一张桌子，当我坐在面对大海的位置，赫然发现我们的饭桌、我的位置竟然跟5年前一模一样。

举杯庆祝，首席摄影师兼农民画家一番感叹："只有上了船，只有此刻，我才真正地如释重负，南极，我们来了！"

我们 7 人刚上船时用香槟庆祝

　　美餐一顿后，我们参加了船上举办的要求每个乘客必须参加的海上遇难危机培训。

　　回到房间，我刚准备打开箱子整理，听到广播里在叫我的 6 个同伴的名字，确定没有听到自己的名字后，便继续干活。

　　张姐过来轻敲我的房门，说他们 6 人被要求做第二次核酸检测，张姐担心漏了我，喊我也去做。

　　这是今天的第二次核酸检测了，上船前刚做过一次，为什么现在还要再做一次？我环顾四周，并没有其他乘客，就我们 7 人，感觉有些奇怪，并没有深思，完全没有意识到正在步步紧逼的危险。

　　做完核酸检测，我回房后继续收拾，打开一路以来从没有开过的大箱子，把一大堆南极需要的衣裤鞋帽挂好归顺，差不多整理好时，看了一眼手表，晚上6点，晚餐时间到了，7点准时开船，我擦了把汗，一切都很好。

船上广播又开始呼叫我的6个同伴的名字，仔细一听，还是没有我。我猜想，大概是叫我的同伴们去补信息，我这是第三次乘坐这家公司的游轮，第二次时已成为它们的VIP（贵宾）乘客，因此不再需要我的信息了。

"砰砰砰！"外面传来急促的敲门声，我戴好口罩开了门，张姐心急火燎地大声说道："不得了了，出大事了，游轮公司要把我们赶下船去了！"

什么情况？我心里咯噔一下，拖着仍未痊愈的伤腿，三步并作两步飞快地从5楼冲到了4楼前台。

船上一小群人神情严肃，目光庄重地盯着我的几个队友，队友们则耷拉着脑袋，垂头丧气，一副天崩地陷的绝望相。

"我是这个小队的领队。"我跨前一步自我介绍，"发生什么事了？"

一名神情严肃的中年女士介绍自己名叫凯伦，是海达路德游轮公司所有南极游轮的负责人。

凯伦说我们几人完全违反了船上的防疫规定。她指了指边上站着的一位男士说，船长要求你们即刻下船，现在。

我的脑袋嗡嗡作响，心脏好像随时要蹦出身体来。我深深地吸了一口气，稳稳神情再问道："请告诉我，我们违反了船上的哪项规章制度？"

凯伦的语气冰冷，加重语气答道："你们没有执行游轮公司的规定，参加'Bubble Travel'（中文大意是'泡泡旅游'）。"

泡泡旅游？我被她说得云里雾里，开始满脑子冒泡泡。

"请问什么叫泡泡旅游？"我继续问道。

凯伦解释道："泡泡旅游就是游客们抵达智利首都圣地亚哥机场后由本公司接机，直接送到我们规定的酒店并和其他游客一起集合，隔离一天一夜，然后第二天再一起乘坐我们的包机飞往蓬塔阿雷纳斯，再由专车接送直接上船。"

大概理解为智利政府规定，来自世界各地的游客一到智利，游轮公司就必须把所有人装进一个大"泡泡"里，与外界，也就是与智利当地人完全隔绝，待把大"泡泡"送上游轮，再把游客们一个个放出"泡泡"。这样就算有游客携带了病毒入境，病毒也被彻底关在"泡泡"里，不会四处传播。

哦，泡泡旅游，我的嘴巴叽里咕噜，边说边差点对着凯伦女士吐出几个泡泡，我是真的着急了。

从3年前预订游轮至现在，我从来没有听说过或从与旅行社的沟通交流中看到过这个词，今天是第一次。

难道是在沟通交流的过程中出了什么差错？我转过头去问同伴："你们呢？"

我的6个同伴每个人都头摇得像拨浪鼓般，齐声说："没有，从来没有听说过。"

"而你们7位。"凯伦女士继续说，"为什么不按要求来圣地亚哥集体'泡泡'，而是自说自话自由行？我正在调查我的下属们，是如何错误地让你们上了船。"

眼见情况不妙，我转过身去求船长，简明扼要地解释了一番，我们一路如何历尽千辛万苦才上得船来，如何不知"泡泡"等，同伴们也一起求船长放我们一马，船长面容温和，微笑着表达了一番同情，最后耸耸肩，双手一摊说："没被'泡泡'，你们还得下船。"

在海上，船长是老大，船长发令，任何人都不得提出任何异议，必须绝对听从安排，不需要解释，没有理由。

尘埃落定，结局就是我们被扫地出门，赶下船去。

热汤热菜热饭得到保障

凯伦又开始驱赶，让我们立刻下船。

"三年南极梦想，两年积攒的假期，却被一个'泡泡'戳破，不，我绝不会下船的。"队友杨萍失魂落魄，她眼含泪花、痛心疾首地跟船长解释着。同样的话语又跟凯伦和船上的其他几位高层诉说，并愤怒地抗争着。

此刻，队友们的眼睛全盯着我，肩上的担子千斤重啊。我不敢想象我们7人被赶下船后的凄惨场景，一群60多岁的老人，一堆大大小小的行李，码头此刻正刮着从南极吹过来的寒风，难道真的要在狂风暴雪中簌簌发抖而无家可归、四处流浪？

事情到了这一步，已经没有任何退路了。我再次深吸一口气，对凯伦女士说："你是谁，我们不知道，也不重要。所以不是说你让我们下船就下船，因为你和我们没关系。"

凯伦嘴唇翕动着想说什么，气得眼睛快要冒泡泡了。我打断她继续说下去："请你立刻和我们的旅行社联系，如果旅行社要求我们下船，我们会立刻下船。"我随即把旅行社的电话和预订号给了她。

凯伦推脱说与旅行社联络不是她的责任等，我学船长双手一摊："反正我们既然付钱给了旅行社，必须得听旅行社的。"

我们的旅行社 Vacations To Go（中文大意是"去旅行吧"），是全美国最大的游轮代理公司。

现在时间是晚上8点，已过了开船时间一小时，气氛略显尴尬，空气仿佛凝固一般，船长温和善良的脸色由晴朗转多云又转阴。

船上的广播开始播报："抱歉，请各位游客继续耐心等待，因为还有几位游客的行李没有到达，开船时间再延迟半个小时。"

我们几人面面相觑，竟然当着我们的面说谎话。以后可再也不相信航空公司和游轮公司晚点的理由了。

凯伦女士的语气由冰冷转为不客气："如果你们继续滞留，海达路德游轮公司有权利请求智利当地警察驱赶你们下船。"

"请吧，请立刻喊警察上船驱赶我们，我们在此恭候警察大驾。"我也毫不客气地回复，"另外，我还想提醒你一句，最好不要忘了把当地电视台一起请来，现场直播效果好。我们还有随队记者会进行现场拍摄和网络直播，让全世界游客亲眼见证海达路德游轮公司是怎样对待自己的忠实客户的。"

双方僵持着，剑拔弩张，现场气氛越发紧张。船长与凯伦交流一番，我竖起耳朵，却听不懂他俩的挪威话。凯伦冷冷地扫了我一眼后拿着我给她的电话开始拨打。

我的脑子像机器一样快速运转，回忆着3年来与旅行社联系的具体细节。

大半年前定下提前去百内国家公园徒步W线时就与旅行经纪人海瑟反复讨论可行方案，尤其在出发前更是频繁沟通、确保无误。至此，我确信我们没被通知过要"泡泡旅游"。

电话接通，当凯伦稍作解释，接线员听到要驱赶自己公司的7位客户下船后，立即把电话转给了海瑟的上司詹妮佛，估计事态严重，此事已经超出海瑟的职责范围了。

凯伦重新叙述，我听到詹妮佛清晰明了地回答："我是海瑟的上司，本公司从来没有听说过，或者贵公司也从来没有通知过本公司有关'泡泡旅游'项目的任何信息。"

我安抚下自己那颗怦怦乱跳的老心脏，最起码，我们几个不用被赶下船流落在狂风呼啸的世界尽头了。今晚，热汤热菜热饭加温暖住处有了保障。

凯伦嚣张跋扈的气势有所收敛，她在电话里说："会的，我们一定尽快找出原因并安顿好他们。"

凯伦转过身来，阴沉难看的脸色开始缓和："燕，我现在需要你的帮助。初步看来应该不是你们的过错。但船长的决定也无法更改，我们会和你们的旅行社共同承担接下来的一切责任。现在，请求你做好你队友们的工作，请先下船，我们公司会安排你们下船后的所有行程安排。"

集体商量后，我们要求必须得有书面承诺书。天晓得待我们下了船，游轮公司是否会翻脸不认人呢。接下来凯伦迅速出具了一封由她和船长共同签名的承诺书，确认游轮公司承担一切责任和赔偿。

7个人肩扛手提，拖着大箱小包下了船，南极梦碎，肝肠寸断，挥泪告别"法小姐"。

天上掉下"大馅饼"

第二天早上10点，凯伦女士带着助手准时前来，大家开门见山、直奔主题。

凯伦女士打开手中海达路德游轮公司近期去南极游轮的行程，最早的就是12日起航、18天行程的阿蒙森号，比昨天起航的"法小姐"晚一星期。如果我们愿意，可以安排上阿蒙森号，所有人升舱到最高级的豪华套房。

这是我第三次去南极，对去南极的船只略有所知。阿蒙森号可以乘载500多位乘客，船大乘客多。

在南极，探险小船更具优势。大船进不了很多航道，也无法靠近小岛。相比"法小姐"载客200人左右，船小灵活，阿蒙森号逊色不少。

再则，阿蒙森号行程只去马尔维纳斯群岛和南极半岛，少了"法小姐"的南乔治亚岛，此岛被称为海上的塞伦盖蒂动物乐园。

当然也有比"法小姐"船体更小、载客更少的探险船只，但大多数航程很短，只有一个星期左右，无法像"法小姐"的航程一样，包含南极三岛。这也就是为什么我对"法小姐"情有独钟，两次行程都选了"法小姐"。

凯伦女士解释由于疫情因素，阿蒙森号的乘客减少了一大半，才200多人。至于少了南乔治亚岛这一块，她代表公司会再补偿一次"法小姐"航程给我们。

哇，也就是说，我们会再拿到一次跟我们原来一模一样，甚至升舱，还包国际机票和酒店的升级版"法小姐"航程。

"这不是能上两次南极吗？要了要了。"农民画家激动极了，连声说道，"梦碎梦又圆啊！"

祸从天降又转为天上掉下"大馅饼"，队友们可以二上南极，自己竟然能四上南极，这个"大馅饼"诱人又美味，真是世事难料！

大事谈妥，接下来的事情也就顺理成章。

游轮公司计划第二天把我们从蓬塔阿雷纳斯送往首都圣地亚哥，吃喝玩乐全包，在等待的一星期中再包圣地亚哥和周围景点的参观游览。

凯伦女士笑眯眯地问道："今晚能荣幸地邀请大家与我共进晚餐吗？至于哪家餐馆，你们任选。"

我想起了两年前去南极内陆看帝企鹅、登南极点前 ALE 公司请我们吃饭的一家蓬塔阿雷纳斯最有名的烤全羊餐馆，据女儿说是吃到了世界上最好吃的羊肉。我自己不吃羊肉，但想到伙伴们个个好此一口，就向凯伦提议了这一家。

晚饭前刚想问接我们的车何时到，凯伦已送来了信息，说她正步行来酒店接我们，再一起陪伴我们步行去餐馆。

我和队友们说，被赶下游轮，又被邀赴盛宴，事件跌宕起伏、反差巨大，一下子真是难以适应。

凯伦预订的正是我两年前坐过的同一张餐桌，又坐上了同一个位置。待我摘下口罩，准备就餐时，坐在我边上的凯伦目不转睛地盯着我看，我被她看得心中发毛，不会再把我赶出餐馆吧？我偷偷咧嘴一笑。

"怎么这么面熟？燕，我好像真的在哪里见过你。"凯伦说道。

怎么会呢？我也仔细端详着她，一张完全陌生的挪威人的脸，真的不记得在哪里见过。除非……"5 年前我和女儿曾一起乘坐'法小姐'，是与此次同样的线路。"我边说边回忆。

"白色圣诞在南极。"凯伦接口道。

"魔鬼变天使。"我和凯伦异口同声。

这是指5年前"法小姐"穿越魔鬼海峡时"魔鬼"天气变成风平浪静的美丽"天使"，连老船长也直呼奇迹。

同伴们丈二和尚摸不着头脑，不知我和凯伦对的是什么暗号。

"燕，我就是当年'法小姐'上的船务总经理，与你们一起共度了19天的美好时光。"凯伦开心极了，与我频频碰杯。

凯伦和我频频碰杯

我记得"法小姐"的船长告诉我们那是他的最后一次航行，结束后与我们同机从蓬塔阿雷纳斯飞回了圣地亚哥。

"是啊。"凯伦答道，老船长现在已经升到海达路德游轮公司的高层了，我最熟悉的探险队长吉姆也已升职，在总部统管探险方面的工作，我原盼望着这次上船能再见到吉姆。而凯伦自己也升了职。

　　怎么会有如此多巧合？眼前的凯伦笑靥如花、和蔼可亲，与昨天欲把我们赶下船时的冷若冰霜、铁面无私简直判若两人，我迷茫又惘然，这是同一个凯伦吗？

丰盛晚餐，一笑泯恩仇

"泡泡"吹大了

范队长向凯伦一番解释，平均66岁的他们4人如何以钢铁般的意志用5天徒步走完百内国家公园80多公里（50多英里）的W线，让凯伦直呼佩服。

英雄相惜，原来凯伦也是徒步爱好者，正计划着等南极游轮季节结束，去百内国家公园走个O线。

"计划了好几年，一直难以实现，现在受到你们的激励，必须得去走一趟了。"凯伦耸耸肩说道。

当凯伦得知我们来自美国亚利桑那州时，她说徒步大峡谷也列在她的计划表上。曾经多次徒步过大峡谷的范队长热情地向她发出了邀请。

坐在凯伦另一边的陈普老师则向她推荐，有机会可以去走走中国最长的"徒步线路"，要走两万多公里。

我心中纳闷，作为几十年的老朋友，我怎么从没听陈老师提起过？搞不懂此番陈老师的葫芦里又开始卖什么药了。

陈老师在百内国家公园徒步W线时遇到了因脚受伤抽筋而蹲坐在地上起不来的德国小伙儿，陈老师当场高歌了几句"红军不怕远征难"。据陈老师描述，自己的嘹亮歌声就是一帖良药，唱得德国小伙儿爬起来一瘸一拐地继续前进。

我听到凯伦谦虚地回答，两万多公里走不了，但可以尝试着走其中的某一段。又听到凯伦问陈老师自己是否走过，陈老师尴尬一笑，摇头说还没有呢。凯伦再问有谁走过，陈老师再答，红军走过。

原来是红军长征的路线！

凯伦放在桌上的手机响了，她接通后说："一切顺利，全部谈妥，我现在正陪着他们吃饭呢。"

她接完电话笑呵呵地说："'去旅行吧'旅行社的詹妮佛经理从美国打过来询问你们7人的情况。"

詹妮佛告诉凯伦，公司专门为"7人被赶下船事件"成立了"专门小组"，由公司副总裁主要负责，直到事情圆满解决为止。

游轮公司安排我们7人游山玩水

我们7人受宠若惊，酒足饭饱后再稍微地挺胸，揉揉肚子，刹那间感觉有那么点儿"高大上"了。

事情的发展完全出乎我们的意料，真没想到，被赶下船的7人竟如此被关怀追踪、被热情友好地招待着……

我刨根问底，想知道问题究竟出在哪儿，凯伦爽快地承认错误方就是游轮公司，并说："燕，你们7人的下船拉响了我们整个游轮公司的'警报'，公司总部要求立即成立'泡泡专案组'，在24小时内向全球的销售代理通告

'泡泡旅游'，全面推进、专人落实，绝不再允许出现一条漏网之鱼。"

丰盛晚宴结束前，我又抛给凯伦一个问题："假如那天问题没解决，你们真的会叫警察上船驱赶我们吗？"

旁边的张姐推我一把，用中文提醒："这种问题你也敢问？""敢，为什么不敢？"我回答。

凯伦似乎一点也不显尴尬，她微微一笑说："燕，咱们不打不相识嘛，如果我处在你当时的状况，估计我也会有同样的反应，也会说出你那天说过的话。"

哈哈，凯伦这块"老姜"也辣得很哪！

我开玩笑一样继续说："智利的警察到挪威的游轮上驱赶我们下船，走投无路的情况下我们唯有求助于美国大使馆，其中的两位加拿大公民则直奔加拿大大使馆……"

"老姜"凯伦有些沉不住气了，摇头摆手连声道："不会的，绝对不会发生的。"

我用中文嘟囔着："当然不会了，开什么国际玩笑？"

这回啊，"泡泡"真的吹大了！

祸兮福所倚

在圣地亚哥一个星期的旅行快要结束了，再过两天，我们就要被"泡泡"，然后再登上去南极的阿蒙森号了。

计划永远赶不上变化，凯伦那边传来了坏消息，正航行在南极的阿蒙森号上检测出了新冠肺炎病毒阳性感染者。

凯伦解释道，刚开始当一名游客检测呈阳性后，阿蒙森号立即确定了密切接触者，这些人都被迅速隔离了起来。但还是没有抵挡得住，病毒开始在船上肆虐，乘客又传给了船员，共发现了20多名阳性感染者。阿蒙森号提前两天返回了蓬塔阿雷纳斯港口。

按照智利政府的规定，病毒暴发的游轮必须被隔离，也就意味着我们12日出发的行程彻底泡汤。

大喜大悲，大起大落，这就是我们这一个星期的经历。去南极的梦想第二次破灭，我们真是要多倒霉、有多倒霉。

自从暴发新冠肺炎疫情后，游轮一直被认为是海上的"浮动病毒温床"，长时间的旅途、相对密闭的环境、停靠港口时频繁上下客、大量游客的聚集……游轮已经成为传染病疫情的暴发中心。我们这次二上南极失败，莫非就是塞翁失马、焉知非福？

尽管这次游轮公司要求所有乘客和船员都必须出具72小时内连续三张核酸检测阴性证明和疫苗证明，再加上一天一夜的"泡泡旅游"，每个登船的人都必须有"三重保险"傍身。但德尔塔和奥密克戎这对狡猾的"双生子"还是渗透过"泡泡"，插上恐怖的翅膀飞入了游轮，让乘客们对南极旅行的梦幻期待彻底变成了噩梦。

据凯伦说，现在每条游轮都会开辟一个防疫区，一旦发现哪个乘客呈现阳性，立刻会被隔离到防疫区，与其密切接触者享受同等待遇。

如此这般，就算游轮继续在南极航行，被隔离在防疫区的乘客们也无缘随心所欲地观赏只有南极才会有的垂直巨大的冰山、气势壮观的浮冰、壮阔的冰川，还有那成群结队的野生动物，企鹅、鲸鱼、海豹、信天翁……

我抬起头来，眯眼望向南美洲上空的湛湛蓝天，碧空如洗。冥冥之中，仿佛看到云端里伸出一只手，再一次把我们7人挡在了太平洋的海岸边。祸兮福所倚，福兮祸所伏！

明年再相见，南极！

南极壮观的冰架

作者（左二）与同伴们聚餐

天哪，我们竟然被赶下了去南极的游轮（下）

真没想到又开始提笔写这件事的后续！

被游轮公司赶下船后，我们7人灰溜溜地打道回府，虽说过错不在我们，但还是越想越憋屈，毕竟南极没去成嘛。

补偿和赔偿

回来后发生的一系列后续事件超出了我们的预期和想象，同伴们个个怂恿着我继续书写，好好说说后来发生的故事。

话说我们7人被赶下船后，游轮公司经过一番调查，结果发现错在己方，于是向我们赔礼道歉，补偿加赔偿，好好招待了我们一星期。

游轮公司安排我们7人住在喜来登酒店，每天至少三顿大餐，除了酒店的早餐外，智利首都圣地亚哥上千家餐馆任选，我们比较喜欢光顾的是法国餐馆和海鲜餐馆。一辆专车加导游和司机带我们把圣地亚哥周边的著名景点逛了个遍。

后来是我们自己吃喝玩乐到不好意思了。同伴之一陈老师摇头晃脑地说，不可焉，再吃要吃出毛病来了。

除了农民画家夫妇坚守每天三顿"大餐"的钢铁阵地外，其余几个则偃旗息鼓，悄悄撤退，晚饭开始随意解决或者不吃了。摸摸自己的肚皮，我决定随大流，晚饭就在酒店房间吃方便面解决。

最后范队长算总账，花掉了游轮公司不少的一笔钱。

吃喝玩乐游轮公司全包

张林姐和晓明姐开始心疼起游轮公司，说人家游轮公司多不容易，自从新冠肺炎疫情暴发以来已经两年没营业，好不容易今年开船又碰上病毒在船上传播这等倒霉事，现在不仅要赔钱，还这样招待我们，又给我们买了回美国的机票……

我赶紧做手势打断了她俩的话，难不成她们已全然忘记了几天前被赶下船时的凄惨遭遇？如果没有被赶下船，我们现在正在"法小姐"游轮上欣赏着南极壮美辽阔的极地风光呢！

潇洒玩乐的同时，我也与游轮公司就补偿和赔偿之事进行着紧张激烈的谈判。赶我们下船的凯伦女士"退至二线"，游轮公司派出了旅客服务部高层劳拉女士与我直接通过电话和电子邮件联络。

补偿这一块比较简单，只需要补偿我们一个一模一样的航程并加上南美洲来回的飞机票，游轮就选择2023年12月中旬起航的"法小姐"。大家对此补偿满意且无异议，这样就可以在南极欢度圣诞节和新年了。

相比起补偿，赔偿这一块就困难复杂多了。因为赔偿的不仅仅是大家的时间、金钱和精神等方面的损失，更牵涉到每个人的尊严和荣誉。

同伴杨萍嘱咐我说："明天你跟游轮公司谈判赔偿时一定要提到，当我听到被赶下船的消息后，开始头晕、心口绞痛。被赶下船后的几个晚上连续做噩梦惊醒，严重影响到了我的睡眠和身体状况。"

知识渊博的陈老师想了想说："问题是你并没有当场晕倒或被刺激到心梗和脑梗啊。"陈老师的话让大家联想到了著名的美国联合航空公司和亚裔医生的赔偿案。

美国联合航空公司因为暴力驱逐亚裔医生陶大卫而受到全世界民众的谴责。一名网友将陶大卫在美国联合航空公司航班上被暴力拖拽的视频发到网上后，引发了世界各地民众的愤慨。之后陶医生的律师团队提出诉讼。美国联合航空公司不仅马上修改航空公司订位的政策，而且还尽快与陶大卫的律师团队达成和解，并以天价赔偿平息了这场风波。

但是，想象很美好，现实很"骨感"。当时我们谁也没料到会被赶下船，因此谁也没有做过谈判赔偿的准备。我一把揪住了海达路德号的"王牌"线路——2万多美元横穿整个北极的"西北航线",但劳拉二话没说立马拒绝。

虽然被拒绝,但我的这番不成熟操作也不能说完全没用,游轮公司随后推出了三条航线供我们选择:第一,南美洲厄瓜多尔的科隆群岛,又称龟岛,达尔文曾到这里考察,促使他后来提出进化论;第二,北极的格陵兰岛深度游;第三,南美洲国家的任何一条航线。

前两条航线价格差不多,接近1万美元。第三条航线的价格缺乏吸引力。

北极游? 龟岛游?

大家的眼睛齐刷刷地盯上了北极游,游完南极再免费游北极,我们被赶下船的"悲惨"经历也算换来了欢喜圆满的结局。

但也有同伴提出,我们南极航程的费用超过1万美元,必须要求游轮公司赔偿一个相同价位的北极航程,不能轻易接受第二个行程。

如此这般,我又"披挂上阵",选了个性价比与南极航程相匹配的北极航程,与劳拉在电话和电子邮件中唇枪舌剑地斗了起来。

拉锯战到第三天,劳拉一不做二不休,给我们下了游轮公司北美地区总裁的最后通牒,一封电子邮件轰得我们措手不及。

游轮公司首先挥起大刀把我们喜欢的北极格陵兰岛深度游砍掉,再痛下狠手,给我们的第一个选项就是按原价全额退款,此选项不亚于五雷轰顶,震撼得我们差点晕厥过去。农民画家哭丧着脸说,这样不要说北极,连南极也去不成了。

因为我们南极航程的原价是3年前的价格,如按现在的市场价重新订,价格不提高个百分之几十才奇怪呢。而我们3年来的南极梦想也将彻底破灭,这白白"蒙冤受屈",还被赶下船的"苦大仇深",要上哪儿申诉去?

剩下来的两项选择就是龟岛和已被我们完全抛弃的南美洲航线。最后，劳拉又补充一句，游轮公司所付的酒店和游玩费用截止到明天，过后一切费用自理。

读完电子邮件，我们7人当场傻眼，原本激情澎湃、战斗力高昂的我们像泄了气的皮球一样，沮丧的心情不亚于被赶下船时的撕心裂肺。

范队长首先表态："算了，不如就选龟岛吧，总好过没有。我和晓明接下来整理行装，明天回美国。"事情既然到了这地步，其他人耷拉着脑袋，不得不接受现实。

我头皮发麻、胸口发紧，连声给大家赔礼道歉，只怪自己的谈判能力有限，判断失误，就这么痛失良机，让本来已经煮熟的鸭子——北极游飞掉了。

我到底还是不死心，回过头去向劳拉争取北极游，希望北极游重新游回到谈判桌上。劳拉手持"尚方宝剑"，吃了秤砣铁了心，对我们关门又闭窗。求助无门，我转头又去求助已经比较熟悉的凯伦女士。

凯伦答应帮忙。她跟游轮公司几位高层打过电话后向我透露内部消息，北极航程一直是游轮公司的热门产品，从来没有赔偿给任何乘客。因为被我要求的"王牌"线路"西北航线"逼急了，游轮公司第一次抛出了替代方案北极格陵兰岛深度游。

"我要是你们，巴不得早早接受北极游呢。"凯伦轻轻叹息一声继续说道，"游轮公司甚至出动律师团队研究了你们7人所居住的美国亚利桑那州的法律，该州的旅游赔偿从最低5美元到最高1万美元，而我们公司的赔偿已经快达到你们州的最高赔偿了。"

最后凯伦好奇地问我："我怎么感觉你们对大名鼎鼎、全世界游客趋之若鹜的龟岛没什么兴趣呢？"

确实，女儿来电话时我告诉她正在发生的状况，她着急地说："你们为什么不选龟岛呢？在世界所有评比的各种旅游项目中，龟岛永远名列前茅，除了该岛风光旖旎、美若仙境外，更是因为达尔文的进化论而闻名遐迩！老妈，你若不去我代你去。"

好吧，退而求其次，当天晚上我通过电子邮件通知劳拉，接受游轮公司龟岛航线的赔偿。第二天，所有人都心不甘、情不愿地打道回府了。

游轮公司与旅行社的明争暗斗

刚回美国，我们7人就收到了游轮公司的邮件，大意是游轮公司补偿我们的2023年12月的南极航程可以选择跟我们原来的旅行社Vacations To Go订，或直接跟游轮公司订。如果跟随旅行社，那接下来的所有事项都与游轮公司无关。

我们几个商量后，决定直接跟游轮公司订。

上次的问题就是出在这两家公司拐来拐去的沟通上，才导致"泡泡旅游"沟通不顺。更何况游轮公司赔偿给我们的龟岛航程跟旅行社无甚关系，需要直接跟游轮公司订，鉴于后面一系列复杂的补充手续，我们还是直接与游轮公司打交道比较妥帖。

游轮公司一个"皮球"踢给我们，要我们自己去跟旅行社确认。看得出来，游轮公司和旅行社暗暗地较着劲，一来这个"泡泡旅游"究竟错在谁身上，至今仍无公断；二来7个客户不是小数目，一旦我们跟了游轮公司，以后的生意也就通通归游轮公司了。

我通过电子邮件通知了旅行社我们的经纪人海瑟。这么多年来，我几次去南北极和其他诸多行程都是海瑟帮我订的。当我们7人被赶下船时，如果没有海瑟的经理詹妮弗和公司副总裁全力以赴的支持和关心，我们早就流落街头了。

心中略怀愧疚，我拨通了海瑟的电话向她解释。平白无故地丢了7个客人，海瑟自然不高兴，她竭力想挽留，但见我们去意已决，只得同意了。

两天后，我接到了海瑟的电话。"事情解决了。"海瑟在电话那头兴奋地告诉我。我有些迷惑，不知解决了什么。

原来跟我结束通话后，海瑟愤愤不平，自己苦心经营并服务多年的客户莫名其妙地被游轮公司挖走了。海瑟把此事作为重要事件汇报给顶头上司詹妮弗经理。

詹妮弗本身就是我们"7人被赶下船"事件的负责人，而"7人被赶下船"事件也早已在旅行公司被立案和调查，也因此 Vacations To Go 公司总部的会议上专门讨论了此事。

海瑟告诉我，Vacations To Go 公司总裁亲自出面找了海达路德游轮公司北美地区总裁，就我们7人的"所属权"商讨解决方案，面对全美国最大、实力最雄厚的游轮代理公司，海达路德游轮公司北美地区总裁低下了高傲的头颅，心甘情愿地把我们7人的"所属权"物归原主，交还给了旅行社。

天哪，我们7人被赶下船后风起云涌，从南极到北极再到龟岛，不仅仅把自己搅得七荤八素、天翻地覆，还引发了两家国际大公司的明争暗斗。

权衡利弊之下，我们还是决定跟随游轮公司。我婉言谢绝了海瑟热情洋溢的邀请，在安慰她的同时也一并向她表达，除了这几个航程外，以后去世界的其他地方一定还会回来找她代理。

再度风起云涌

我长叹一口气，这件事，总算告一段落了！

接下来的事项按部就班，劳拉派出了泰拉小姐为大家续订南极的补偿航程和龟岛的赔偿航程。

两个月后的某一天，劳拉又给我发了一封电子邮件，我边打开邮件边嘀咕，又有什么事呢？好事还是坏事？

哎哟，真的没好事！

劳拉言辞恳切，无比真诚地向我道了歉，原来是补偿给我们的2023年12月的南极游再一次无法成行。天哪，又是我们时运不济、命途多舛、已经订了5年的南极游啊！我欲哭无泪。

劳拉解释道，赔偿给我们的2023年12月中旬的"法小姐"航程已经被一家全球知名的大公司买断并包下，用于公司自己的员工出海去南极欢度圣诞节和新年。所有预订"法小姐"此次航程的乘客可以选择原价退票或选择新的航程。

在电子邮件中，劳拉似乎料到了我的心情，又写道："我完全理解你们此刻沉重悲伤的心情，我和你们在一起，我的心与你们的心相连着……"

这些温柔暖心的话语居然出自劳拉之口？虽然没见过劳拉本人，但我在电话和电子邮件里不知道跟她打了多少回交道。伶牙俐齿、精明强干、言语犀利，甚至有些冷酷无情，这就是我对这位女强人劳拉的印象。

"而你们不知道的是，当总公司通知我去告知你们时，我的内心是如此煎熬、如此哀伤，竟然情不自禁地流泪了……"读到这里，我的心里涌上了一股暖流，不知道什么时候，泪水已经在眼眶里打转。

"当然，我知道你们的选择，你们决不会选择原价退票的，对不对？至此，我和我的同事们向你们7人为实现南极梦想坚忍不拔的精神和永不放弃的态度表示崇高的敬意和佩服！"

"我还知道，现在我和我同事所能做的，就是尽我们的一切努力来帮助和配合你们，燕，请尽快跟我联络……"

再续北极前缘

事到如今，除了改期，我们还能做什么？还有什么好说的？在南极欢度圣诞节和新年的美丽梦想再度破灭。

虽然南极游再次延期至2024年1月，无论如何，龟岛的赔偿如愿以偿，陈老师和夫人张姐率先于2022年春天去了龟岛。

陈老师和夫人张姐与岛上陆龟合影

龟岛上最早的原住民蓝脚鲣鸟

陈老师和夫人除了与大家分享龟岛的美景美照外，还说了一件事：这次龟岛之行，他们俩遇到了跟他们在同一条船上，正带着家人旅游兼考察业务的海达路德游轮公司最新上任的北美地区总裁杰夫瑞·澳先生，简称杰夫先生。

他们俩把我们7人被赶下船的经历告诉了杰夫先生，据说杰夫先生非常吃惊并有些愠怒，并让他们俩回美国后再与其他经历了这件事的人一起写一份详细过程的邮件发给他。

陈老师和夫人想和我们一起联合签名写信。考虑再三，范队长表态说算了，游轮公司待我们不薄，虽说一波三折，但补偿和赔偿一样没少，而凯伦、劳拉等游轮公司高层主管和负责为我们订航程的泰拉也对我们不错，热情帮忙解决前期问题并一直处理着后续事宜，今后我们几个还得仰仗游轮公司照顾呢。

我们其他几人都同意范队长的想法，后来大家渐渐淡忘了此事。

初夏的某天，我突然收到游轮公司新总裁杰夫先生的电子邮件，他自我介绍一番后，首先代表公司诚恳地道歉，接下来说想和我来个电话会谈，专门聊一聊这"7人被赶下船"事件。

我已退休在家10多年，生活状态基本与社会脱节，笨拙的舌头连英语句子都快要说不完整了，怎么会料到大公司的总裁会亲自出马处理此事呢？我有些惊慌失措，只会回复"好的"。

我回复后，杰夫先生马上给我发来了3天后早晨电话会谈的时间，我一查，3天后我有个已经预约了半年而不能错过的医生门诊，就如实告诉了杰夫先生。

第二次定的会议时间是一星期后的星期一，正好那天我要动身去苏格兰，不得不再次回绝了他的邀请。杰夫先生第三次写来电子邮件说，燕，下一个时间由你来定。

张姐笑着说："哇哦，你很酷嘛，拒绝了杰夫总裁的两次邀请。"我急忙辩白："绝对不是故意的，事情就那么凑巧。借你们俩的光，去龟岛钓来了一条'大老板鱼'，我真的感到受宠若惊、无比荣耀。"

待我从苏格兰回家后的第二天中午11点，一分不差，杰夫先生的电话如约而至。他亲切问候、精简问答，半个多小时的电话无一句废话。杰夫先生洞彻事理，电话会谈的主要目的就是听听我们7个"受害者"的声音，看看这个"泡泡旅游"和"7人被赶下船"事件到底错在哪一方。

我说："错在你们公司。"杰夫先生告诉我，他一定会追查细究。有一句话我印象特别深刻，很像我们所说的刨根问底、彻底纠错。结束时，杰夫先生温和地问道："除了我们公司已经给予你们的补偿和赔偿，你们还有什么其他要求吗？我会在我的职责范围内帮助你们的。"

我的脑子飞速运转，绝不能错过这天赐良机！思维恰到好处地停留在了被前任总裁砍掉的"北极格陵兰岛深度游"。我向杰夫先生略微解释了一下当初被砍掉的这个项目并表达了我们的遗憾，期望他能帮我们重续北极前缘。

我在网上搜索了一下，正当年华的杰夫总裁原来一直是亚马逊的高管，为亚马逊公司屡创佳绩、成绩斐然，也因此被海达路德游轮公司挖了过来当总裁，负责北美和拉丁美洲的业务。

杰夫总裁"新官上任三把火"，不知我们的"7人被赶下船"事件算不算其中的一把火。但看到杰夫先生对此事的处理方式，我为游轮公司感到高兴和庆幸，有杰夫这位好老板的保驾护航，游轮公司在现如今这么艰难坎坷的困境下，一定会航行得又平又稳，再创辉煌！

几天后，杰夫先生通过电子邮件告知我，可以给我们相应的"总裁折扣"，并再次感谢我为他们公司带去了多位去南极的新客户。

结果很不错，我学着京剧唱腔开口："想当初，老子的队伍才开张，总共只有七八个人，要上南极，再上北极，还有那龟岛……"

"不要得意忘形，2024年1月的南极游已经计划5年了，天知道又会发生什么？去得成还是去不成？"

　　脑海里突然飘来一个声音，我猛地一惊，歌声戛然而止。

下次再相约

北极篇

在苔原雪车里近距离观看北极熊

加拿大丘吉尔，与北极熊共眠

2017年夏天，我去了北极之挪威以北、号称有2000多只北极熊的斯瓦尔巴群岛，连续追踪了一个多星期，连只熊的影子都没看见。套用当今的时髦话：还是"人品"不够好！

所以，我心中最挂念的，依然是这个星球上最大的食肉动物——北极熊。于是，不甘心的我，将目光转向了另一个地方——被称为"世界北极熊之都"的加拿大丘吉尔城。此番做足功课，提前一年预定好行程，北极熊，我和你，始终有约！

入住苔原雪车旅馆，不速之客神秘到访

飞到了号称"世界北极熊之都"的加拿大丘吉尔城，才下飞机，便遇雪花来袭。

片片雪花飘然而下，还没来得及适应这种极端寒冷，我们30名游客就被直接送进了位于哈得逊湾（Hudson Bay）国家保护区、建在北极熊老巢里的苔原雪车旅馆。车接车，脚不能沾地，四周危机四伏。

这座特殊的旅馆看上去既像一列火车又像一辆超级大的房车，餐厅、房间、会客厅加暖气一应俱全，长度超过100米。苔原雪车旅馆的后面两节是我们的住宿区，最前面的两节是餐厅和客厅，连接餐厅和住宿区的露台以及最后面连接处的平台是专门用来看景和看北极熊的。因此，住在苔原雪车旅馆就是与北极熊共眠，我们在车上，北极熊极有可能就在车下！

建在北极熊老巢里的苔原雪车旅馆

被北极熊"包围"的苔原雪车旅馆

　　房间设计得像火车卧铺，我的房间是上铺安置行李、下铺睡觉，女儿的则相反。每人独立一间，30人共享6个卫生间。放下行李安顿好，在寒风里远眺哈得逊湾，那里的水面虽有浮冰，但海水尚未冻住。据说共有1000多只北极熊已经开始聚集到哈得逊湾，等待海水冻住，它们就可以穿过海冰，走向北冰洋深处，那里有它们最爱的食物——环斑海豹，这个季节也是北极熊一年中补充脂肪的最佳时段。

　　室外寒风瑟瑟、雪花纷纷，室内晚宴开始，谈不上什么奢华大餐，可在这极寒极冻的北极，能吃上这顿还算过得去的晚餐，加上免费酒水，我们已经很满足了，开始推杯换盏、把酒言欢。觥筹交错之间，大厨克里斯眼尖，低呼一声"有熊驾到"，所有人立刻扑向各个窗口。在惊呼和尖叫声中，我瞥到了窗外一只巨大的北极熊，但那只北极熊似乎也被众人的惊呼声吓到了，扭动着肥硕的屁股一溜烟地跑开了。此番连身手最敏捷的游客也只不过拍到了这只大熊的肥臀。

哈得逊湾

　　毕竟这是看到的第一只北极熊，众人平息下刚才激动、震撼的心情，坐下继续用餐。半小时不到，我们的男向导荷兰人里尼轻声提醒，右边窗户下有熊出没。里尼同时伸出手指发出"嘘"的一声，众人此番学乖，不敢再发出任何声响。女儿机智，冲我眨眼：老妈，你上露台，我去最后面的平台守候，快！女儿转眼就不见了人影，我则手忙脚乱，提上相机后竟忘记套上旅游公司借给我们的北极大衣，便也顾不上了，我几步冲向露台，和女儿来个前后夹攻，迂回包抄，这哪里是看熊，分明是冲锋陷阵上战场！

　　女儿判断正确，北极熊已经离开餐厅，正踱着方步，东瞧西望，人摇大摆地走向我现在守候着的露台。走近了，看清了，看似凶神恶煞的北极熊，此刻在巨大的苔原雪车的映衬下，显得又白又胖，憨态可掬。

　　这只北极熊在我守候的露台下停住不停地嗅着，又对着轮胎扒拉了一阵子，冷不防地，它突然两只前脚一抬，直愣愣地站立了起来，朝着我眨了眨眼，可爱极了。近在咫尺的两个不同物四目相对的这一瞬间，熊确定、人确信：我，在这只北极熊眼中就是一块填肚子的肥肉！哇，好一次心惊胆战、魂飞魄散的面对面亲密接触！

突然站立起来的北极熊

作者在车里与北极熊合影

夜已深，寒风呼啸中，我撩开床头窗帘向外看去，又一只巨大的北极熊紧贴着苔原雪车走过，吓得我（实际上是激动得）半夜无眠。

哈得逊湾，饥肠辘辘的北极熊们期待海湾冻结，北迁捕猎

第二天，我们搭乘水陆两栖苔原雪车（Tundra Buggy），踏上了去哈得逊湾追寻北极熊的路程。这种苔原雪车经过特殊设计制作，车上宽敞舒适，有吃有喝，还有厕所。特制轮胎足有一人多高，以确保安全。车窗很大，一旦有情况可掀上或翻下，保证每个乘客都能以最好的角度观看并拍摄北极熊。苔原雪车后面还拖了个露天车斗，方便游客们露天安全地观看北极熊。

北极落日里的苔原雪车

由于地理环境的因素，哈得逊湾丘吉尔港一带海水结冰时间最早，整个夏天忍饥挨饿的北极熊们会第一时间涌向这里，因此每年10月底到11月中旬，等到哈得逊湾结上厚厚的冰壳，北极熊们就会从这里踏冰而行，迁徙到北冰洋捕食过冬，直到来年春天冰化之前，再按原路返回到陆地上，谈情说爱，结婚生子。这也就造成了每年秋季都会有约1000只北极熊从丘吉尔港向北迁徙的景象。要知道，丘吉尔港的常住人口才800人左右，在这里，人类是少数族群，北极熊才是真正的主人。

北纬59度，雪花纷飞，寒风凛冽，哈得逊湾岸边已经结上了一层层的浮冰，但仍未冻住。随着美女向导海瑟的指引，我们看到了前方一大块浮冰上，有一只北极熊正在跳上蹦下地忙碌着，高抬两前腿使劲往冰上猛扑，海瑟笑着说，这只公熊好心急，它正急吼吼地试探着浮冰的力度，看看能否早点出征捕食。几个来回下来，它便"扑通"一声掉进了水里，这只辛苦劳作的熊甚是沮丧，又灰溜溜地游回了岸边。

另一只北极熊则忙碌地在雪堆里挖着什么，待车靠近些，我看到这只熊鼓鼓囊囊的嘴巴里塞满了海带、海藻之类的，还在边挖边嚼。看到食肉动物的北极熊已经饿到见啥吃啥的地步，我不免一阵唏嘘。

对于这些等待的北极熊来说，现在是异常难熬的时刻。此时的北极熊已经过了好几个月食物匮乏，只能吃野莓和海草果腹的日子。它们几乎饿红了眼，只想尽快重回冰面猎杀海豹。每一只北极熊都正热切期盼着哈得逊湾快快冻结。但现在气温还不够低，冰层还需进一步向海中延伸。待海湾完全冻住，它们才能走上冰封的海面，这是饥肠辘辘的北极熊们最早可以踏上海冰的地方。只有在海冰上，北极熊才能捕猎到它们的主要猎物——海豹。在冰洞的呼吸孔旁等待一顿肥美的海豹大餐，维系那10厘米的脂肪层，是北极王者的生存必备。

强者生、弱者死的世界里，北极熊宝宝惨遭同类猎杀

狂风夹着暴雪，我们的苔原雪车在雪雾中艰难前行，吭吭哐哐地开了快半小时，看到前方停泊着另外几辆苔原雪车。有情况？车里的人们开始紧张起来，个个端"长枪"、架"大炮"，摆开阵势，瞄准了前方。

我们的右前方雪地里正踽踽而行着几只熊，女儿眼尖，已看清并告诉我是熊妈妈带着两只熊宝宝，此刻正朝着我们的车走来。年轻人手脚利索，三下五除二已经翻下车窗，伸出长镜头对准了熊妈妈和熊宝宝。

走着走着，两只熊宝宝竟然停了下来，在雪地上兴致勃勃地开始摔跤打滚、打雪仗，熊妈妈走过去，状似呵斥，熊宝宝们便乖乖地跟着熊妈妈继续前行。

北极熊妈妈带着两只熊宝宝

海瑟告诉大家,这两只小熊估计是夏初出生,刚半岁左右。北极熊一般用两个星期的时间来交配,之后公熊甩手走人,不顾不管。母熊怀孕后,必须独自承担起孕育、生产和抚养后代的重任。

为了哺育宝宝,北极熊妈妈在雪地里挖掘一个舒适的洞穴,从而让宝宝出生后有个温暖的成长环境。最初的日子里,小熊既看不见,也听不见,这个时候,熊妈妈会日夜看守在宝宝身边,寸步不离,完全依靠之前储存在体内的营养来给小熊哺乳。雌性北极熊具有使宝宝保持温暖的能力,这对孩子们的生存至关重要。而熊妈妈奶水中的脂肪含量高达30%以上,小熊长得特别快。因此,宝宝们在出生后的前几个月里会得到妈妈的精心喂养和细心呵护。

我们眼前的这两只熊宝宝已经从洞里走出来,开始同妈妈一起探索外面的寒冷世界了。熊妈妈也开始教育孩子们如何捕猎和在野外环境里生存。

熊妈妈停下脚步,似乎走累了,警惕地四处看看,然后在离我们车不远处的能避风挡雪的柳树丛中躺下,其中一只熊宝宝钻进了妈妈怀里取暖,另一只则趴在妈妈背上歇息。片片雪花里,北极熊母子相互依偎、温馨守望的情景当场融化了我们的心。母爱无疆,这感人的画面足以融化世界上最冰冷的心啊!

就在第二天下午的猎游(Safari)即将结束时,向导里尼又观察到了前方一片柳树丛中,一只公熊似乎正卖力地咀嚼着什么,德国游客已从他的超倍望远镜里发现公熊旁的一小堆白色皮毛。里尼皱起眉并摇头说,现在这个季节,饿了几个月的北极熊应该抓不到什么动物填肚呀。里尼和德国游客还在观察判断,可一丝不祥的预感突然涌上我的心头,难道……

里尼的传呼机响起,另一辆车的向导证实了我们既担心又觉得恐怖不安的预感,眼前的这只公熊杀死了我们昨天看到的其中一只熊宝宝,这只公熊现在撕咬的正是熊宝宝的尸骸。车内一片窒息般的寂静,目睹自然界如此残忍的一幕，我不知道该如何宣泄心中的悲伤和难过，唯有眼泪顺着脸颊无声地滑落下来……

在北极熊的世界里，公熊不仅不照顾小熊，还要杀死它们，这可能就是兽性。饿红了眼的公熊饥不择食，见啥吃啥，因为它们实在找不到食物，太饿，也是出于迫不得已啊！

由于北极的污染和人类的滥捕，北极生物链最末端的磷虾一年年减少。于是，以磷虾为生的海豹，也就是北极熊的食物也相应减少，这严重影响了北极熊的生存状况。

除了人类，北极熊本没有天敌，它们是天生的游泳健将。但冰川缩小、冰盖断裂，即使它1小时能游60公里，即使它在冰上几秒就能猎杀一头海豹，也无济于事，除了找不到猎物外，它还会因为游泳时间过长力竭而被淹死。因此，我们目睹了无比饥饿的公熊吞吃同类小熊的悲剧，我也仿佛看到了熊妈妈痛失爱子时无尽的凄凉和深深的绝望……

与北极熊面对面，有惊有险

北极熊是非群居动物，与生俱来的孤独感伴随着它们极强的好奇心。每当我们的苔原雪车经过时，正在玩耍、休息或者发呆的北极熊们便会跑过来和车中的旅客对视，丝毫不担心眼前的事物会对自己有威胁。

这些三四米高的庞然大物大都是公熊，它们并不躲人，在灌木丛中或悠闲地散步，或慵懒地睡觉，还有的走近车窗，将头伸过来并向里张望。它们甚至还会直起身站起来，抬起前爪扒在车厢上，仰着脑袋把鼻子凑近车窗，直接和我们来了个面对面、嘴对嘴的亲密接触，当然，中间是隔了层厚厚的安全玻璃窗的。而当我们与这种只在传说中出现的"北极霸王"近在咫尺时，仿佛能感受到它们的心跳，有时候距离近到能够看见它们蓬松的毛上抖落下来的雪花。

这只北极熊过来和我们打招呼

憨态可掬的北极熊

不远处，两只雄性北极熊正在激烈战斗，看不出来是随便打闹、玩摔跤还是为争地盘或伴侣而动真格地打斗，反正是熊咬熊、一嘴毛，争斗得不亦乐乎。成年北极熊会为食物和伴侣争斗，有些北极熊脸上伤痕累累，就是经常打架的结果。如果公熊或北极狼袭击幼熊，母熊会拼尽全力保护孩子。

飘飘雪花里，一只白色大熊从远方慢悠悠地走到了我们的车前，我们跟随着它的脚步走到后面的露天拖斗车里。这只成年公熊有2米多高，大约六七百公斤重，近距离仔细看，这只公熊有着细圆的眼睛、乌黑的鼻子，鼻头上的伤口清晰可见。我称呼它为"伤疤脸"。此刻，"伤疤脸"更加靠近了我们站着的露天拖斗车，它看似随意地停下脚步，抬起头来瞄了我们几眼，似乎漫不经心，脸上挂着天真和无辜交织的表情。车斗里的游客们啧啧赞叹，好可爱的大熊！站在我旁边的来自芝加哥的波娜俯下身子想拍得更清楚，"后退，向后退！"我们的向导里尼在身后连声说道。危险往往猝不及防，说时迟、那时快，"伤疤脸"一跃而起，前右腿以迅雷不及掩耳之势伸向了波娜握着相机的手，千钧一发之际，向导里尼出手更快，敏捷迅速地从后面拉住波娜将她一把拽了回来，我们边上的几个人虽然吓得魂飞魄散，但危险景象却看得一清二楚，倘若没有里尼的保护，"伤疤脸"跳起的高度和它那巨无霸的力量完全有可能把波娜拖下去，后果不堪设想……

看着慢慢远去的"伤疤脸"，我的心还在怦怦狂跳，眼前挥之不去的竟是"伤疤脸"一跃而起的那一瞬间脸上挂着的凶恶和残暴交织的表情，还有那双暴怒发红的眼睛，不知是愤怒、恐惧、仇视，还是无奈……

里尼干咳几声，极力平复下刚刚的惊心动魄。他边安抚受惊后有些发抖的波娜边告诉我们，北极熊最喜欢的食物是海豹，一般而言它并不主动袭击人类。但目前因为食物减少，北极熊长期处于饥饿状态，大家已经目睹了熊吃熊的惨剧，现在又亲身经历了北极熊欲袭击我们人类的生死瞬间，归根结底，还是因为全球气温升高，哈得逊湾的结冰日期开始推后，北极熊的挨饿日子越来越长，虽然它们是这个星球陆地上最大的食肉动物，但是在气候变化面前也一样脆弱和无奈。另外，看似可爱的北极熊，实际上却是地球上最凶猛的食肉动物之一，这也许就是"反差萌"的代表吧！

"伤疤脸"脸上挂着凶恶和残暴交织的表情

丘吉尔城有座世界上独一无二的"北极熊监狱"

在这个被称为"世界北极熊之都"的丘吉尔城，800多名小城居民已经学会了如何与周边的1000多只北极熊和平共处。

当地人说，北极熊在这里居住的历史远比人类要悠久得多，是我们进入了它们的国度。科学研究发现，大多数徘徊在哈得逊湾海岸的北极熊，如果不是因为气候变化导致的海面无法结冰和觅食困难，以及城中的垃圾堆对于已经饿了好几个月的它们来说具有美食般的诱惑，它们其实对于靠近人类聚居区毫无兴趣。

小城居民在始终对北极熊保持高度警惕的同时，也懂得如何在生活中有所避让，真正实践与熊和平共处的原则。在丘吉尔城的每一家旅馆中，都会贴着告示，警示好奇的旅行者：不要在夜晚只身游荡在城里，不要在白天鲁莽地爬上海岸岩石，不要听到窗外的枪声后多事地跑出屋探寻北极熊的踪迹，等等，这些鲁莽的行为都可能令你和北极熊处于极大的危险之中。

任何人只要在丘吉尔城居民工作和生活的区域内看到北极熊，都可以拨打预警电话，工作人员就会出动把北极熊赶走或是麻醉带走。如果一只北极熊持续进入丘吉尔城惹麻烦的话，就会被送进北极熊监狱关禁闭，而丘吉尔城拥有全球唯一一座北极熊监狱。

旅游车把我们带到了北极熊监狱。这座特殊监狱是由一个废弃的飞机修理库改建而成的，共有20多间囚室，墙壁用水泥重新加固过。一只北极熊通常要在这里关30天，有些极其危险的家伙可能要"服刑"几个月，期满后由直升机运送到远处放生，以免它们再回来惹麻烦。

世界上独一无二的"北极熊监狱"

现在里面正关着12只"犯法"的北极熊，当然，游客们是不允许随便出入的，我们只能沿着监狱外墙溜达几圈，想象一下北极熊被关在监狱里可怜巴巴的样子。因为除了喂水，被关禁闭的北极熊是吃不到一口饭的，监狱以此惩戒这些"违法乱纪"的北极熊，而这种强制禁食的目的，在于免得这些"犯人"出狱后再找人类的麻烦。据向导里尼说，我们参观的当天下午，来自英国BBC（英国广播公司）的摄影小组包了一架直升机来拍摄北极熊，顺便捎带上被关禁闭的一对北极熊母女去几十里外放生。一般带着宝宝的母熊会被优先放生。

北极熊监狱的存在并不是对野生动物的惩罚，而是有着其存在的理由。在这座监狱建造以前，当人类遇到北极熊时，唯一的解决办法就是射杀。为了保护北极熊，小城居民便兴建了这座世界上独一无二的监狱。而饥饿了整个夏天的北极熊由于全球气候变暖，生存条件恶化，迁徙线路南移，觅食也变得艰难，其中一些饥饿的北极熊便开始打起人类社区的主意。不少闯进丘吉尔城的北极熊当然不会拒绝把人类当作美餐。

咆哮的北极熊

然而，全球变暖的大环境问题得不到改善，北极熊监狱恐怕也只能治标不治本。

　　北极熊在海冰上猎杀海豹，在冰川上漫步，在冰雪洞里抚养小熊，辽阔的海冰、雪山、冰川皆是它们的家乡。如今，来自人类的工业污染、碳排放、森林大火、空调和冰箱使用的氟利昂致使北极气温升高，北极熊赖以生存的冰山、冰川、冰盖也随之融化，因为食物匮乏，北极熊也濒临灭绝。不知我们的下一代、下下一代，还能再见到这些"北极霸王"吗？

　　拿什么拯救你，北极熊？

冰川与飞鸟

当你已经见识过了全世界，不要忘了还有格陵兰

结束在挪威一个月的旅行后，我们母女俩从挪威卑尔根乘飞机到了冰岛首都雷克雅未克，过境停留两个小时后再飞几个小时抵达格陵兰岛的伊卢利萨特，那里有辽阔的冰原、壮美的冰川，还有广阔的冻原和奇诡的峡湾，在诱惑、召唤着我……

旅行家们有一种说法：当你已经见识过了全世界，别忘了还有格陵兰（Greenland）。因为当你来到格陵兰，你会惊奇地发现，世界上竟然还有这样的地方：彩色房子散落，冰山四处漂泊，白雪覆盖岛屿。

你或许会好奇，格陵兰岛明明冰天雪地，为何会被取名为"Greenland"

（绿岛）呢？网络上有一个小传说，真假无从考证。相传古代，大约是公元982年，有一个挪威海盗，他一个人划着小船，从冰岛出发，打算远渡重洋。后来他在格陵兰岛的南部发现了一块不到一平方公里的水草地，绿油油的，他十分喜爱。回到家乡以后，他骄傲地对朋友们说："我不但平安地回来了，还发现了一块绿色的大陆！"于是，格陵兰就成了它永恒的称呼。

真正的格陵兰岛则是一个地形复杂、动植物资源丰富的岛屿。这里有高耸的山脉、庞大的冰川、壮丽的峡湾、贫瘠裸露的岩石。

午夜徒步，刻骨铭心

位于北极圈内的格陵兰岛有着极地特有的极昼和极夜现象，每到冬季，便有持续数个月的极夜，而在夏季，格陵兰岛则成为日不落岛。

格陵兰岛的伊卢利萨特在其西海岸中部，北纬69度，北极圈以北200公里。伊卢利萨特按格陵兰语直译是"冰山"。2004年，联合国教科文组织把伊卢利萨特冰峡湾列为世界自然遗产。

伊卢利萨特最大的经济来源是渔业，大约近1/3的当地居民从事渔业以及相关产

伊卢利萨特

业，它的港口也是格陵兰岛的第一大渔业港口。这里不仅风景如画，还是格陵兰北部的文化中心。

海岸线上大大小小的渔船，是小岛的经济命脉。独具匠心的格陵兰传统房屋，色彩斑斓，造型别致。

虽然已经提前一年预订，可没想到这个小岛的酒店竟然如此火爆，据说面向冰峡湾、大名鼎鼎的北极酒店在这个时间段更需提前两年预订。难道说全世界的游客都约好了在同一时段同步到达？

我们在小岛上的一个多星期内频繁地换了3家酒店，且价格都很昂贵。有趣的是，这3家酒店的经理都建议我们夜晚出游，因为现在是极昼，我们将会见到完全不一样的景色。

既然日出而作、日落而息的规律无法在此实现，我和女儿索性白天睡觉，夜晚出行。血液里流淌着非常强烈的徒步嗜好的母女俩，将在全世界最大岛屿格陵兰岛的伊卢利萨特冰峡湾，来一次午夜阳光的徒步旅行。

有3条徒步环线去看冰峡湾——红线、黄线、蓝线。当晚11点，我们开始徒步最长的蓝线，共计6.9公里。

从冰峡湾酒店（Iceford Hotel）出来，隔壁邻居因纽特人饲养的北极雪橇犬冲着我们连甩了几下尾巴，在夜色中静静地目送我们出发。

我们登上了小岛蓝色水塔上的最高点，远远望去，冰山、苔原，大海都沐浴在超现实主义的粉红色、紫色、黄色和红色色调之中，美如幻境。

这里，日子似乎没有开始，也没有结束，太阳从不落山，温暖柔和的光线给周围的景色穿上了如梦如幻的外套。

此时已是将近午夜，彩色的木屋，依着山丘的高度，错落有致地排列着，前面是布满碎冰块的大海，太阳仍在空中，在极地的午夜燃烧，释放着光和热，令海中的冰凌折射出耀眼的光芒。

蓝线上仅碰到两三个像我们一样的徒步夜游旅客，大部分时间都只能听到母女俩寂寞的脚步声。北极小岛上不必担心安全问题，小岛居民4000多人，相互间沾亲带故都认识，几乎是零犯罪率。

夏日里，格陵兰岛的蚊子也是一"景"，既黑又大，既肥又傻，围着我们团团转。尽管已是半夜，我们还是得冲过北极蚊子的层层包围圈。好几次，刚开口说话时一个不小心，蚊子"啪"地落入口中，让我好生尝到了北极生猛"蚊鲜"，味道可不敢恭维。

说也奇怪，只要有女儿走在一旁，蚊子都争着去围攻她。无论她的预防工作做得多充分，蚊子还是更青睐她，咬得她上蹿下跳，我在边上不停地幸灾乐祸。

在午夜太阳的照耀下，我们徒步一个多小时，轻松到达目的地，观赏联合国世界自然遗产：伊卢利萨特冰峡湾。

伊卢利萨特冰峡湾的源头是雅各布港冰川，它是北半球流量最大的冰川。每年降雪落在冰川上，并向下挤压原有的冰雪形成冰帽；变厚、变重的冰川向四周扩散，特别是向有河道的迪斯科湾（Disko Bay）滑动。

崩塌形成的冰山没有及时漂向大海深处，停留在海上，就形成了壮观的冰峡湾。据说泰坦尼克号撞击的冰山就源于这里。

大自然是世间最出色的抽象派大师，让你在缥缈中又感觉特别梦幻。现在来到格陵兰岛的话，正是极昼开始的时刻，午夜的天际线，似乎总有一道永不落下的阳光。一转眼，日落，又变成了日出。

我们停下脚步小憩，眯会儿眼睛，再舒舒服服地往前看，午夜太阳投下橘红色的阳光，在海面上留下长长的倒影，远处的冰山在暮色之中闪着橙黄色，将美丽的身影留在海面上。

美景当前，我竟有些许微醺，内心翻滚，汹涌澎湃，情不自禁地大声呐喊：遥远天际的极昼梦幻，是真是假？反正没人听见，哈哈！

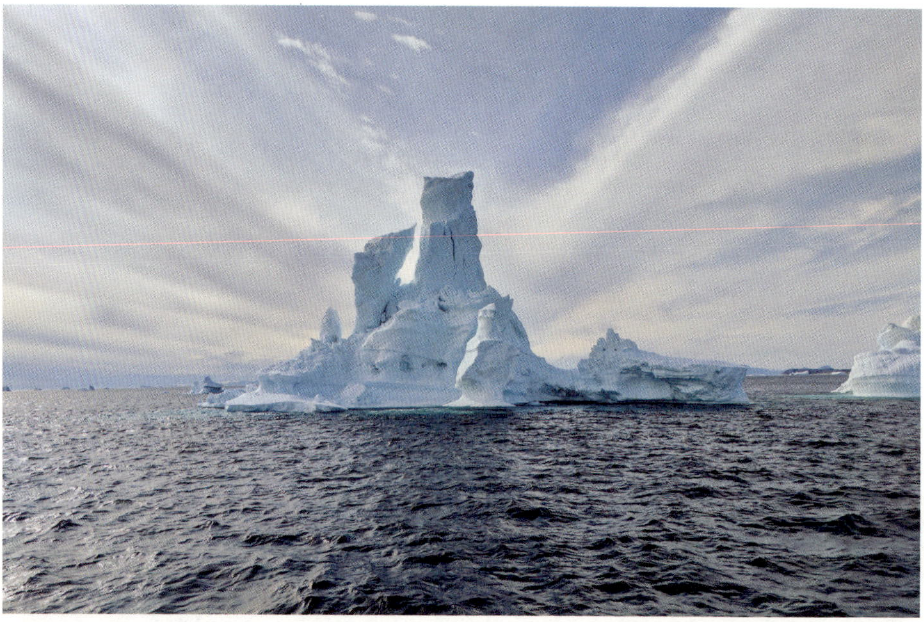

静静矗立的巨大冰川

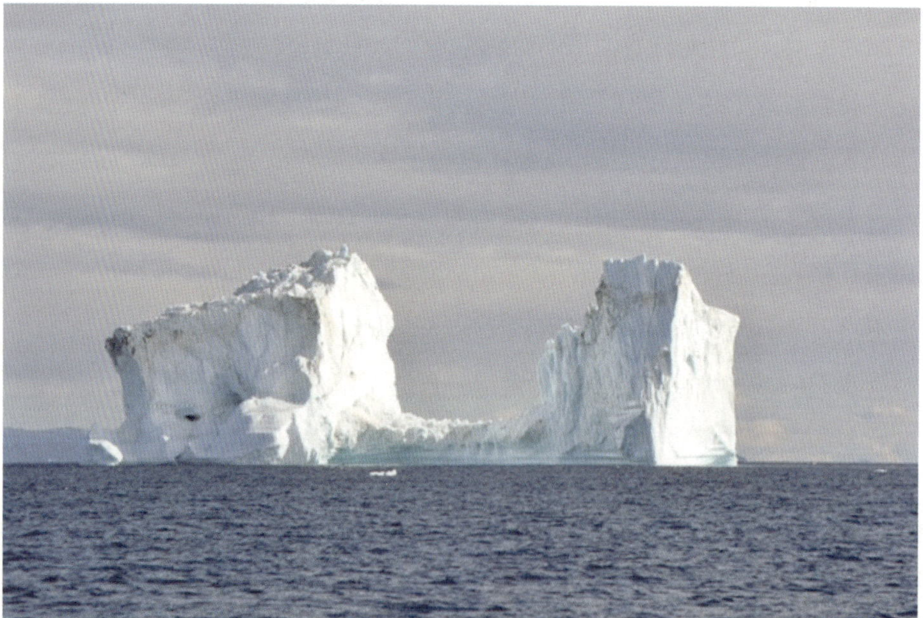

雄伟壮观的海上冰川

女儿尽情拍摄着辽阔壮美的北极风光

午夜太阳逐渐下沉，离地平线越来越近，散发着柔和的光芒，在地面上留下拖得长长的影子。而此刻在太阳光芒的映衬下，一边是火、一边是冰，多么壮观的冰火两重天景象！

从5月到7月末，格陵兰岛的太阳都不会落下。意犹未尽，母女俩继续徒步，瞄一眼手机，已是凌晨4点。

我问女儿，女儿问我：什么样的徒步，会让你如此刻骨铭心、一生难忘？

埃其普赛米亚冰川，美不胜收

因为去过阿拉斯加，熟悉那儿的土著居民因纽特人，当我开口闭口说这里的"爱斯基摩人"时，女儿告诉我，虽然这个岛上的土著居民和阿拉斯加的爱斯基摩人是同一民族，但要称呼岛上居民为因纽特人，因为这里的人不喜欢外人称他们为"爱斯基摩人"。

"爱斯基摩"一词是由印第安人首先叫起来的，即"吃生肉的人"。因为历史上印第安人与因纽特人有矛盾，所以这一名字显然含有贬义。因此，因纽特人并不喜欢这名字，而将自己称为"因纽特人"（Inuit），在爱斯基摩语中即"真正的人""土地上的主人"的意思。

因纽特人的生活已经相当现代化了。他们以前住的冰屋伊格鲁（igloo）早已不复存在，代之以装有下水道和暖气设备的木板房屋。

清晨7点，我们前往码头乘船，去往100米高、5公里宽的埃其普赛米亚冰川。这是格陵兰岛移动最快的裂冰冰川之一。埃其普赛米亚冰川嵌于伊卢利萨特北部80公里处峡湾顶部，即北极圈以北300多公里的地方。

沿途所见的巨大冰川

沿海风光，美不胜收，无论从哪个方向看去，皆可看到纯洁的白色冰面下的那一抹幽蓝色。尽管我们年初去过南极，又刚刚看过北极斯瓦尔巴群岛和冰岛的壮观冰川，还是被这里深深震撼，并啧啧称赞：看冰川和冰山一定要来格陵兰岛，这里的海上冰山甚至比南极的冰山还要壮观。

　　经过几个小时的航行，游船中午时分到达目的地，格陵兰岛最美丽的地方——埃其普赛米亚冰川，简称埃其冰川。

　　冰川正面宽达3.4公里，游船缓缓驶过去，尽可能地靠近冰川，但为了安全，又必须和不断裂冰的冰川侧面保持一定的距离。

　　船在冰川前停留了一段时间，让游客们一边聆听冰山爆裂、冰块坠入海洋的声音，一边享受游船上提供的美味午餐。

　　大部分游客入舱享用午餐，而我们则静静地看着冰川，等待着冰川崩解时发出的阵阵声响，眼看着冰川崩裂翻到水中，一幕幕"惊悚画面"令人叹为观止。这种冰山崩解的奇景和等待冰山崩解的一刹那带给人的视觉冲击与心灵震撼是绝对无法描述的。

埃其普赛米亚冰川

丹麦电视台派记者跟船随行，拍摄全球变暖对格陵兰的冰川融化的影响并顺带采访船上游客对全球变暖的看法和想法。记者采访了我们母女俩后还给我们拍了照，不知在他们的报道里是否用上。

此刻，巨大的冰排以每天19米的速度移动，冰排和融水咆哮着快速移动，让船上的每个游客不禁惊讶和赞叹！

我伏在船舷上再次凭海临风、极目远眺，远方烟波浩渺，海面上漂浮着奇异造型的冰块，在阳光光照的折射下发出迷人的翡翠色的、幽灵般的光芒，而冰崩的滔天巨响，格陵兰岛的荒凉和绝美让我顿觉清气上扬、浊气隐退，身心皆空，物我两忘。

船长在广播里通知，前方海域发现鲸鱼，待我冲上甲板，鲸鱼早没了影子。幸亏女儿在甲板上坚守阵地，拍到了几张照片。

只拍到鲸鱼的尾巴

北冰洋，迪斯科湾挑战皮划艇

冰是格陵兰岛最显著的标签。如果你慨叹过北极浮冰的快速消融，那你更应该赞美格陵兰岛冰山的硕大恒久。水的特性让冰的形状充满想象力，冰晶的密合程度也让冰呈现出不同层次的颜色，让人们唯有目瞪口呆。

我们此番入住时间最长的是冰峡湾酒店，即使提前一年预订也没全订上，第一天和最后一天只能分别住到另外两家不同的酒店，行李还得搬来运去。

从我们的房间观看迪斯科湾的美景，每天漂过来的都是不一样的冰山。从窗口望出去，每天傍晚都能准时看到皮划艇（kayak）小队出发前往迪斯科湾。

我看得出女儿眼中流露的羡慕之情。之所以不跟我提及，是因为她知道我几年前和她一起游览阿根廷时在大西洋里划过皮划艇，虽没翻船，我却也是一把老骨头差点散了架，发誓赌咒再也不碰这玩意儿了。本人旱鸭子一只，不管掉进哪片海里，皆是淹死的份儿。而年初在南极的船上，由于我的不配合，女儿失去了在南极划皮划艇的绝佳机会。我嘴上不说，心中还是不安，毕竟是亏欠了女儿嘛。

皮划艇必须得两个人划，小团队行动，看着女儿满眼的期待，我心一横，准备豁出去了。来了，北冰洋，在你开阔博大的胸怀里kayaking吧！入海前，我高举桨板给自己鼓鼓劲、壮壮胆。

皮划艇起源于格陵兰岛的因纽特人用动物皮包在木架子上制作的兽皮船，这曾经是因纽特人重要的交通工具，原始时代在北极圈范围里应该经常能见到。近100年来，皮划艇逐渐发展成了一项体育运动。

母女俩泛舟北冰洋

　　"喂，老妈你加把劲儿。"女儿高声喊着。坐在皮划艇中，我在北冰洋里缩手缩脚，握着两块桨板装模作样地乱比画，光剩下女儿一个人劈波斩浪、奋力划行。

　　在北冰洋里划皮划艇风险很大，各种意外都可能随时发生，撞击浮冰、鲸鱼突然在眼前出现等。我心里紧张不已，既怕一波又一波的海浪冲翻皮艇，又怕随时跃出水面的鲸鱼撞翻皮艇。

　　突然，只听一声巨响，离我们很近的一个大冰块在海中开始翻转，小皮划艇也随即剧烈地荡漾起伏，有那么一瞬间差点儿翻船。母女俩吓得魂飞魄散，赶紧划过"地雷区"。离冰山近才是真正的危险啊。

　　划回安全区域，我们的教练，一个因纽特小伙儿开始表演，从皮划艇上一下子扎进了北冰洋，几个猛子翻上扎下，虽没有为我们捞到北冰洋里的生猛海鲜，却从大海里捞上来两个大冰块。好吧，先尝尝这两个不同颜色冰块的味道，再听他解释大海里为什么有白冰和黑冰。

因纽特小伙儿变戏法一样摸出几个酒杯，为我们每个人斟上美酒，没有翻船，没有掉入北冰洋，那就来一杯庆功酒吧！

有幸在北冰洋荡起双桨，这段美好记忆必将伴随我的一生。

午夜阳光，冰川巡航

伊卢利萨特之所以吸引了格陵兰岛最多的旅游者，除了它容易抵达之外，最重要的是，它有震撼的冰山和冰川，有着无与伦比的冰峡湾和著名的迪斯科湾。

每年4月，久违的太阳重新升起，格陵兰岛就变成了真正的不夜城。

开启一趟午夜扬帆之旅吧！在午夜太阳的照耀下，观赏世界上最壮观的伊卢利萨特冰峡湾是每个来格陵兰岛旅客的必修课程，我们也不例外。

晚上10点，此番不再徒步，而是坐观光船前往迪斯科湾，再次从海上直观伊卢利萨特冰峡湾。

小游船载着满满一船的游客慢慢驶向迪斯科湾。此时，午夜阳光绚丽多彩、五彩缤纷，让每一名游客不由得发出了不虚此行的赞叹！

眼前的景色，眼睛已不够容量，相机也是怎么拍都觉得不够，而且我知道相机无法把眼前这一幕真实还原，自然的美已经远远超越我掌控镜头的表达能力。

每一眼都是冰川，却不让人枯燥和厌烦，阳光的每一个角度，都是如此梦幻。头顶上被夕照映出满天红霞，随着夕照光线的变化，天空、冰川、海面也不断变化着色彩，美不胜收，令人陶醉不已。

甲板上忽然一阵骚动，原来前方海中，有鲸鱼在水中游弋，隐隐约约地浮上海面。我张大嘴巴，真的不敢相信竟有如此好运！

午夜冰川，美不胜收

　　鲸鱼紧挨着冰川嬉戏，小游船之间互通信息，听说有鲸鱼，都急匆匆地赶向这片海域。游客们个个精神抖擞，看不出来一丝一毫的疲惫。

　　午夜两三点钟，几乎是刹那之间，嫣红的夕阳暗了一下，随即又明亮了起来，这已经是新一天的阳光了。

鲸鱼跃出海面

来到这个世界的尽头，也是为了看看你——格陵兰追鲸记

如果说世界上真的有仙境，那一定就是北极的格陵兰岛！美得恍若另一个星球，是任何喜欢旅行的人都难以抗拒的诱惑！

在伊卢利萨特的几天里，我可是忙得不亦乐乎，总觉得时间不够用。

雪橇犬，是朋友，是工具，是生计

我在岛上四处闲逛，阳光照射下呈橘色的岩石上，耸立着一座座耀眼的、五颜六色的小木屋。其中一间屋顶配棕色外墙的深蓝色小教堂，所有的色彩都好像出自大自然之手，安排得那么和谐，像一幅完美的油画。

彩色房子四处散落

　　岛上4000多名常住居民均为因纽特人，一个多星期下来，竟然也有些熟人、朋友的感觉。虽然不敢冒昧地给他们拍照，却可用眼睛仔细端详，左看右看，因纽特人跟咱们中国人长得还真像。

　　对于普通人来说，北极雪橇犬只是一种狗，但是对于生活在格陵兰岛的因纽特人而言，雪橇犬是朋友，是工具，是生计。

　　即使是现代化的今天，在漫长、寒冷的冬季，格陵兰岛上的公路、铁路都无法通行，狗拉雪橇便是因纽特人最重要的，有时候甚至是唯一的交通工具。

　　酒店的介绍册中有一段专门提到了雪橇犬，上面写着，岛上的狗皆是工作犬。这里的狗看上去很乖，但它们不是宠物，甚至会很凶残地咬人，任何时候都不要摸狗，也包括小狗。成年狗要拴起来，不拴的狗要处死，咬过人的狗也要处死。就算拴着的狗，人上去惹狗，狗咬人，这条狗也要处死。

　　和格陵兰人聊过才知道，以前并没有这些规定，直到有位游客的2岁婴儿被格陵兰犬（雪橇犬的一种）咬死后，才颁布了这些法律规定。

北极雪橇犬

　　格陵兰犬个性独特，脾气和狼差不多，欺软怕硬，服从上级，咬下级。它们只服从自家的主人，而对其他陌生人、比自己弱的狗、别人家的狗、小孩子等，它们都会咬。

　　因纽特人每家每户都会养至少十几条雪橇犬。他们把一些吃剩下的海豹肉、肥肉留给家里的雪橇犬。据说，吃了海豹肉的雪橇犬会长得非常强壮，皮毛很漂亮，不仅体力好，还会更耐寒。

　　我们每天出游时都会遇到许多雪橇犬。现在是夏季，没有海冰，雪橇犬们不需要工作。成年的雪橇犬都被拴在为它们专门搭建的狗屋边，这段时间既是它们的休整期，又是它们生儿育女的高峰期。

　　每次路过其中一家饲养的雪橇犬，我总是挪不开脚步。七八只肉嘟嘟的小狗踮着脚尖吸吮母乳，狗妈妈温柔体贴、耐心细致，或站着、或躺着，不停地变换着喂奶姿势，确保每个宝贝吃饱喝足。

白天徒步，陆地近观

我在离开小岛的前一天又徒步走完了红线和黄线，并选择白天徒步，体会不一样的北极风光。

从木栈道上一路朝着冰川走，和蓝线不同的是，一路都可以看着冰川朝着它前进。

一路走来一路景。岩石、冰和海洋构成的野性而优美的风景，伴着流冰发出的美妙声响，共同向人们展现出令人难忘的自然奇观。

坡上开了一大片野花，映衬着湛蓝的海水和冰块，苔藓也是蓬勃生长。北极的植物，只要有一片土壤、一缕阳光，就能顽强地生存下去。

而极地的旅途，对于我们来说，无疑也是一种生命的挑战。

北极棉花草（Arctic cotton grass）遍地绽放，在海风里微微摇曳。这种毛茸茸的白色绒花看上去分外娇俏，每一小朵绒花都顶着一个小小的绒球，星星点点，白色一片，像是散落在苔原上的无数珍珠。它们就是用这些小绒球来保护种子，天气再冷也可以照常发育。

由于这里夏天便是极昼，动植物都竞相充分利用着24小时的光照。冰川消融，流水汇成冰河，流过长满苔藓的冰原，浇灌着脚下这片叫不上名字的野花。

徒步两个多小时的崎岖山路，沿途可以看到壮观的冰山，随着山势高低起伏、上坡下坡，有几处可以下山来到岸边，近距离观看漂浮的冰山，晶莹剔透的冰山泛着幽蓝色，美不胜收。

白色才是这个岛屿的基本色调。格陵兰岛表面约有3/4都被冰雪覆盖着，是除南极之外的地球第二大冰原，冰雪总量为300万立方公里，占全球淡水总量的5.4%。

晶莹剔透的冰山泛着幽蓝色，美不胜收

　　冰的重量使得岛屿中部下陷，形成一个海拔以下360米的巨大盆地。岛上散布着高耸的冰柱，大陆冰川融化后滑进海里，分离成诡异的冰山。

　　据说如果有一天，格陵兰岛的冰雪全部融化，全球海平面将上升7.5米，许多沿海城市都将成为巨大的游泳池。虽然听起来还很遥远，但全球变暖却是个不争的事实，格陵兰岛的冰盾已经在逐年变黑，即冰盾颜色比以前更深，造成太阳光反射能力下降，融化的速度便加快了。

　　每天都有冰川断裂，冰体崩塌，冰块坠入海中，发出轰鸣的巨响。静静的海面不时传来冰体崩裂时轰隆隆的响声，横跨上千米的冰川前沿伸至海里，几十米高的冰体断立面矗立在海平面上，断裂游离开来的冰山和冰块布满了海湾。

　　在格陵兰岛，只有对大自然的无限敬畏。仔细静听，还能听到浮冰发出的吱吱响声，这是浮冰释放空气的声音。这些浮冰都是经过上千年形成的，里面的空气是几千年前的空气。因此，我正在呼吸着的，正是几千年前的空气，那是多么纯净的空气啊，这种感觉真是太神奇了！

坐在山顶的最高处，我默默凝视那一片纯净的蓝与白，静静倾听远处冰裂坠落的轰鸣。当了解了格陵兰岛，便会感慨天外有天，面对浩瀚无垠的冰川，人显得格外渺小。

默默凝视那一片纯净的蓝与白

空中远眺：极地风光，一曲雄壮

海中近观过，陆地细瞧过，再来个空中远眺吧，海、陆、空全方位地看看美好的北极！

从直升机上看下去，冰峡湾的景色极为震撼，十几公里的峡湾布满了大大小小、形状各异的冰山、冰块，蓝白颜色相间，巨大的冰原，以及快速移动的冰流，流入被冰山覆盖的峡湾，这是只有在格陵兰岛和南极才能看到的景象。

从飞机上俯瞰海平面，无数冰山、冰块漂浮在海上，巨大的冰山横跨上千米宽度，平静的海水湛蓝清澈，没有一丝杂质，真正的海天一色！

机长解释说，冰川是多年积雪经过压实、重新结晶、再冻结等成冰作用而形成的。它具有一定的形态和层次，冰川冰最初形成时是乳白色的，经过漫长的岁月，冰川冰变得更加致密坚硬，里面的气泡也逐渐减少，慢慢地变成晶莹剔透、蓝色水晶一样的老冰川冰。

直升机停在冰山的尽头，游客们可以走到冰川与陆地相连的间隙处观赏。我们走近一个像是太空仪器的巨型大球装置，细读上面的标注，才知道这是美国纽约大学放置的高科技研究仪器，用于极地科学研究。北极是人类还未完全解析的一道试题，它原始简单又复杂丰富，它沉默不言又深不可测。

伊卢利萨特冰峡湾长40公里，是北半球流量最大的冰川，冰川每天流动20—35米，每年有200亿吨冰山崩裂并排出峡湾，这些冰山很多都很庞大（高达1公里），高得在峡湾搁浅，有时要等待多年才能被峡湾上流的冰川和冰山的力量冲破，破裂的冰山流出大海后顺着海流往北再转向南流入大西洋。

这片"千里冰封，万里雪飘"之地自从有了人类生活的历史后，也"赢得"了"最不适宜人类居住地方"的称呼。这里约4/5的地区在北极圈内，也成为世界最北端的人类定居地之一，大部分地区全年气温在0℃以下，有的地方最冷可达到-70℃。

我蹲下身来，搓搓手，抓一把世上最纯净的白雪，摸一摸这晶莹剔透、千年不化的蓝冰，再深深地拥抱那一大片冰冻的海浪和冰封的冰山……

留恋地再看一眼冰原、冰川、冰山，恨不得把北极所有美景都摄入镜头，把大自然所有的奇妙都变成图片，统统装进自己的行囊，背回家成为自己生命的一部分。

座头鲸、长须鲸、小须鲸，"鲸"喜连连

今天的主题是出海观鲸鱼。想起不久前在北极的斯瓦尔巴群岛出海观鲸鱼的"悲惨"遭遇，不知是否"人品"不够好，连续出海两天，在狂风恶浪中仍一无所获。这一刻我在心中默默祈祷，来些好运吧！

在格陵兰岛一带，生活着15种鲸鱼，在夏天最常看到的是座头鲸（humpback whale）、小须鲸（minke whale）和长须鲸（fin whale）。

我们从离酒店不远的小港出发。小船上的船长是位年轻帅气的丹麦小伙儿，还有美丽的因纽特人导游姑娘，外加我们6名游客。小船虽小，马力强大，转眼间就冲进了迪斯科湾。

北极的气候瞬息万变，刚出海时阳光明媚，现在天空中忽然有一大片乌云卷了过来，不过，乌云笼罩着的冰山却别有一番景象！

对于那些渴望满足探索之欲的旅行者，在这里终于可以看到纯净自然的冰川、冰山、冰峡湾以及生活在极寒之地的鲸鱼。

我们眼前的这座冰山看起来就像一个"圣诞老爷爷"，慈眉善目的"圣诞老爷爷"似乎对着我们又是挥手又说"Hi"（你好），船转个弯，我又惊喜地看到"圣诞老爷爷"正朝着太阳微笑呢。

托"圣诞老爷爷"的福，很快，船长就发现了我们今天看到的第一头长须鲸。

丹麦帅小伙儿告诉我们，今天很幸运能看到20多米长、130多吨重的长须鲸，因为它是世界上第二大的鲸鱼，仅次于世界第一的蓝鲸，而长须鲸又游得飞快，警惕敏锐，一般很难见到，你们的运气真好！

还没等我们看清楚长须鲸的模样，它已经转个身游得无影无踪了。

格陵兰岛的海洋不仅有至纯至美的冰川，也孕育着种类繁多的海洋生命。

鲸类的拉丁学名是由希腊语中的"海怪"一词衍生而来的，由此可见古人对这类庞然大物怀有的敬畏之情。

转眼就不见的长须鲸

前方又有情况，可以看到远处波涛中喷出一股水柱，接着又是一股，鲸鱼出现了。船上所有人惊喜万分，端起手中的"长枪短炮"，时刻准备着。

丹麦小伙儿加速向喷水海域驶去，快接近时，船减速，慢慢停了下来。几分钟后，我们就看到一头鲸鱼露出水面的脊背，黑黝黝的，宽宽的，约有七八米长，像一块游动的礁石。大家刚举起相机，脊背就不见了，"嗖"一下潜入了海底。

耐心的等待总会有回报。不一会儿，鲸鱼又探出了肥壮的腰身。船长告诉我们，这是头捕食的座头鲸，正在迪斯科湾追赶今天的午餐：鱼、鱿鱼和磷虾。

鲸鱼浮出海面的瞬间非常震撼，而它们背后的冰川更为此增加了极地气氛。

　　出于安全的因素，观鲸船在距离鲸鱼50米以外停泊，关掉了引擎。湛蓝的海面上，鲸鱼的尾鳍时隐时现，我们的小船静静地停泊在海面上，等待着、守候着……没有任何预告，身长10多米的鲸鱼从大海里跃了出来，尾鳍拍打着海面，引发出巨大声响，激起千层浪花，真是动人心魄！

鲸鱼母子，相依相偎

　　站在船头，游客们的眼睛像开动的雷达，在北冰洋海面上四处扫射、四处探测。

　　很快，又发现了两头座头鲸。船长说，这是鲸鱼妈妈带着鲸鱼宝宝，这回真让我们撞上大运了。

午夜阳光照耀下的冰山一角，又发现了鲸鱼

更让我们惊喜万分的是，鲸鱼妈妈竟然带着鲸鱼宝宝向我们的船游来，并围绕船舷嬉戏。船长轻声说，鲸鱼妈妈在向你们展示它的宝贝呢。

鲸鱼妈妈动作优雅，轻柔戏水，鲸鱼宝宝紧挨着妈妈，一刻也不离开妈妈的怀抱。鲸鱼妈妈和鲸鱼宝宝双双划过蓝色海面，身体随着海浪有节奏地起伏着。鲸鱼母子共游的画面，宛如妈妈牵着孩子的手，教孩子认识这个广阔的海洋世界……

大家乐得嘴都合不拢了，惊喜度绝对爆表。

鲸鱼妈妈在热带海域生儿育女，之后迁徙到南极或北极。座头鲸通常需要怀孕11个月才能生下宝宝，之后座头鲸妈妈会带着宝宝生活，直到宝宝1周岁之后，才会离开妈妈去独立生活。

鲸鱼母子相依相偎，画面温馨，生趣盎然。唯一遗憾的是鲸鱼妈妈没有把宝宝托出水面，让我们一睹鲸鱼宝宝的真容。

成年的座头鲸身长可达12—16米，重量可达36吨，是名副其实的"庞然大物"。但它因灵活的身手，又被称为"鲸鱼中的杂技演员"。它可以将自己抛出水面，转动尾巴。隆起的鳍和尾巴上的白色，让座头鲸在潜水时很容易被识别。

鲸鱼妈妈开始拍打着胸鳍，翘动着尾巴，有那么一瞬间，巨大的尾巴划出迷人的弧线，带出串串水花……我们见证了座头鲸跃身击浪的瞬间，这也被称为自然界最壮丽的奇观之一。何其壮观，何其震撼！

在船上6名游客的声声惊喜、连连赞叹声中，小船继续在北冰洋里航行。此刻阳光更加灿烂，海面更显湛蓝。

不用船长提醒，这回女儿的一双小细眼睛最先看到了远方正在喷发的两股水柱。哈哈，这就叫有样学样吧！

待船靠得更近些，船长说，这是一头座头鲸和一头长须鲸在共同嬉戏。只是很奇怪，两头不是同一家族的鲸鱼通常是不会在一起玩耍的。连船长也从未见识过这样的场景。

我摸了摸额头，今天是什么好日子？赶紧回头朝着远方的"圣诞老爷爷"鞠躬敬礼再道谢！

有那么小一会儿，两头鲸鱼潜入海中无影无踪，船长观察了一阵子告诉大家，注意船的左后方向，鲸鱼可能会在那里出现。

"长枪短炮"顿时齐刷刷地对准了左后方向。鬼使神差般，我扭过身子转向了右前方，刹那间，一头体型巨大的鲸鱼从距离我们船仅有几米的海面跃出。它用力将自己抛向空中，犹如一枚导弹从水下发射到空中，然后"嘭"的一声又落回海里，鲸鱼溅起的巨大浪花猛烈地摇晃着小船，我们不得不牢牢抓住船舷，才不至于掉落海中。

待船上其他游客从错误的方向转回目光，大鲸鱼已经又潜回了海中，唯有我和它曾咫尺间距、四目相对，隐约地，我甚至感受到了它潮湿而急促的呼吸声……这一瞬间惊心动魄，却又如此难忘！

当然了，我没有本事抢拍到这个精彩瞬间，这个只有好莱坞大片中才会有的美妙瞬间将会永远地镌刻在我心间！

船长说，刚才跃出海面的是世界第二大的长须鲸。我深深地吸了口气，平息下又惊又喜、怦怦乱跳的一颗"老心脏"，继续观看在海面上重新出现的那头长须鲸。

此番出海"人品"大爆发，共看到7头鲸鱼，真是大丰收！

出海归来，心中幸福满满，少不了美餐一顿庆祝。餐厅服务员递给我们菜单，今夜晚餐主菜是煎鲸鱼排和烤驯鹿肉。

因纽特人允许每年捕猎9头鲸鱼，所以他们的餐桌上没什么不可以吃的。鲸鱼、海豹、驯鹿、三文鱼，都是绝对新鲜出炉的。女儿点了鹿肉，我只点了个前餐烤带子，肯定吃不饱，只得再回房泡个方便面。此番带了半箱方便面，快要被消灭光了。

我们必须得管住自己的嘴巴，不吃鲸鱼肉，不吃鱼翅。保护海洋之王，从自己做起，保护海洋野生动物，人人有责！

　　最后一晚，沐浴着极昼的柔光，我和女儿各端一杯北冰洋水，静静地坐着，看看眼前的冰川、远方的渔船。此刻，晚间的落日，正照射在蓝色浮冰上，那种柔和的黄色、粉色和蓝色交织……心，沉浸在惬意的温情中。

沐浴着极昼的柔光，再看一眼日落日出

　　天边，绚丽的夕阳散发着柔暖的光辉，永不落下。太阳已经用它最绚烂的金红把天地装扮得一派辉煌，耀人眼目。

　　又一天早上，火烧云的红色铺满了天际。再起航，穿越冰川，远方就是希望。

　　格陵兰岛，在这个寒冷的地方，留下了暖暖的回忆……

一路向北

一路向北，探索北极门户斯瓦尔巴群岛

年初，我在南极的游轮上碰到两个挪威人，一来二去彼此熟悉了，交流各自的旅游经历，他们多次提到挪威的斯瓦尔巴群岛（我从没听说过），说是如果不到那儿，就等于没去过北极。

既然要去北极，那就去斯瓦尔巴群岛吧！

在北纬78—80度之间的斯瓦尔巴群岛西北侧海岸峡湾探索北极世界，登陆北极苔原，观赏北极熊、北极狐、斯瓦尔巴德群岛驯鹿、白鲸、海象等众多野生动物，想想就兴奋。

更何况，2600多个人，3500只北极熊，熊比人多，还有什么比这个更吸引我呢？

北极探险之旅的行程是探秘北极三岛，即斯瓦尔巴群岛、格陵兰岛、冰岛。斯瓦尔巴群岛隶属于挪威，在挪威语中是"寒冷海岸"的意思。它是人类可以通过航班直达旅行的最后哨站，因此也被称为"人类文明的最后边界"。

这样一个在地图上毫不起眼的群岛，位于世界上最冷的北冰洋之上，巴伦支海与格陵兰海之间，由西斯匹次卑尔根岛、东北地岛、埃季岛、巴伦支岛等组成。以西斯匹次卑尔根岛为最大，约占总面积的一半，首府朗伊尔城（Longyearbyen）在该岛的西岸。

最"奇葩"的是，这里不允许任何人出生或死亡。由于国际公约的规定，所有孕妇在临生产前的一个月就要被"送出"领地。由于这里的低温环境导致人死不腐，除非猝死，无人有权死在这里，而城里的最后一座坟场已于70年前关闭。

机场的出口处耸立着高高的北极熊标本，除了眼睛不会转动、身子不会猛然扑向我们外，这活脱脱就是一只真正的北极熊。哥们儿，能见着你吗？我可是冲着你来的哦。我斗胆上前合影，嘻嘻，也就只敢跟假的合个影喽。

没有雪，就来个夏季狗拉橇吧。别小瞧了这些貌不惊人的雪橇犬，跑起来可了不得，每天几十里不在话下，主人不喊停的话它们会拉到倒地而亡，冬季里的交通全指着它们呢！

北极鸭夏天飞来斯瓦尔巴群岛筑巢建窝，辛苦地养育下一代。鸭妈妈很聪明，就把窝建在狗舍旁，这样它们的天敌北极狐和贼鸥就都不敢来冒犯了。

这里的北极熊比人还多，地球上如果真的存在《黄金罗盘》里的北极熊王国，这片土地一定当之无愧。

作者与假北极熊合影

　　旅行的魅力，在于旅途中的未知性。看到停泊在港湾的海达路德游轮公司的游轮，女儿说，不会是年初咱们搭乘去南极的法兰姆小姐游轮吧？再走近看看，真是法兰姆小姐！我们在北极又与你不期而遇，只能说，缘分，真奇妙！

　　这里即使寒冷，仍然掩盖不住其壮阔的美景：连绵的冰川、无尽无穷的荒原、多变的峡湾……

康斯峡湾是斯匹次卑尔根岛最大的峡湾，沿着其中一条支脉，景观从辽阔的苔原变为峻峭的山峰。在峡湾尽头，国王冰川正在等待人类造访，而我们，则在等待冰川崩塌入海时地动山摇的那一刻。

灰蓝色的海面、广袤的苔原、漆黑的石滩、山脊间残留的冰川、没有植被覆盖的裸露山脉，构成了深邃而又奇异的远景。

北极黑海鸠（Black guillemot，也叫海鸽或海雀）会在春天飞到这里的悬崖上产卵。小鸟孵出来后，父母要教会小鸟游泳和捕食，等到秋天时全家一起飞回南方越冬。

这里还有"呆萌"的北极海鹦（Fratercula arctica），其喙在繁殖季节时会变得大且鲜红。

北极圈之北——位于北纬79度的"鬼城"皮拉米登（Pyramiden），这是一座被俄罗斯人废弃的小城。因为担心北极熊，俄罗斯向导也有佩枪，而且警告我们不要乱跑。当年，这里的生活设施非常齐全，包括游泳池、餐厅、电影院、足球场、音乐室、舞蹈室等，远处还有当年的采矿输送管道。当时这里生活了1000多人，但自从1999年居民撤离后，如今是一座"鬼城"，只用来旅游参观。

北极黑海鸠在悬崖峭壁上筑窝

北极狐在废墟里乱窜，北极熊呢？不知在哪里用完了好运气，来到这斯瓦尔巴群岛全是不顺。

乘船出海看海象，明明艳阳高照，海上只有小风小浪，船长却告知我们有风险，游船无法前往，取而代之去看冰川。

鲸鱼，没有！

同样是出海、返航，同样是看冰川。实话实说，看过了南极的冰川，这儿的冰川真的无法相比。

北极熊，更没有！连根熊毛都没瞧见。失望加沮丧，我一跺脚说，再也不来这个地方了。

女儿坏坏一笑，说，还有北极熊、海象、白鲸……知我者，女儿也！

就要离开斯瓦尔巴群岛了，看一眼远方白茫茫的大地，叹一声：还会再相见！

还会再相见

作者与女儿在瀑布前

冷酷世界尽头——孤独星球之冰岛

冰岛导游意大利美女露丝娅刚与我们见面就开门见山：我带你们去冰岛人认为最值得去的地方，冰岛东南部那片充满晶莹剔透冰块的美丽湖泊——杰古沙龙冰河湖（Jökulsárlón）。

冰河湖，是瓦特纳冰原东南部边缘入海口处形成的天然潟湖。瓦特纳冰川国家公园是冰岛最大、最知名的国家公园，布满了自然奇观，是自然赐予冰岛最珍贵的宝藏。而杰古沙龙冰河湖无疑是这个耀眼王冠上最璀璨的宝石。

我们就从这里上船入湖。冰河湖的湖水湛蓝、清澈，很多形状各异的超大冰块漂浮于湖面。这些浮冰是从冰川前端慢慢被挤压进湖里的千年冰块。冰河湖的后方是一望无边的冰川，远处的冰川犹如被天空施加了魔法，时间仿佛在那一刻静止了一样。

我还沉浸在如梦如幻的美景中时，露丝娅微笑着对我们说，跟我来，咱们去对面海滩淘宝，寻找"钻石"。

这么说，难道旅个游，还能发财？天上真的要掉馅饼了？

如果说杰古沙龙冰河湖的美景神奇隽秀，那它对面的黑沙滩上搁浅着的一颗颗冰石则闪烁着钻石般的光芒。

这就是露丝娅正带着我们寻找的"钻石"。

不远处，海浪拍打着浮冰，这岸边的碎冰就像洒落的钻石一样，铺满了黑沙滩。不过今天的"钻石"过于巨大，我将这无价之宝捧于手中，好奇地尝了尝它的味道。黝黑神秘的细沙被半透明的晶莹冰块轻轻覆盖，在阳光的照耀下反射出了钻石般的光芒，这样的美景真正称得上"钻石冰沙滩"这个美丽如诗的名字。

杰古沙龙冰河湖中的寒冰在时间的见证下缓缓消融，汇入大海，和大西洋的海浪一起，在黑沙滩上撞击出了一首优美的交响乐曲。

雄伟的斯科加瀑布（Skógafoss）从高高的峭壁上倾泻而下，非常有气势。斯科加瀑布被誉为冰岛最美的瀑布之一，高60米，宽25米，峭壁之处曾是这一带的海岸线。

而我却更喜爱艾雅法拉火山山脚下秀美的塞里雅兰瀑布（Seljalandsfoss），这个冰岛地标性的瀑布给我们留下了难以忘怀的印象——因为世界上没有几个瀑布可以从前面和背面两个角度来欣赏。

冰岛东南部的瓦特纳冰川（Vatnajokull glacier）是欧洲最大的冰川，仅次于南极冰川和格陵兰冰川。瓦特纳冰川不静止的特性成为冰岛的典型风光。目前，瓦特纳冰川以每年800米的速度流入较温暖的山谷中。令人感到奇特的是，在瓦特纳冰川地区还分布着熔岩、火山口和热湖，冰岛也因此被人们称为"冰与火之地"。

美女导游露丝娅来自意大利，为了爱，浪迹天涯！她跟随男友里查德从意大利来到冰岛，每年中有半年做导游，另外半年自己去世界各地背包旅行，走遍天涯海角。

我们住的旅舍旁边正好赶上世界童子军组织聚会，来自世界各地的几百名小童子军在山泉下搭帐篷、露营。

我已经在阿根廷徒步过冰川，再来试试冰岛的冰川徒步吧。

从停车场到达冰川起点步行了20分钟。导游告诉我们，几年前冰川的起点是从停车场开始的，由于全球变暖，冰川逐年消融并后退，这20分钟的路程就是冰川消融的高昂代价，也是当前全球变暖的一个直观后果。也许再过几年，倘若冰川再融化后退，人们就再也登不上此冰川了。这段话让我唏嘘不已。

徒步冰川前，导游让我们每人签一份生死协议书。瓦特纳冰川下藏着巨大的格里姆火山，20世纪以来，格里姆火山每隔5—10年即爆发一次。火山喷发的火焰与冰川移动的冰块构成了瓦特纳冰川变幻莫测的气候。导游说，不知火山何时爆发，万一我们正在冰川上面徒步，而此时脚底下的火山突然爆发，那只能一切后果自负。

瞬间，我就有了种悲壮感，这哪里是去冰川徒步，分明是赌运气！据说这里冬天有大冰洞，我计划着冬天时再来冰岛徒步大冰洞。

接下来，来到维克黑沙滩（Reynisfjara），欣赏雄伟如画的雷尼斯德兰格（Reynisdrangar）石柱群，近距离感受冰岛南海岸。

导游反复关照，让我们对眼前大西洋的拍岸巨浪切勿掉以轻心，因为汹涌的海流速度极快，如不小心可能就有被冲走的危险，我们连连点头。黑沙白浪，游客们尽情玩耍。我们看着眼前排列整齐的柱状节理，那是纯天然形成的玄武岩悬崖。

冰川徒步行走

玄武岩悬崖

冰岛马在冰岛语里的意思是"抢眼的鬃毛",因为它们有着长长的、漂亮的浓密鬃毛。但因长得矮小,又被称为"矮马"。

冰岛矮马不仅颜值高,还会"绝招"——一种被称为"Flyingpace"(飞跑)的世界赛马运动常用步伐,即同侧的一对脚同时起落地飞跑,在几百米的短距离里,飞跑的速度可以达到每小时45公里。天生拥有这项技能的冰岛矮马深受马术表演者的青睐。

独特的冰岛矮马

出国了就不允许再回国的冰岛矮马是世上保持最纯洁血统的马种，约在1200年前由北欧运到冰岛，千年以来不曾跟其他品种有过杂交。它们的体型虽小，力量却惊人，不畏严寒，擅长远程赛事。因此，矮马也是冰岛的国宝。

黄金圈（Golden Circle）是冰岛最重要的旅游区，有完整的火山地理景观，包括地热、间歇性喷泉、火山口等。

冰岛黄金瀑布是冰岛最受欢迎的旅游胜地，气势磅礴。我们还惊喜地看到了彩虹！

在离开冰岛的飞机上看到一位作者的话，大意是，世界是本书，那些不旅行的人们仅仅阅读了书的一页。

嗯，真是意味深长！

黄金瀑布气势磅礴

非洲篇

作者与女儿成功登顶非洲之巅

58岁，5895米，中国大妈登上非洲之巅

雪说：你来或者不来，我都不能等你太久了。

58岁，为何要去登乞力马扎罗山？

三进非洲，期盼着能一睹乞力马扎罗山的壮丽容貌。前两次来时，不知是运气太差还是"人品"仍不够好，总之是无缘一睹非洲最高峰乞力马扎罗山。

第三次来到东非，在肯尼亚西察沃国家公园，我与伙伴们清晨猎野，眺望远方，天地相接的地方仍是一片茫茫的云雾，慢慢地，天际边出现了一道红霞，不敢相信我们的好运气，突然间云开雾散，天空中浮现出披着淡粉色霞光的乞力马扎罗山顶，我们一起趴在越野车上，盯着雪顶出神……唉，我要是再年轻10岁该多好！

想去攀登乞力马扎罗山，但又纠结于这个"我要是再年轻10岁"的感叹，因此这件事最初只是想想而已。

有一天，当我在家中整理三进非洲的照片时，又看到了披着淡粉色霞光的乞力马扎罗山顶，突然感到被什么击中了，我仿佛听到了乞力马扎罗山顶日渐融化的白雪的喃喃细语：你来或者不来，我都不能等你太久了。

从此，我的内心似乎有个声音在不停地呼唤着：在乞力马扎罗山冰雪消融前，你要到乞力马扎罗山去，你要亲眼看一看这座海拔5895米的非洲最高峰，亲手摸一摸非洲之巅的高山"云海"冰川，和那终将融化的皑皑白雪……

我开始不断思念，脑海里不停萦绕着乞力马扎罗山雪顶的样子，从最初的想想而已，到后来真的觉得自己开始沉不住气了，攀登乞力马扎罗山成为我难以遏制的冲动。

心一横，让"再年轻10岁"这个纠缠我的心魔见鬼去吧！终于，在纠结半年后，我下定决心，开始为攀登乞力马扎罗山收集各种登山攻略，研究登山路线，着手联系非洲的登山旅行社并开始加强锻炼，紧锣密鼓地准备着。

这年的初夏，在徒步走完秘鲁4天3夜、最高峰海拔4200米的印加古道并登顶马丘比丘遗址后，我的底气与信心大增。

不是吗？有些事，现在不做，就一辈子都不会做了，我今年已经58岁，再不付诸行动，只怕攀登乞力马扎罗山的梦想就要付诸东流了。

Poly poly，慢些，再慢些

老妈，算你狠！女儿嘿嘿一笑，倒头便睡。

此时，我们母女俩历经几十小时的长途飞行刚刚抵达坦桑尼亚离乞力马扎罗山最近的莫希小镇，时间已是深夜12点，而第二天早上7点，旅行社会派向导来接我们开始第一天的徒步登山。

人算不如天算，我提前大半年订好的飞机票原定于晚上7点到达，没想到飞到阿姆斯特丹史基浦机场恰巧遇到荷兰航空公司罢工，飞机晚点了几个小时，如此这般，仅留给我们可怜的几个小时睡眠时间。

时差加上长途飞行的疲惫让我在床上辗转难眠，看一眼隔壁床上睡得正香的女儿，暗叹一声：对不起了，女儿！

乞力马扎罗山，非洲第一高峰，最高点乌呼鲁峰（Uhuru Peak）海拔5895米。这座位于赤道上的雪山，以一种遗世独立甚至带有戏剧性的身姿，矗立在非洲大草原上。

世界上的山有千千万，但可以由穿短袖到穿羽绒服，由赤道的热带雨林一路攀登至山顶的皑皑白雪，这是地球上任何其他山都不具备的。

乞力马扎罗山常被认为是世界七大山峰中最易攀登的一座，因为它是七大山峰中唯一一座不需要专业训练，普通游客也可以登顶的山峰。

当我们的正向导Viviano，我为他起了个中文名"唯唯诺诺"，简称"唯诺"，带领着我们跨出迈向乞力马扎罗山的第一步时，我简直不敢相信自己的眼睛，只见唯诺脚跨一步、腿提二提，身子再连晃三晃。我本是紧随其后，没料到他搞出这些名堂和细节，一个趔趄趼到了他身上，两个人差点一起摔个大跟头。

我哑然失笑，不要说队里另外3个30多岁的年轻队员，就连我这个快60岁的老队员都疑惑，不至于走那么慢吧？

"Poly poly，"唯诺回过头来看了我们一眼，意味深长地说，"你们万水千山来到乞力马扎罗山，目标是登顶，不是来参加什么比赛，慢慢走可以让你们更好地适应山地气候变化，在接下来几天的高海拔严重缺氧的环境里有缓冲自己的机会。来，请跟随我，poly poly，放慢脚步，慢慢来才能走到终点。"

在帐篷里远眺乞力马扎罗山

接下来，唯诺压着步子又 "poly poly" 了两下。整个登山小队——我们母女俩，加上来自佛罗里达的马里奥和来自旧金山的塔沃，四人杂乱无章的步伐在一个小时后渐渐一致，虽然做不到唯诺那 "一步二提三晃" 的招牌慢动作，可跟着他行走，竟然也慢慢走出了些许韵味。

远远望去，我们几个就像电影里慢镜头下的人，龟速着前进，每人看着前一个人的后脚跟 poly poly 地走着。后来的事实证明，跟着正向导唯诺跨出 poly poly 的第一步，就是顺利登顶成功的一半保证。

作者母女与向导和其他队员的合影

全体成员与乞力马扎罗山合影

攀登乞力马扎罗山有多条路线，此番我们选择的是8天的莱莫绍路线（Lemosho Route）。

这条路线难度虽高，但拥有可以抵达顶峰的7条路线中最美的风光，攀登者从山的西侧出发，一路饱览热带雨林、高山草甸、雪线之上的云海冰川，景致变化丰富。

莱莫绍路线人少，避开了几条热门路线上的大批人流，不那么拥挤。而8天行程让我们有较长时间适应高海拔，所以也被认为登顶成功率最高。

第一天徒步7公里，最高海拔2780米，基本都在热带雨林中穿行，沿途除了简单的上坡外，其余道路平坦开阔，高大的树木、绚丽多彩的野花、清新扑鼻的山风，一行人poly poly，走得轻松愉快。

Jambo，你好

第二天穿出雨林，继续前进，我们已逐渐走进云中。

海拔在慢慢地上升，随着海拔上升，地面植物也开始变得稀少，取而代之的是高山草甸。此刻，云层从我们头上飘过，翻过一座又一座的山头，每一步都离顶峰更近一些。

我抬起头，第一眼就看到了灿烂阳光里的乞力马扎罗山。积雪的山顶仿佛就耸立在眼前，实际上却距离我们还有整整5天的路程，我心里一阵激动和欢喜，面朝雪山挥手致意，乞力马扎罗山，从此我们会一路相伴，直到抵达顶峰时的深情拥抱！

背夫们（Porter）肩扛、头顶着沉重的行李，踩着又滑又不平的山路健步如飞地纷纷超过我们。几乎每一个从我们身边路过的背夫都会亲切地跟我们打招呼，而我们也开始用当地斯瓦希里语的"Jambo"（你好）热烈地回应。

向顶峰前进

乞力马扎罗国家公园规定，游客必须由当地旅行社提供向导和后勤服务。旅行社这次为我们4名登山者配备了2位向导和15位挑夫，没有他们的协助，登山客是无法登顶乞力马扎罗山的。

在进入国家公园的门口时看到，每一名背夫要将携带的行李过秤，行李的重量不能超过20公斤，以免对背夫们的身体造成影响。

我们的副向导Goodluck，我为他起了个中文名叫"好运"，好运告诉我们，以前对行李的重量没有规定，结果屡屡发生背夫因背驮重物在缺氧的高山里不幸累死的悲剧，从此国家公园明文规定并过秤每位背夫进山时所背负的行李重量。

我们轻装上阵，背夫们需要背负我们8天所有的生活所需。每天，背夫们在我们抵达营地时就已经在目的地搭好帐篷，待我们入帐后会送来温水，让我们洗去一路的风尘，再带领我们去吃饭的大帐篷里饮下午茶搭配香喷喷的爆米花，同时，晚餐也在紧锣密鼓地准备着。

背夫们背着20公斤重的行李轻盈地在云端穿云踏雾，成了乞力马扎罗山一道独特的风景线。

有些背夫会在腰间挂上一个小收音机，边走边听音乐。好几次，我们听到了美国今年音乐排行榜上的曲目。真的是音乐无国界，自由和快乐永恒！而我，也在乞力马扎罗山的背夫们身上看到了一种真正的非洲精神，他们即便那么累，身上的货物那么重，衣物那么单薄，鞋子那么破旧，但是依然快乐着！

我们轻装上阵，背夫们需要背负我们 8 天所有的生活所需

女背夫餐风沐雨求生存，步步艰辛、步步沧桑

唯诺告诉我们，他成为向导前曾经当了4年背夫，而副向导好运也当过2年背夫。他们属于少数聪明好学的背夫，想方设法改变着自己的命运。他们二人都是先当背夫攒学费，然后去了开设在乞力马扎罗山脚下的旅游学院学习了18个月，毕业后从背夫升为山地向导。

每一名山地向导都得从背夫或厨师干起，经过多年的磨砺并进入旅游学院深造，才能转正成为一名正式向导。向导在整个登山团队中居主导地位，工资也比背夫和厨师要高出一两倍。山地向导在当地也是热门并受人艳羡的工作。

这两位向导的"偶像"是他们的老板，也就是我们这个旅行社的老板莫那西。据他们说，莫那西16岁开始当背夫，20岁出头靠自己的努力转正为向导，但他也不甘心只当向导，想再努力一把自己创业做老板。今年刚满30岁的莫那西在当地已经很有成就，经营着一家口碑极佳、雇有40多名向导、200多名背夫的旅行社。我们几个就是因为网上的好评才选择了这家旅行社。

不过唯诺向我们透露，他今年38岁，岁月不饶人，因此他对当老板无甚兴趣，他更向往着能转成比山地向导更轻松些、开车带游客们看动物猎游的向导。反倒是24岁的副向导好运踌躇满志，显示出一派未来必当老板的豪气干云。

她，头顶着一个白色的草编蒲包，是来来往往众多背夫里唯一一名女背夫，吸引了我的注意力。

每次擦肩而过时，她都会与我们的两位向导热聊，同时也向我们展开热情的笑容并用一连串的"Jambo"招呼我们。看得出来，她很想与我们聊天，但由于语言的障碍，我们双方唯有用笑容来交流。向导介绍，她是玛丽（Mary）。

玛丽，头顶着一个白色的草编蒲包，是众多背夫里唯一一个女背夫

玛丽服务于另一家旅行社，碰巧她服务的这个团队走的路线与我们的8天团完全重合。

山路崎岖，男人和女人背着重物时的差距在高海拔的山路上尽显。玛丽头顶蒲包，晃晃悠悠的，走得很慢，她总是落在她那个背夫团队的最后。因此我们几乎每天都能在路上遇到并超过她。而每次见到她时，我都会塞两颗糖给她，让她补充些能量。我们的向导说，她哪里舍得吃，全省给家里的两个孩子了。她其实每次都是最早一个出发，最后一个到达营地的。我听着心里一阵酸楚。

傍晚到了营地，Jambo！玛丽轻敲我们的帐篷，笑盈盈地从胸前围兜里取出两个新鲜饱满的生红薯送给我们。我顿时眼睛一亮，开心地欢呼起来，烤红薯，正合我胃口。

在这海拔4000米的山口，胃口已然差到极点，倘若来口香喷喷、热乎乎的烤红薯，想那米其林大餐也不过如此。我咂咂嘴，猛咽了几下口水，赶紧又从包里抓了一大把糖果送给她，还比画着让她把生红薯去交给我们的厨师烤来吃。估计是她没听懂，因为晚餐时并没有吃到我热切期盼的那两个烤得软糯香甜的红薯，我们母女俩直呼遗憾。

云雾缭绕的营地

第三天，一路没见到玛丽，我们四人开始念叨并想念她了。原来玛丽的笑容那么温暖人心，给我们枯燥乏味的徒步添增了些许乐趣，减缓了我们的疲劳。

我问唯诺，难道玛丽这个女背夫也得和其他人一样背上20公斤行李吗？唯诺斩钉截铁地说，一两也不少！

我刨根问底，玛丽为什么当上了女背夫？唯诺轻叹一声，玛丽十五六岁时就和同龄的男友恋爱生子，家中子女众多的玛丽父母把她和婴儿一起赶出了家门，懵懂无知的少女一下子成了妈妈，不知该如何面对接下来残酷的人生道路。当时有个年龄大她两倍并有家室的乞力马扎罗山背夫大叔伸出援手帮助了她，玛丽又和这个帮助她的背夫大叔生下了第二个孩子。后来不知什么原因二人闹翻，背夫大叔离开了玛丽。玛丽要独自抚养两个孩子，不知能干些什么，她没有文化知识，但所幸年轻还有体力，无奈也走上了这条艰辛的背夫之路。

我心疼玛丽，她为了养儿育女，踏上这条背夫苦路，每天头顶20公斤重的蒲包，未来无可避免的颈椎、腰椎、膝盖的长期劳损；我又怜惜她人生道路好比此弯弯山道，坎坷曲折，步步艰辛、步步沧桑……

哦，好像前面传来了玛丽爽朗的咯咯笑声。Jambo！又见背夫玛丽，笑容依旧灿烂，温暖如阳光！

Mama Simba，妈妈辛巴

"心跳99，血氧含量84。"唯诺每晚过来测量我们的血氧和心跳。通常血氧低于80意味着高原反应，一旦血氧饱和度不足60，那就需要紧急下撤了。

唯诺测试完后露出洁白的大牙笑着说："还不错！你现在出现的气短

气喘、头晕头疼、睡眠不好、食欲不振甚至呕吐两次，都是高原反应的症状。不过到了这个海拔高度，这些高原反应都很正常，不要有心理压力，妈妈辛巴，你明晚一定能登顶的，Hakuna Matata（斯瓦希里语，表示'不要担心'）。"

妈妈辛巴！我忍着头痛抿嘴一笑。电影《狮子王》里小王子辛巴的妈妈，多么生动形象。

不知从哪天开始，是哪位背夫率先喊起，我们队伍里所有的人开始喊我"妈妈辛巴"，看来乞力马扎罗山的百姓们对电影《狮子王》一样是耳熟能详啊！

几天下来，背夫们与我们俨然亲如一家，每天在我们快到达营地时，背夫们都会在山路口迎接我们并帮助接过我们的行李，每个被分配照顾我们的背夫都会忙着帮我们四人脱鞋、掸灰，甚至帮忙捏几下酸胀疲劳的大腿。而营地里最热闹的就是此起彼落的"妈妈辛巴"的称呼。

我总会分发些糖果给这些勤劳可爱的背夫们。庆幸出发前不顾女儿反对，多拎了两斤糖果上山。

如果把登山活动看作一条经济链，乞力马扎罗山的背夫们是位于最低端的一层，最苦最累却又挣得最少，我能回报的就是绝不吝啬小费。我现在已能分清山路上哪些是我们队的背夫了，凡是亲切地喊我一声"妈妈辛巴"的，嗯，是自己人！

这是8天登顶计划中的第4天，从海拔3800米上升到海拔4600米的熔岩塔（Lava Tower）做适应性训练，然后队伍要开始下撤到海拔3900多米的巴兰科营地（Barranco Camp）过夜，这几天都是爬高睡低，用来帮助我们适应高原反应。

头痛欲裂，我连续呕吐了两次，高原反应终于来袭，只是没想到会这么剧烈。高原反应一直是我的软肋，几次三番与高原反应搏命相拼。在南美洲玻利维亚海拔4900米的高山上头疼欲裂，一夜无眠；在秘鲁印加古道海拔4200米处上吐下泻；在海拔5200多米的珠峰大本营度过的那一夜最为悲惨，更是刻骨铭心，记得那晚，我双手紧拥大钢瓶氧气，一夜无眠，头仿佛要炸开一般，心慌气短，一颗老心脏随时都要怦怦跳出来一样。第二天一早舍命观看完日照珠峰金顶的绝世美景后，下山直奔日喀则医院挂急诊，吊上点滴，总算救了条老命。

虽说乞力马扎罗山被认为是世界七大山峰中最易攀登的，但实际上，乞力马扎罗山的环境十分严苛，海拔的高差、气候的多变、山坡的陡峭，都是对登山者们的考验，每年挑战顶峰的25000多人中，只有一半的人能够真正登顶海拔5895米。

乞力马扎罗山不像世界最高峰珠穆朗玛峰那样具有挑战性，但要攀登上去同样要求体力。这个高海拔、低气温以及偶尔强风的环境使得攀登乞力马扎罗山困难并且危险，因此每年都会发生游客在攀登乞力马扎罗山的过程中不幸丧生的事故。

我的胃此刻很不争气，间歇性地逆蠕动，喉咙口阵阵痉挛性收缩导致恶心想吐。我躲到一旁的灌木丛中，终于没忍住又狠狠地吐了一地。我知道，是我低估了乞力马扎罗山，这座非洲最高峰，普通人可以徒步登顶的大山，狠狠地给了我一个下马威！

"妈妈辛巴，are you OK？"向导和队友们个个对我关切问候。女儿扶着我坐下休息，我开始用好友萍教我的"杨氏腹式呼吸"来做深呼吸并吞下了一颗止呕吐的小药丸子。

回想起出发前与我一起走过秘鲁印加古道的小妹玲对我的细微叮咛：带上这药那药，可别忘了止呕药；还有临行前小燕妹、张姐姐的"壮胆鼓劲聚餐"……一股暖流涌上心间，我浑身又蓄满了力量，脚步一下子轻盈起来。

我浑身又蓄满了力量，脚步一下子轻盈起来

山径小路，走来75岁的日本励志大叔

一个8人的日本登山队走的路线与我们完全重合，我在第一天的登记处就看到，8人中有3人已过70岁，最年轻的63岁，而队伍中年龄最大的是一位75岁的大叔，浑身充满活力，一路与我们频繁打招呼，被我们称为"励志大叔"。

今天我们又相遇了，共同挑战这堵岩壁垂直、相对高度250米左右、被认为难度很大的巴兰科岩壁（Barranco Wall）。

攀爬这堵像墙壁一样直直竖立的岩壁，没法像通常的盘山路那样迂回上山，而必须沿着悬崖上的石块从底下直接爬到顶上。

由于一面是悬崖、一面是深谷，我们必须收起登山杖，手脚并用，小心翼翼地让身体尽量贴紧山体而确保平衡。此刻，山路拥挤，似乎所有的队伍和背夫都在同一时间开始攀爬，除了各自呼哧呼哧的喘息声，已经听不到往日热闹的Jambo声了。

我们终于追上了日本团队。有个专门向导照顾着这位75岁的"励志大叔"。他看上去手脚微微发抖，爬几步就得歇一歇、喘口气，但他眼神坚毅，一步一步缓慢地向上爬着。在经过最窄处的一块被叫作Kissing Rock（意思是非常窄、人必须拥抱并牢牢贴住）的著名"吻石"时，他真的轻轻拥吻了"吻石"，然后潇洒幽默地做了个飞吻动作。

啊，多么励志！这样的精神多么令人感动！这样的年纪要有多大的决心、勇气和不输于年轻人的气魄才会踏上这样的征程？我低头浅笑，不知75岁时的我会怎么样，妈妈辛巴？

排在队伍最后的是75岁的日本"励志大叔"

乞力马扎罗山特有的植物——史前木本千里光

只有在乞力马扎罗山，只有在一定的海拔，你才能遇见这种奇怪的、仿佛可以活动、行走、对话的植物，它的名字响响亮亮，叫作史前木本千里光。

千里光只有顶端的叶子是绿的，其余部分都已枯萎。向导说，千里光的神奇之处就在于枯死的枝叶不会脱落，依旧围着主干，向顶端护送着养分。我们穿行在这样一片神奇的植物间，仿佛回到了史前，回到了人类祖先的世界。

One team，one dream，一个队伍，一个梦想

半夜11点半，激动人心的冲顶正式开始了。

出发前，唯诺把冲顶的8人围成一圈：我们4人、2位向导加上将陪我们一起冲顶的2位背夫，8双手齐刷刷地合在了一起。

唯诺双眼紧闭，口中念念有词，我听不懂他的斯瓦希里语，但我明白，他一定是在祷告此番登顶成功。

那一瞬间，热血开始沸腾，我们似一群奔赴战场的战士，大有一去不返的悲壮慷慨豪情！我的眼睛忽然模糊了，眼泪挣扎着悄悄滑落……

"One team（一个队伍），"耳边传来向导和背夫们铿锵有力的口号声，我们跟着一起响亮地喊了起来，"One dream（一个梦想）！No sweat，no sweet（没有汗水，哪来甜蜜）！"

非洲兄弟们的豪言壮语，鼓舞着我们豪情满怀！我遥望着头顶无比透彻寂静的星空，轻呼一声：非洲之巅，我们来了！

"Poly poly."唯诺边说边庄重地跨出了登顶第一步，还是他那招牌动作，一步二提三晃，我紧随其后，亦步亦趋。

登顶队形跟平日一样，只是增加了2位身强力壮的背夫协助我们。我看到其中一个背夫背上了一个氧气瓶，以防不测，万一真的发生意外，2位背夫能及时把我们背下山去。另一个背夫则背上了热水壶，里面灌满姜茶，让我们在需要时喝上一口，真是细致又周到。

周围一片黑暗和寂静，唯有头灯照着的前方一小片光亮和头顶上的星星闪烁。上山的路是呈Z字形的火山灰沉积的砂石小路，旁边就是悬崖，看不清周围到底是什么样子，只能看到前方和后方队伍的头灯，宛如一条发光的丝带，承载着所有登山者的梦想、坚持和希望。我想，登山的魅力就在于此。

一个多小时走下来，空气更加稀薄，氧气含量只有平地上的一半了，我像骆驼一样张大鼻孔呼吸，感觉双脚已经不属于自己了，好像浮在空气中移动。更要命的是，为了保证自己登顶前能睡上几小时，我临睡前吞下的那半颗安眠药，依然无比有效并忠诚地发挥着药效。

我好想睡呀！一路走着，很多次出现瞬间恍惚的感觉，似乎睡着了几秒，我的意识在模糊和清醒之间，脚步在半梦和半醒之间。

我好像又睡着了，整个人像喝醉了似的摇摇晃晃地向前面唯诺的后背靠上去，这一靠把唯诺和我自己都惊吓得差点跳了起来，边上可是万丈悬崖，踩滑或走错一步路，都会坠落山谷。我后悔莫及，恨不得抠出这半颗忠诚有效、此刻却坑苦了我的药丸子。

唯诺适时让大家停下休息并让背夫给我端上一碗热乎乎的姜茶压惊，然后继续在黑暗里一步一步朝山顶走去，每一步都感觉耗费了所有的气力，意志也一点点被消磨。

风迎面吹来，像刀子一样割在脸上，呼吸越发困难，冰冷而稀薄的空气让我的喉咙疼痛难忍。向导和背夫们已经接过我们4人的背包，好让我们空手前行。为了不让我们脱下戴着的两副手套，他们开始体贴地为我们几人喂水并擦去我们不断淌下的清水鼻涕，让我惊讶、羞愧又倍感温暖。

副向导好运带头哼唱起一首好听的坦桑尼亚民歌，唱完后又连呼几声"一个队伍"，其他人高声附和"一个梦想"，我则像个梦游人般梦呓：没有梦想，只要梦乡，我好想就地躺下，即刻进入梦乡。

5 hours pain，lifetime pride！5个小时的痛苦，终身的荣耀

不知又走了多久，昏昏沉沉之中，耳边飘来了鼓舞人心的口号。向导和背夫们又唱又喊，总是让我们在快要绝望时又看到了希望。

我听到唯诺在问塔沃，需要吸氧吗？身高一米九几、38岁的塔沃伏在一块大石头边，开始不停地呕吐。塔沃喘着粗气，摇头表示不想吸氧，旁边的背夫帮他擦嘴揉背。

唯诺当机立断把队伍分成两组，让副向导好运和另一个背夫带着我们3人先行登顶，他则和那个背着氧气瓶的背夫一起陪伴塔沃，视塔沃状态而定

是否再登顶。

"妈妈辛巴，你今晚表现得特别棒，你一定能上去的！"分开前，唯诺特意过来给了我这个队伍里年龄最大、能力和体力最差、他最放心不下能否登顶的中国大妈一个大大的拥抱，温暖而美好。

唯诺最后一次把我们8人聚拢到一起鼓劲，他嘶哑着嗓子喊出："5 hours pain，lifetime pride（五个小时的痛苦，终身的荣耀）！"

过了海拔5000米，我发现有些人陆续地往下撤，他们是放弃登顶的人。借着头灯的光亮，我认出了75岁的日本"励志大叔"，他被一位向导搀扶着往下走。我默默向他致敬，虽然没有成功登顶，但他的励志精神会激励鼓舞我一辈子！

海拔5500米，我们途中认识的德国中年三兄弟中的大哥下来了，他看到我们时说了声祝你们好运。

海拔5600米，今晚与我们一直交错行走的英国威尔斯大学37名学生中的其中几名被向导们架着往下撤。昏暗的头灯下，我认出了昨天在营地里做瑜伽的那个美丽的小姑娘，我分明看到了她脸上挂着的两颗晶莹剔透的泪珠，离登顶不远，功亏一篑，可见她有多么不甘心。

我像个机器人一样机械地迈左步、跨右步，步履蹒跚。走不动了，真的走不动了！下一个放弃登顶往下撤的人该轮到我了。是啊，生命诚可贵，别为了登山把命丢掉，放弃吧。女儿好像猜到了我的想法，她过来紧紧拥抱了我并鼓励道："妈妈辛巴，你真棒啊，我为你骄傲。再坚持一下，我们一起去顶峰看日出。"

终于，在我们的身后，远处出现了一线绯红，天际微微泛蓝，霞光渐渐染红云海，勾勒出无与伦比的美景，日出竟然在我绝望痛苦的时候来临。

好运突然来临，我们已经到达海拔5756米的第二高点斯特拉峰（Stella Point），根据官方规定，到达这个点就已经算成功登顶，一样能获得一张官方登顶证书。

天际微微泛蓝，霞光渐渐染红云海

　　夜，应该已经结束。黎明的曙光就是希望。靠着这种特殊的、只有乞力马扎罗山才能激发的毅力和意志，我已经克服了内心的软弱和一夜的疲惫，战胜了这一路上折磨我的高原反应和睡意，我确信自己能够到达海拔5895米的乌呼鲁峰。

　　好运让我们稍作停留，再一鼓作气继续前行。斯特拉峰到最高点乌呼鲁峰的距离只有几百米，但是因为海拔高，所以需要45—60分钟才能到达。这一段道路相对平坦，两边是常年的积雪和冰川，这，就是海明威笔下乞力马扎罗山的雪了。

　　近在咫尺，我终于可以亲眼看到、亲手摸到被海明威赋予不朽灵魂的乞力马扎罗山的雪了。我俯下身来，亲耳聆听雪的细语呢喃：在过去的80年，乞力马扎罗山顶的积雪不断消融并已经萎缩了80%，在今后的20年里，"赤道雪山"奇观将彻底消失并与人类告别。在那之前，你来了，Jambo！

乞力马扎罗山的雪

就是这里，非洲巨人之肩，乞力马扎罗山之巅，我在这里圆梦。

海拔5895米，生命里的一座丰碑

20分钟后，我们开始下山。我边走边回头，想多看几眼乞力马扎罗山的雪。

从顶峰撤到斯特拉峰，我们遇到了仍在坚持向乌呼鲁峰攀爬的塔沃他们。不知是因为我们已经成功冲顶，还是塔沃他们即将冲顶成功，此地相见，竟好比亲人重逢，每个人都难以抑制内心的激动，连向来冷静自若的唯诺也红了眼眶。我在顶峰没有落下的热泪此刻潸然而下，千言万语化作一声："加油，小兄弟！"最终，塔沃比我们晚一小时成功登顶。

8天7夜，一天一世界，我们在热带雨林里穿梭，在高山草甸间跨越，在云海云雾中漫步，在火山石荒漠里跋涉，最后一夜，在银河繁星的闪烁照耀下，我们成功登顶乌呼鲁峰。

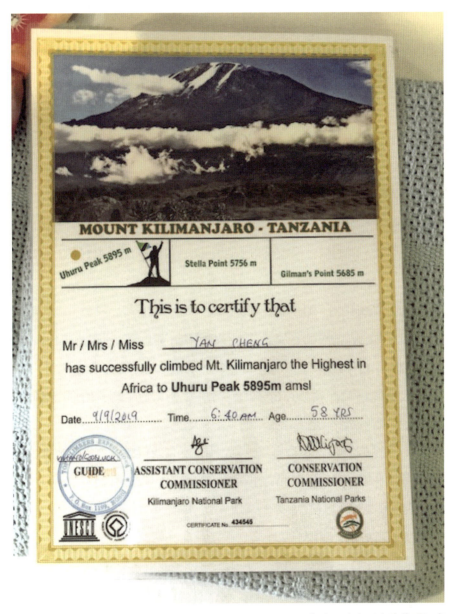

坦桑尼亚政府颁发的登顶证书

海拔5895米，我生命里的一座丰碑！一路汗水，一路艰辛，但我在非洲这片炙热的土地上感受到了四季变迁，看到了最稀奇可爱的植物，最震撼人心的滚滚云海，最美的璀璨星空，更收获了特别珍贵的友谊。这世上，还有什么比一步一步实现自己的梦想更幸福快乐的事？

"妈妈辛巴。"公园出口处，玛丽在招呼我，看得出来她已经等我很久了。登顶的前一晚，我让女儿把玛丽请到我们帐篷，送给了她一条真丝围巾，两双羊毛袜子和一条防雨裤，因为知道，我们与她或许此生不会再相见。

玛丽腼腆而紧张，张了张嘴又说："妈妈辛巴，你能给我20美元吗？"我一愣，颇有些意外，但马上从背包里摸出付完小费后剩下的最后一张50美元纸币。一旁的女儿问："你确认要给她吗？她并没有服务我们呀。"我把50美元给了玛丽，不知她下了怎样的决心在这里等候，鼓足了怎样的勇气来开口索要。钱不多，但玛丽带回家可以给两个孩子在餐桌上添碗好菜，再添置几件新衣。

Jambo，背夫玛丽，真的再见了！

看着玛丽离去的背影，我又想起了我们的向导、厨师和背夫们，昨夜，我付给他们无比丰厚的小费，我们登顶成功的军功章上有他们的一半。

我把护膝、绑腿套和防雨衣送给了唯诺，唯诺腿上绑着的那个磨破的绑腿和他那个招牌动作一路上在我眼前晃了8天。

我又问了唯诺两个问题，之一，为什么所有队伍都会选在半夜登顶？之二，登顶前他念念有词的斯瓦希里语说了些什么？唯诺微笑不语。好吧，那就留给我自己慢慢琢磨吧。

我又把遮阳帽、围脖套和手套送给了副向导好运，难忘好运在登顶路上双手竟然没戴手套。好运，我祝你好运，早日实现当老板的梦想。

我想起他们今早离开营地时载歌载舞的欢乐笑脸，现在他们应该回到各自的家中和家人团聚了吧？明天，他们又要重新踏上征程，再次忍受高寒和缺氧,路漫漫其修远兮……

　　Jambo,我的非洲向导和背夫兄弟们,祝你们好运!回眸,最后看一眼即将消失在云端的乞力马扎罗山!

站在云端之上

与环尾狐猴的亲密接触

孤独岛屿马达加斯加，见证动物的天堂

成功登顶非洲最高峰乞力马扎罗山后，我们需要放松休闲，为极其疲惫的身躯"充电"，补充能量，那么，就去马达加斯加吧！

它，就像是被时间遗忘的孤岛，炫目得如同属于另一个星球！1亿6000万年前，它一不小心离开了非洲大陆，从此与世隔绝，独特的气候和地理位置，造就了这座神奇的岛屿。

它，被《孤独星球》杂志描述为"世界第四大岛"，一个从热带雨林到稀树草原，从湿润梯田到干旱荒漠，从高原到海滨，多种气候下的自然和人文景观一应俱全的神奇海岛。

这里，超过80%的物种都只在这里才出现。这里，就像是另一个世界一样充满神秘和与众不同。

首都塔那那利佛一瞥

凌晨2点，我们乘坐肯尼亚航空公司的航班到达马达加斯加首都塔那那利佛。

出关拿了行李，我和女儿几步就来到了简陋的国际航站外，左等右等，等了一小时都没有等到应该来接机的我们的导游兼司机罗哈（Roha）。

走南闯北惯了，母女俩对此见怪不怪，迅速分工合作，各自发挥特长。我看管行李，女儿找到客服部，请他们帮我们联络罗哈。母女俩就那么自然而然地彼此分工配合，这是多年来一起旅行探险养成的默契。

一个小时后，客服部接通了罗哈的电话，原来罗哈一直守在接机处，只是扛不过"瞌睡虫"，一觉睡过去了。待我们到达旅馆，天已拂晓，黎明前绚烂的朝霞染红了半边天。

我们已无睡眠时间，盥洗完毕后享用早餐，再把旅游余款结算给旅行社后就跟着罗哈出发上路了。

罗哈驾车在城里横冲直撞，无奈道路堵塞，汽车、摩托车再加上牛拖车在首都市内唯一的公路上争先恐后，乱成一团。我们掩鼻护嘴，尽量减少呼灰吸尘，在这片混乱中观察着首都塔那那利佛的市容市貌。

塔那那利佛建于17世纪，市区依地势起伏，是一座具有亚洲、非洲、欧洲三大洲混合风格的城市，市中心可见到高耸的教堂尖塔、挺拔成行的桉树、红瓦盖顶的民居和石块铺砌的路面，其建筑与欧洲城市无异。

我和女儿有同感，这里的气候、环境，甚至百姓的肤色和生活习惯，看起来与亚洲更像，我们好似在东南亚国家旅行。这里风景优美，人文环境很好，因此也被称为"非洲的世外桃源"。

让我意外的是，塔那那利佛的市中心竟有成片的农田。熙熙攘攘的小贩们在商业街上吆喝着生意，一步之遥，农民们在农田里忙乎着，几个孩子则在小河里忙碌着。罗哈告诉我们，孩子们在河里摸鱼呢。这，就是塔那那利佛的生活。

马达加斯加是一个不发达的国家，这里的居民全部都依靠农业生活。由于这里土地肥沃，有良好的气候，非常有利于粮食和经济作物生长，耕地主要用于种植水稻。国民经济也以农业为主，农业人口占全国总人口80%以上，也是世界上最贫穷的国家之一，听罗哈说很多人的月收入仅有几美元。

在这里，我第一次见到了背上长"角"的牛，罗哈介绍，这是瘤牛。这种瘤牛浑身是宝，是耕地种田的一把好手，瘤牛肉细腻鲜嫩，堪比顶级的日本和牛肉，瘤牛角可以打造出上等出色的工艺品，而那瘤牛皮、牛尾、牛骨头……我听得心头一哆嗦，心，莫名地疼了起来。可能是自己属牛，对这勤劳一生最后又被吃掉的瘤牛无比怜悯和疼惜。

罗哈又说，在马达加斯加，瘤牛不但是家庭财富的象征，也是国家的标志之一，享有特殊地位。当地人对牛有一种近乎狂热的崇拜，瘤牛的兴旺是家业兴盛的象征。瘤牛要像孩子一样接受洗礼，一个星期中有一天不能强迫瘤牛干活。如果汽车与牛群在公路上相遇，让道的不是牛群，而是汽车。

罗哈随后指给我们看，很多重要建筑物上都摆放着完整的牛头以示其尊贵，而在公路两旁画有牛头标志的路牌随处可见。所以，瘤牛在这里享有的地位与待遇是你们没法想象的！

我嘟嘴反驳，即使瘤牛享有如此这般的尊贵待遇，还不照样被你们吃掉，被物尽其用得一毛不剩，这难道不奇怪吗？反差如此之大，让我甚是不解。我的无厘头式反驳也让罗哈哭笑不得。

勤劳一辈子的瘤牛

内心是"闪电"的变色龙

参观的第一站是Peyrieras Reptile Reserve，不知是谁给它起了一个美丽的中文名字：蝴蝶谷。我们在蝴蝶谷没看到翩翩起舞的蝴蝶，却观赏到了一只只色彩鲜艳的变色龙。

看到变色龙的第一眼让我们猝不及防，碧绿葱翠的树叶上，两条变色龙紧紧相连，场面真是相当"香艳刺激"。哈哈，来得早不如来得巧，我们正好赶上了一场别开生面的变色龙求偶交配的仪式。

两条变色龙紧紧相连

蝴蝶谷里的向导提醒我们注意，此时上面的那只雄性变色龙为了获取下方雌性变色龙的"芳心"，正在慢慢脱掉自己引人注目的棕色外衣，瞬息之间连接变幻出五彩斑斓的颜色，光彩夺目，绚丽惊人。我们一不小心"偷窥"到了变色龙的神秘求偶交配仪式，又一次见证了大自然的神奇魅力。

马达加斯加生活着超过75种变色龙，它们是蜥蜴家族中一支古老又独特的分支，有小得几乎看不见的"袖珍龙"，也有长达1米、捕食小鸟的"巨龙"。

多姿多彩的变色龙是马达加斯加的原住民。看外形我们都认为变色龙是敏捷而狡诈的动物，但实际上它们活动速度极慢，而且基本上都无毒，不咬人。

接下来，向导从随身携带的一个小竹笼子里取出几只小蝗虫，为我们现场示范变色龙是如何捕食的。

这只爬在树上的变色龙箭楼般外凸的眼睛忽闪忽闪地、上下左右180度地转动着，紧紧盯住了向导手里的蝗虫，突然间，它张开嘴，伸出了和它身体一样长的棍状的舌头，舌头如闪电般弹出，以迅雷不及掩耳之势黏上了猎物，一旦捕捉到猎物，它的"闪电长舌"便悠然地将猎物收入口中，慢吞吞地咀嚼、享受着。一旁的我们个个看得目瞪口呆。

向导把从树上取下的两条变色龙放在了我的肩上，让我和变色龙来一个零距离的"亲密接触"，我一个激灵，浑身上下顿感"肉麻兮兮"。

变色龙是这样一种灵物，它用坚持来面对周遭的一切，用色彩来宣泄内心的情感。马达加斯加的变色龙正努力用灵性和动感的身躯坚守着自己的家园。

走进大狐猴的神秘世界

傍晚时分，我们抵达下榻的维卡纳雨林酒店。这个酒店坐落在雨林中央，被茂密的丛林和风景优美的湖泊包围着，环境美丽而宁静，颇有一种远离人世喧嚣的氛围。

这里的食物也让我们赞不绝口，没想到雨林深处竟然能邂逅高档法式菜肴，真是惊喜连连。

第二天清早，到达昂达西贝国家森林保护区后，罗哈就把我们交接给了当地的地导，由地导带领着我们徒步走进丛林深处，寻访生活在这里的几种野生狐猴。

这些地导个个都是精通生物学或者生态学的资深导游。地导介绍，狐猴是真正从史前幸存下来的动物，在恐龙时代后期，这种灵长目动物就生活在地球上了。

在时光不知疲倦地流转和沧海桑田的巨变中，可怜的狐猴在世界上许多地方都成了人类或其他物种的盘中餐，只有马达加斯加人迹罕至的山野丛林保护了它们。

密林深处的酒店

　　近年来，政府为狐猴专门建立了多个保护区。比如在这里，每一只狐猴都登记在册，享受着"国家津贴"。我们笑着说，狐猴们待遇不错嘛，不仅受到保护，还领着工资呢。难道说，马达加斯加就是传说中狐猴们的"诺亚方舟"？

　　没走多久就见到了一群漂亮的褐狐猴，大家连忙架相机、摸手机，响起了一片咔嚓声。

　　接下来在遮天蔽日的原始森林中不知又走了多久，密林深处突然传来一声响亮的叫声，极具穿透力，回荡在林间。那是一只身长1米左右的大狐猴发出的，很快便得到了其他大狐猴的响应，于是"大合唱"开始了。

　　循着"歌声"往上看，端坐在树杈间的正是我们要找的大狐猴。层层叠叠的枝叶中，这只身长两尺左右、黑白相间、毛茸茸的大狐猴正蜷缩在树干间。

母女俩与褐狐猴开心合影

蜷缩在树干间的大狐猴

一片窸窸窣窣声中，旁边的一棵大树上，几只大狐猴正上蹿下跳着，从一棵树上嗖地跳跃到另一棵大树，眨眼的工夫就不见了踪影。

我收回目光，重新开始仔细端详头顶上的这只大狐猴：它的嘴像狐狸一样向前凸出，四肢很长，尾巴极短，体毛黑白相间、浓密光滑，这独特的面容让人印象深刻，而一双美丽的大眼睛更令我心醉神迷。

Indri indri（大狐猴），多么美丽的名字！它们栖息于山地和沿海的热带雨林中，结群生活，雌性占主导地位。

大狐猴具有领地意识，雄性大狐猴会用尿液标示领域。它们白天进行觅食活动，以嫩叶、种子、水果和鲜花为食。它们不会四足行走，只能直立身体，靠后肢支撑着行走，前肢起平衡的作用，是典型的树栖动物，擅长攀爬和林中跳跃，不善于地面活动。

大狐猴是忠贞的一夫一妻制，通常只有在配偶去世后才会寻找新的伴侣。它们的性成熟年龄在7—9岁，雌性2—3年繁殖1次，每胎产1只崽，幼崽2岁后才能独立生活，幼崽的死亡率很高，超过50%的大狐猴活不到繁殖的年龄。

这时，一只大狐猴跳到了正对着我的一棵树上，我刚举起相机聚焦，它突然又跳到了另一棵树上，然后像荡秋千一样在林中快速跳跃着。地导解释它们一跃可达10米，跳跃时身体与地面垂直。

不远处的那棵大树顶上，几只幼猴蹦来跳去，嬉笑打闹，而另一只大狐猴，不知是它们的爸爸还是妈妈，任由孩子们在头顶上嬉戏玩耍，自己则双臂抱着树干，头夹在两膝之间，正悠然自得地坐在树间大做白日美梦呢。

丛林深处又飘来了大狐猴们嘹亮的"歌声"，忽高忽低，嘈杂原始，此起彼伏，遥相呼应，充满了生命的蓬勃原始力量，给神秘的森林增添了不少扑朔迷离的气氛。

地导笑着说，这是它们的必修功课，每天要唱很多次，应该是联系族群或相互警告之意。而我们却在不经意间欣赏到了一场免费的森林音乐会。

密林深处，各式狐猴闪亮登场

因为1/3的狐猴属于夜行动物，我们的夜间徒步猎游始于滴滴答答的雨声中。

雨大路滑，国家森林保护区里一片漆黑，伸手不见五指，两边的森林深不可测。地导在前面引路，湿滑的脚下树根横错，我们深一脚、浅一脚地摸黑前行。

树高林密，在这寂静的夜色中，夜行动物们已经开始自己一天中最忙碌的生活。一道道光束打过去，林中"沙沙"作响，似乎有什么动物，我们屏住呼吸，然而什么也没有看到。

"在那儿呢。"顺着地导手指的方向，在他的强力手电筒照射下，我看到两三米外的一棵树上似乎有一只动物，黑暗中只见到两只大大的、亮晶晶的眼睛，还未仔细看清楚它的模样，小家伙"嗖"的一下便消失在茂密的枝叶后面。"唉。"大家不约而同发出一声叹息。

不得不佩服地导，黑暗里练就了一副"火眼金睛"和敏锐的听力。随着他的指点，我们看到了栖息在高大树权上的夜间特别活跃、看起来有点像黄鼠狼的鼬狐猴。

紧接着又找到了也是夜间活动的世界上最小的灵长类动物鼠狐猴，据说对这种鼠狐猴的研究还有可能帮助人类找到治疗阿尔茨海默病的办法。

下山途中，雨下得更大了，浑身湿透，但收获颇丰。

世界上有许多美丽非凡的小精灵等着我们去认识，接下来我们要去酒店旗下的私人保护区内的狐猴岛见识各种狐猴。

进入狐猴岛需要乘坐独木舟，这次的地导也兼舵手，撑着两条尖尖的小舟沿着清澈的河道在雨林里划行前进。

第一个出来迎接我们的是金丝狐猴，一袭金色外衣在清晨的阳光下熠熠闪光，拖着的一条长长的黑尾巴灵活闪动，显得格外古灵精怪。

　　看到地导手中的香蕉，小家伙激动地嗷嗷叫。听见呼叫声，边上的树丛后即刻闪出另一只金丝狐猴，原来是呼喊伴侣共进早餐，真是伉俪情深！

金丝狐猴伴侣

　　小舟悠悠划行，前方树林中传出沙沙声响，几只狐猴一蹦一跳地蹿到了我们面前。哇，好漂亮的金臂白尾狐猴。

　　地导边摇着橹边介绍，它们也是跳舞狐猴的一种。怪不得，它们蹦跳起来好像真的有舞蹈天赋，一扭一拐的身姿，轻盈又婀娜。然而对金臂白尾狐猴来说，它们热舞并非为了娱乐，只不过通过这种方式，它们可以快速躲开天敌、尽快到达觅食地，包括在森林里四处巡视领地。

舞姿翩翩的金臂白尾狐猴

见到超级明星——美丽的环尾狐猴

船儿掉头，舵手把船撑到了最后一个小岛。来到这儿，又怎能不见一见狐猴里的超级明星——环尾狐猴呢？

这些古灵精怪的小动物热情洋溢地迎接着我们，上来就是一个生扑，女儿的脖子和头顶上一下子挂了两只，左拥右抱的，很是亲热。

还有一只蹿进了我的怀抱，明亮的棕色大眼睛一眨不眨地盯着我看，我也趁机仔细端详。它的头小小的，耳朵长而尖，大眼睛上盖着厚厚的黑眼圈，整张脸看上去宛如狐狸、浣熊，然而它们的行径却像猴子。我在地导的默许下，顺手触摸了一下它蓬松的绒毛，柔软细滑，手感棒极了。

美丽的环尾狐猴

　　有那么一瞬间，时光骤停，我们相互凝视，我分明看到了它那温柔的眼眸，直击我的心灵深处，难道这就是传说中的心有灵犀？而我的心也已被它的可爱彻彻底底地融化了。

　　环尾狐猴得名于它那毛茸茸的长尾巴上有黑白相间的11—12条环状花纹。它们生活在马达加斯加南部和西部的干燥森林中，以果实、花、树叶和树皮为主食。

　　环尾狐猴早在远古时期就生活在与大陆隔绝的海岛上。据说当早上太阳缓缓从海面升起，阳光普照大地，环尾狐猴就会摊开四肢，正面朝向太阳，让温暖的阳光洒满胸部、腹部、两臂和大腿，以驱赶夜里的寒气。它们的这些动作，看起来就像是行者在阿波罗神庙前虔诚地朝拜，因此环尾狐猴又被称为"太阳崇拜者"。

　　最为奇特的是，作为灵长目，它们并没有像人类和大多数猴子、猩猩那样，进化到"父系社会"，而是保持了原始的"母系社会"的生活习性。在它们的组织中，猴王是雌性，由它负责指挥行动，在猴群中拥有至高无上的地位，而可怜的公猴地位卑微，只能充当交配和繁殖的工具。环尾狐猴的种群特征可能是灵长目动物世界的最后一个"女儿国"。

我猛一抬头，看到了一个小家伙，一双小手紧紧抱着树杈，亮晶晶的眼睛正怯怯地注视着我们。

地导介绍，这是竹狐猴，世界上濒临灭绝的动物之一，非常珍贵。地导赶走了它旁边树上等着抢食的一只大棕狐猴，耐心地把手里的香蕉掰成小块，一股脑全给了这只竹狐猴，似乎特别地怜惜它。我盯着竹狐猴脸上那双美丽动人的大眼睛看了很久，真是太可爱了！

可爱的竹狐猴

这只狐猴迫不及待地跳到了女儿头上

刚上岸来，几只狐猴已经迫不及待地跳到了我们身上。我的眼睛不够用了，树上跳的，地上蹦的，坐着的，挂着的，从树枝上探出脑袋看我们的，在我怀里伸手要食物的……哈哈，一时间，我真不知道要看哪个，要拍哪个！

更让我诧异的是这些小精灵在我身上乱窜，但它们并没有什么难闻的气味，我只闻到森林树木的淡淡清香。

真的没有想到，来到这里，我们会融入大自然的怀抱，走进狐猴们的神秘世界，观看它们奇趣的表演，享受与各种狐猴零距离的亲密接触，如痴如醉！

寻找狐猴的天敌——马岛獴

离开狐猴岛，我问了罗哈一个一直萦绕在我心中的问题，美丽精灵狐猴，它们有天敌吗？罗哈微笑着说，我们接下来要去的穆龙达瓦奇灵地保护区，会解答你的问题的。

奇灵地保护区内生活着10多种哺乳动物，我们到达时正值旱季，由于缺水，四周森林和植物没有了绿意，保护区也就显得完全没有了生机。我不免心中嘀咕，此处一片荒凉，能看到什么呢？

可是，就是有那么一些独特的、生命力顽强的哺乳类和爬行类动物，在这一片干燥的落叶林上建造了自己的家园，生生不息地繁衍着。

保护区的地导带领我们一头扎进了枯叶凋零的树林深处，再一次去探索生命的奥秘。

前方林子里有一批游客正对着在树林下歇息的一只褐狐猴照相。这只褐狐猴惬意地靠着一棵树干，手里拿着一根小树枝在鼻子底下不停地折腾，动作像极了抽烟，它翻眼看了我们一下，满脸不屑，似乎在说：不就抽根烟静静，有什么好瞧好拍的？树林的另一边，两只褐狐猴正在交配，不管不顾，场面太过香艳，反倒是我们游客羞得掩面而逃……

一个多小时后，地导摆手示意我们停下。一阵窸窣声吸引了我的注意。我抬头望向树顶，啊，一只维氏白冕狐猴！那一双精灵般明亮的双眸正注视着我，我默默取出相机，把镜头对准了它。

突然，它一跃而过，再几个纵身，就跳到了树上。我还没回过神来，另一只白冕狐猴又冲了过来，只见它腾挪翻滚，瞬间就站在了远处一株树梢上，它好像感受到了我这个观众火辣辣的仰慕眼神，表演得更卖力。它在树枝间几个轻盈的小跳，突然，给了我一个正面的奋力一跃！我情不自禁地为它喝彩鼓掌，这真是一个明星演员！

前面的大树上又出现了四只白冕狐猴，在树权之间自由地荡漾着，它们的动作是那样的憨态可掬，又是那样的活泼可爱。我感觉它们更像一队天生的体操运动员，身姿柔软，无论怎样出发，落脚点如何，它们总能以优美的姿势完成一个个高难度的动作。

黄昏时分回到宿营处，看到另一组的地导带着游客急匆匆地奔向旁边的枯树林，难道有什么情况？看到这情形，我们的地导马上示意我们紧跟上。"是Fosa。"地导轻声告诉我们。终于，我们要直面Fosa了。Fosa，中文名称马岛獴，狐猴唯一的天敌。

前方马岛獴开路，众人跟着在树林里七拐八拐地乱转，晕头转向地又转回了营区，估计马岛獴也走累了，就地趴在营区的一个大棚角落，无所畏惧地注视着我们。而对面的树丛里，躺着另一只正呼呼大睡的马岛獴。

地导提醒我们跟它们保持一定距离，毕竟它们是岛上最凶的、大名鼎鼎的食肉动物。若被它咬上一口，缺皮少肉，那就不好玩了。

我仔细观察，马岛獴看上去不是猫但又像猫，不是狮子又如缩小版的美洲狮，因此可以称为迷你美洲狮。

马岛獴是树栖性动物，主要食物就是各类狐猴。它们长长的尾巴、伸缩的爪子、苗条的身形，加上独特且强壮的脚踝结构，可让它们快速地在树枝间跳跃、闪避、辗转腾挪，也可垂直向下爬树，灵活性甚至比一些灵长目还要强。正因如此，它们捕捉食物手到擒来，成为狐猴们的梦魇。

围观的人多了起来，两只马岛獴眨眼间就消失在了漆黑的树林深处。

保护狐猴，刻不容缓

据世界自然保护联盟数据显示，马岛獴数量急剧下降，近20年来数量下降30%。主要原因就是栖息地减少、与当地人类的冲突（马岛獴捕食家禽导致的报复性猎杀）以及狗和猫带来的病毒威胁。目前野生马岛獴现存数量约有2500只，根据科学家对下降趋势估计，野生马岛獴将在100年内消失。

狐猴的前景更是令人担忧。在马达加斯加，我们一共看到了10多种狐猴，这在一定程度上满足了我们的好奇心，同时，所了解到的情况也令我们心情沉重。

罗哈告诉我们，国家虽然说要保护，但偏远地区的很多贫苦百姓还是会抓狐猴吃肉。我曾在现场仔细目测，大部分狐猴瘦骨伶仃，身上的肉甚至不如鸡鸭。我问罗哈，贫穷的老百姓为什么不多养鸡鸭鹅呢？罗哈低头不语，一副"你问我我问谁"的样子。

马达加斯加的狐猴都是濒临灭绝的物种，主要原因是人们大量伐木、采矿以及为开设农场、扩张耕地而毁坏森林，使自然森林面积持续缩小，破坏了这些灵长目动物的天然生态，也使狐猴越来越无家可归。

　　这些被列为"极度濒危"的狐猴是生态平衡中不可或缺的一环，人类有义务保护它们在自然界自由地生存下去。

　　人类应当和自然、和野生动物和谐相处，创造一个美好梦幻的世界！

　　再回首，依然爱！

夕阳时分的猴面包树

惊艳马达加斯加，被时间遗忘的伊甸园

马达加斯加，一个遥远的孤立于非洲大陆之外的非洲岛国，世界上最不发达的国家之一，苍凉的山野、奇异的物种、遥远的记忆……

一个多星期下来，我们母女俩行走其间，很多景、很多人、很多野生动物，恰似电影画面，仿佛时光倒流。

除了我在前文中提到的那些奇趣横生、我们已经亲密接触过的各类狐猴外，马达加斯加还生活着许多地球上绝无仅有的物种，其中之一就是马达加斯加的"生命奇观"——浑身是宝的猴面包树。

在猴面包树大道观赏落日

连续两天，罗哈开车载着我们一路狂行，过小镇、穿村落，近距离探索马达加斯加神秘而美丽的自然环境和令人心驰神往的美妙风光。虽然沿途路况尚可，但连日颠簸、弯弯绕绕的山路也是绕得我晕头转向，苦不堪言。

好几次，罗哈被小镇上军人设立的关卡拦住，大多数时候，军人检查罗哈随身携带的文件，瞄我们两眼，便挥手放行。这一次罗哈又被拦截，叽里呱啦一番交谈，随后军人盯着我们俩，多瞄了好几眼，搞得我老心脏怦怦乱跳。罗哈似乎很不情愿地下车继续交涉，我和女儿有些紧张，异乡他国，向导是我们唯一的保护，万一向导出了什么事，我们可就真的是叫天不应、呼地不灵了。

很快，罗哈回到车上，连声说对不起，让你们担惊受怕了。罗哈告诉我们，关卡和军人都属于政府，当地政府官员索贿情况比较严重，碍于我们两个外国人，起码不当着我们的面交易，最后罗哈在车外给钱了事。

罗哈看出我的疲惫不堪，说要补偿我们，他不时地看向天空和太阳，掐着时间把我们带到了"猴面包树大道"。

此刻正是夕阳西下时分，猴面包树大道上的猴面包树千姿百态，展现出惊心动魄的美，无与伦比。

虽然曾经在电影里或者新闻报刊上多次看过猴面包树的样子，但当我真正站在穆龙达瓦的猴面包树大道上时，还是被如此伟岸、奇异、密集的猴面包树群所深深震撼、吸引住了。

这些如高塔般矗立着的百年老树，挺拔、粗壮、神奇，壮美的景象足以与地球上任何人间奇迹相媲美。太阳很快在云层的簇拥中缓缓下降，余晖折射在猴面包树顶部的枯枝上，瞬间变化出瑰丽的色彩。世界各地慕名而来的游客络绎不绝，很多人早已经架起各种"长枪短炮"，只为抓住那落日时分的精彩瞬间。

世界各地慕名而来的游客络绎不绝

　　《孤独星球》杂志评论，在猴面包树大道上欣赏最壮观的落日，是人生最难忘的经历。确实如此，为了此刻的感动，我们千万里的迢迢旅途又算得了什么呢？

猴面包树，千姿百态

　　一路走来，原野上、低谷中处处都可领略到猴面包树那高大耸立的英姿，猴面包树像是来自另外一个时空的勇士，执着而孤独地守望着这片原始而沉默的土地。

一路走来，处处都可领略到猴面包树那高大耸立的英姿

　　我们游人的喜爱只是出于欣赏，而当地人的喜爱则是因为他们要依赖猴面包树生存。"有了猴面包树，我们就什么也不怕了。"罗哈说。猴面包树的树叶可以做香料；果实就像面包一样，酸酸甜甜，人和猴子都可以吃；树籽可以榨油，树皮可以入药，树干可以储水。

　　猴面包树树冠巨大，树杈千奇百怪，酷似树根，树形壮观。猴面包树结出的果实可重达20公斤，果肉大如足球，甘甜多汁，是猴子、猩猩的最爱。猴面包树还是沙漠行者的救命之树，它的"腰围"动辄要超过10个人手拉手才能围一圈，树干皮硬内松，可吸存成吨的水，被称为"荒原的水塔"。干旱灾难季节，当地人干渴难耐时，只要找到猴面包树，用小刀在上面划个口子，清泉就会喷涌而出，让人解渴。当地人热爱它、崇拜它，称它为热带草原的"生命树"或"圣树"。

据说猴面包树还是植物界的"老寿星"之一，即使在热带草原那种干旱的恶劣环境中，其寿命仍可达5000年左右。

向来憨厚老实的罗哈脸上闪过一抹坏笑并显得神秘兮兮的，说要带我们去见见"猴面包树先生"和"猴面包树太太"。当我们亲眼所见时，不禁哑然失笑。原来是一棵树上多了个柱状凸起，另一棵树上多了个裂隙，酷似男性和女性的生殖特征，向导们以此作为一个噱头吸引着每位游客到此一游，见识一下神奇的树先生和树太太。

"猴面包树先生"

"猴面包树太太"

我们到达时，另一位向导正带着两个日本年轻人讲解，当向导提议合影留念时，两个年轻人羞口羞脚，"哈依、哈依"地扭捏推让，看到这情形，躲在我们头上大树顶端的猫头鹰忍不住现身，冲着这两位"咕噜咕噜"地嘲笑了一番。反倒是我这个中国大妈，与先生、太太两棵大树大方合影。哈哈，自然就是自然，只有人类想象力丰富多彩、天马行空，赋予自然各种名称。

接下来罗哈说要带我们去见证"爱情"。面前的这棵猴面包树，两棵粗壮的树干缠绵拥抱在一起，向天伸展，就像是两个难舍难分的恋人紧紧拥抱在一起，这就是传奇浪漫的"情人猴面包树"。很多情侣不惜千里迢迢慕名而来，让它见证自己的爱情并许下牵手一生的心愿。几百年来这对"情人"爱意深深，缠缠绵绵，从未停止向世人"秀恩爱"。

大名鼎鼎的"情人猴面包树"

　　在奇灵地保护区附近有一棵千年猴面包树，这是唯一要求我们脱鞋并衣冠整齐地来参观的千年老树。原来这就是许多年前日本天皇过来朝圣、跪拜的猴面包树。

　　据说当年日本天皇派来了众多日本钦差，寻觅了许久才寻到这棵天皇心仪的大树。我围着这棵"圣树"连转几圈，并没瞧出有什么不同和特殊。因此我问罗哈日本天皇为什么对此树情有独钟并选中它跪拜，罗哈哼哼哈哈不知所云，只是说从此多了不少日本游客专门来此朝拜这棵"圣树"。

"圣树"

回程途中，我们最后一次来到了猴面包树大道。正是日落时分，云霞披红，大地抹彩，巨大的、沉重的树影投射到地面上，偶有当地的村民驾着牛车、赶着羊群从树下经过，羊儿咩咩，牛蹄踢踏，扬起微微灰尘，又消失在了视野之外。

晚霞落幕，星光璀璨，我情不自禁地感慨万分，要是我的几个星空摄影爱好者朋友在，晚上定能拍到绝佳的以猴面包树大道为前景的星轨，怨自己没这本事，可惜了。

淳朴的小渔村，可爱的非洲娃

在穆龙达瓦，我们有一天自由活动的时间，罗哈说不如带你们去渔村转转，体验下渔村里当地渔民的生活。

罗哈为我们租了一艘小渔船，开船的是他熟悉的渔夫。小船悠悠，离开海边葱郁无边的红树林后，我们登上了这座叫 Nosy Kely 的小岛，近距离接触并感受当地渔民的生活。

刚上岸，令我们感到惊喜的是，只见一头粉红色的母猪带着两头肉嘟嘟的小猪朝我们飞奔而来，后面紧跟着一群大呼小叫的小孩子，这阵仗，分明是在欢迎我们的到来。

罗哈介绍，这里的渔民生活水平不高，但勤劳善良，男人出海捕鱼，女人操持家务、带孩子。这里的女人特别能干，除了做家务还要织网、收鱼，并到陆地上去卖鱼。这里的渔民世世代代以捕鱼为生，质朴而纯真，贫穷却快乐着。

海岸边横卧着的一条小渔船旁，这一家父母正低着头专心致志地修补渔网，身旁的几个孩子活泼调皮，稍微大一点的男孩边帮父母干活边看管着调皮捣蛋的弟弟妹妹。穷人的孩子早当家，一家人其乐融融。

另一条船边歇息着一大家子，其中几个年轻姑娘脸上涂抹着一层白浆，见我好奇，非常友好地挥手打招呼，并自摆姿势让我随便拍。

　　罗哈翻译，渔村里的年轻姑娘把一种树叶捣烂成糨糊，制作面膜用来美容养颜兼防晒，哈哈，世上女子皆爱美呀！姑娘从船上的角落拿出一个小木桶，热情地邀请我一起涂抹。看着桶里那一团白乎乎、黏糊糊的糨糊，我还是胆怯地退缩了，不敷也罢，惹得姑娘们一阵哈哈大笑。

年轻姑娘脸上涂抹着一层白浆，美容养颜兼防晒

　　不远处，一位渔妇正在锅里用油炸着什么，渔民们拖儿带女地在购买，甚是热闹。我们循着香味也走过去瞧热闹，凑近锅台，看到渔妇正在油炸红薯。她把红薯切成片放进油锅里，待炸至两面金黄，捞出来放在一个装满白砂糖的碗里翻滚一下，哇，渔村炸薯片！我正在心里斗争着是否买些尝尝，又顾忌卫生问题，一旁的女儿早已开吃并连呼好吃好过瘾。

香甜可口的油炸红薯片

嗯，不管它三七二十一了，与其顾忌，不如开戒大吃。油炸红薯片香甜可口，松脆软糯，母女俩一片又一片地吃着，停不住嘴。不知何时，一群孩子围在了身边，几个光脚光屁股的小男孩忍不住咽着口水，一个小姐姐背着的小男孩更是目不转睛地盯着我手中这颗从树上刚摘下的新鲜大椰子，口水直流。我把刚喝了几口的椰子递给了小姐姐，再悄悄把钱塞给罗哈，让他为每个孩子购买一份油炸红薯片。

小船儿启动，挥挥手，再见啦，淳朴的小渔村，可爱的非洲娃。

美食王国，让人流连忘返

穆龙达瓦除了有美丽干净的海滩外，还有丰富多样的海鲜。像我这种嘴馋又爱吃海鲜的人，来到此地可谓如鱼得水。

从猴面包树大道看完落日归来，我们就在罗哈推荐的海鲜餐厅享受原汁原味的海鲜，我们点了龙虾、螃蟹和海鲜拼盘，再点上几杯用猴面包树果子现榨的酸酸甜甜的果汁，晚餐结束，母女俩拍着肚子出了餐厅，心满意足。

这里的海鲜超便宜，大海里刚捞上来的一个大龙虾卖给我们外国人是5美元，当地人则只要2元人民币。当海鲜遇上馋嘴吃货，哈哈！第二天再来，又是放肆地猛点一通。唉，老了，两顿海鲜大餐吃下来，胃是又胀又难受。没听说过吧，海鲜便宜到吃得胃抽筋，稀罕！

因为马达加斯加是曾经的法国殖民地，一路走来我们享受的都是正宗法式菜肴，上到高档的法式鹅肝、精品牛肉、各种海鲜鱼类，下到蔬菜水果、各种小吃，味道统统好极了。我尤其喜欢沿路各式新鲜水果，香蕉、菠萝、杧果、枇杷等热带水果应有尽有，因为没施化肥农药，自带水果本身的香气。

马路边琳琅满目的新鲜水果

经过当地农贸市场，我一眼相中了一个农民正在出售的甘蔗，买下半捆并让他劈成片，女儿和罗哈在前面闲聊着，我则在车后座像老鼠一样啃个不停，直啃到老牙吃不消才消停。记不得有多久没有如此享受过了，水果清香可口，甘蔗甘甜如蜜，皆是小时候的味道。

作者与当地妇女合影

俗话说"民以食为天",一趟成功的旅程,吃好吃美,也是其中很重要的一环。这不,尚未离去,我们母女两个馋嘴吃货已经相约,为了马达加斯加如此可口的美食,定会再回来。

独特风俗"翻尸节"

大自然赋予了马达加斯加独有的海岛生态环境、非洲最美丽的海岛风光、最富有的矿产资源,却并没有让这个非洲第一大岛走上富裕的道路。

本来,这里土地肥沃、海水干净,盛产肥美的海鲜和丰富的农作物,只要肯出力,人民一定会过上富裕的日子。遗憾的是,这里仍是世界上最贫穷落后的国家之一。也许这和殖民主义有关,法国统治了这里几十年,却没有好好地发展这个地方,岛上没有完善的公共设施,连最基本的水电供应都未遍及全国,住在市区以外的人们仍要排队打水,架起柴火在屋外煮饭。

沿路举目所见的民居,除城市外,一般都比较简陋。然而,一些五彩缤纷、别具特色的建筑吸引了我们的眼球。询问罗哈,他的回答让我们下巴差点儿掉了下来,这些华丽堂皇的建筑竟是一座座坟墓。

罗哈说,马达加斯加的普通老百姓会倾家族之力来共同修建坟墓,把家族历代去世的人们埋葬在一起。坟墓修建得愈富丽堂皇,就显得此家族愈有金钱和地位。

更让我们瞠目结舌的是,马达加斯加有些部落的祭祀传统叫"翻尸节"。所谓"翻尸",就是将死者的尸体从墓穴中挖出来,给尸体翻翻身的意思。罗哈告诉我们,他的家族上个月刚刚在富丽堂皇的墓屋里举行了这个仪式。

那一天,在罗哈爷爷——家族里年龄最大、也是最德高望重的长辈的主持下,族人们把自家土葬的祖先从坟墓里挖出来与家族其他人"团聚",然后由大家抬着祖先的尸骨载歌载舞,杀牛祭祀。为祖先翻尸时禁止哭泣,因为哭会使祖先不快乐，只有大家都快乐才能使祖先快乐，并且给后人降福。

罗哈表示很惭愧，因为工作繁忙他没能出席，但他强调自己出钱最多，不仅承包了所有"吃喝"，还购买了最昂贵的丝绸"裹尸布"，因为尸体被抬出来后需换掉原来的"裹尸布"，换上新的丝绸或麻布。这项活动越隆重表示越尊重死者，而且有很多烦琐的工序，要花许多钱，一般要比较富有的家庭才有条件给祖先两三年翻一次尸。

走过世界很多国家，第一次听说这个独特风俗，敬佩罗哈的族人勇气可嘉，可是，从坟墓里挖出尸骨……罗哈谈兴正浓，好奇地问我们中国人是否也用同样的方式缅怀先人，我如鲠在喉，还是没忍住说，假如在中国，这绝对是对祖先的"大不敬"。"咳咳……"女儿在一旁干咳并连连向我翻白眼，我赶紧将下面的一连串话语强咽了回去。

是啊，文化不同，人们的生死观念也不同。对于不同国家的不同文化和风俗习惯，我们要理解和尊重！

回望马达加斯加，我们已经揭开这个孤独又神秘的岛屿的面纱一角，从美丽而贫瘠的乡村，到嘈杂而动乱的城市，我们好像穿越了几个世纪。它是那样色彩浓郁、个性鲜明、元素丰富，它又是一个让人流连忘返、惊叹不已、刻骨铭心的地方。

我们还要再来，一窥它神秘的全貌，一步一个脚印地去感受和探索由大自然的鬼斧神工打造的这片濒海土地，神奇富饶的海洋包围着的原始风貌、各色奇妙的植物和奇特的景观、与众不同的野生动物……

在为数不多让我愿意重返的地方里，马达加斯加自有一席之地。

作者和女儿与大猩猩合影

叫一声"表哥"太惊喜
——到乌干达、卢旺达探访人类近亲山地大猩猩

亲眼见一见人类近亲"表哥"——濒危的山地大猩猩，一直是我愿望清单上的重中之重。

和人类基因最相近，仅有2%差异的人类近亲山地大猩猩（Mountain Gorilla），相比世界上其他濒危物种，比如非洲罕见的黑犀（3600多只）、印度仅存的野生孟加拉虎（不到2500只），以及数量急剧下降的北极熊（20000

多只）等，山地大猩猩的数量更为稀少。

山地大猩猩在世界自然保护联盟濒危物种红色名录中处于濒危状态，被评为全球十大最濒危的稀有动物之一。据最新统计，目前全球山地大猩猩仅存1000多只，它们扎堆儿生活在非洲中部的丛林中，大部分集中在3个国家和地区：乌干达、卢旺达和与刚果接壤的维龙加山区。由于偷猎、战乱等因素，山地大猩猩的栖息地不断缩减，严重影响到它们的生存状况。

经过几年的计划，长时间的深情等候、温馨期待，我和你，大"表哥"——山地大猩猩，终于有缘千里来相会啦！

追踪大猩猩前，准备工作必须充足

准备工作几年前已经启动，我在网上搜索了一箩筐有关探访大猩猩的徒步线路信息，卢旺达和乌干达的几个国家公园每天限额几十人探访这些大猩猩家族，因为配额数量稀少，所以旺季的大猩猩许可证通常半年前就售罄，必须要事先申请。许可证上会注明哪一天、在哪个国家公园、可能会跟踪哪个大猩猩家族。

为了一偿心愿、梦想成真，提前再提前是保证我们如愿成行的唯一途径。我在一年多前就与乌干达的旅行社联络好并拜托他们一定要尽早申请下大猩猩许可证。就算如此，旅行社还是传来了"不幸"的消息，卢旺达每张大猩猩许可证的价格翻了一倍。这位"表哥"，想见你一面可真不容易哦！

天空中第一缕晨曦初露，乌干达的司机兼导游亚历克斯（Alex）就来酒店接我们出发。原以为自己是早起的鸟儿，进公园一看，已经热热闹闹聚了一群游客。

待司机们登记完毕，公园管理人员也已经按照徒步的难度把游客们分好难、中、易3个小组。按规定，看大猩猩每组不能超过8人，每天不能超过10组。我们母女俩被分配进了一个徒步难度不高但也不容易的中组。

一行人进入美丽又浓密的迷雾森林

　　由于徒步的主要区域是一望无际的茂密森林和陡峭的山坡地区，而徒步山区的海拔高度从1000米上升到3000米，这就要求游客们具备良好的身体状况，其中一些路段对我们的体力是极大的挑战。难度高的小组甚至需要徒步一整天。游客们可以提前向自己的司机提出要求，根据自己的身体状况来决定参加哪个小组。

分完小组，我们的向导大卫（David）把自己组的成员又聚拢起来开小会，主要是做这次徒步旅程的介绍及提出注意事项。

除了徒步时必须要注意的安全事项外，最重要的就是在看大猩猩的过程中，触摸和喂食是绝对不允许的，咳嗽时必须捂着嘴巴，不能朝着大猩猩咳嗽，因为游客中谁感冒打个喷嚏都有可能传染给大猩猩，大猩猩一旦染上了人类的疾病，就只有死路一条，整个家族会遭遇灭顶之灾。也不能高声说话，不能乱扔垃圾。如果遇到大猩猩，至少保持5米远的距离，动作幅度减到最小，声音压低，并且不要与大猩猩对视，当大猩猩向你走来时，要识趣地避开，但不能逃，实在狭路相逢，避不开时，要单膝下跪，表示谦卑。照相时，要缓慢、小心地移动，绝对不能打开闪光灯，和一群大猩猩待在一起时不能超过一个小时，等等。

向导大卫看了眼不远处坐着的一群当地人继续说，另外，请大家尽量雇一个当地背夫，15美元一位。

女儿掂了掂手中的背包说不重，不需要背夫，她能搞定。但我坚定地表示一定要雇一个。

因为我已经读过搜集的资料，这些背夫曾经都是当地猎人，不是猎杀大猩猩出售，就是杀大猩猩吃肉。如今政府开始保护大猩猩的同时也鼓励这些当初的捕猎者从事其他行业，捕猎者们转行谋生，大部分从事着与大猩猩有关的工作：国家公园的向导、持枪的安保人员、管理人员等。一些文化程度有限的捕猎者则成了背夫。所以我们雇用背夫，不仅仅为当地人提供生活保障，更重要的还是在为保护大猩猩做贡献。

看得出来，每位游客都掩饰不住内心的激动、雀跃和兴奋。上午8点整，我们组8名游客、1名向导、5名背夫再加上2名持枪保安，浩浩荡荡一群人向着布温迪国家公园出发，准备穿越这片传说中"无法穿越的森林"。

翻山越岭，艰辛抵达

这次分配给我们组拜访的是乌干达布温迪国家公园的Bitukura大猩猩家族。

我们的徒步路线起始于山脚下的农田和村庄，然后随着海拔的升高而进入美丽又浓密的迷雾森林。山地大猩猩居住的森林通常多云、潮湿、寒冷。

我们从海拔不到1000米攀登至2500米时足足花去了2个多小时，弯弯绕绕的山路时而陡峭时而泥泞，愈深入丛林，路途愈难行，我已经开始上气不接下气，大汗淋漓，光剩下"呼哧呼哧"的喘气声，海拔升高后的高原反应又导致头疼脑涨。在这困难时刻，我们的背夫向我伸出了温暖有力的大手，牵引着我，继续走向那一望无际的茂密森林。

歇一歇补充水分后，我才发现我们仿佛已经进入了另外一个星球，四周山高谷深，满眼鲜嫩翠绿，原始森林覆盖着陡峭山坡，空气中弥漫着原始新鲜的水雾和缥缈的猩猩叫声，天棚、树冠和底层的灌木形成庞大的层状结构，周围树木和树皮上的青苔越来越浓密，藤蔓缠绕，幽暗静美，这一大片绝美孤傲的景色，恍若仙境！

又是大半个小时艰难的攀爬。两名手持AK-47枪支的守卫在前方迎接并告诉我们，我们已经来到了此番要拜访的Bitukura大猩猩家族的家门口。

原来为了保证我们能100%看到大猩猩，这两名持枪守卫昨天下午就开始追踪这个Bitukura家族，直到发现家族成员晚上的歇息处。他们对大猩猩的生活作息了如指掌，每只成年大猩猩每天晚上要筑巢，大猩猩宝宝则在巢里跟妈妈同睡一床。这两名持枪守卫今天凌晨再出发，去昨晚大猩猩的筑巢处寻找，一旦找到马上定位并通知我们的向导。

现在，除了随身携带的相机和贵重物品外，我们得把拐杖、背包连带着背夫们一起留下，唯有向导和持枪守卫与我们一起前行。持枪守卫的枪支不是为了防止大猩猩兽性大发攻击游客，而是对准了偷猎者，以及会对我们行程产生威胁的森林大象和暴躁的野牛。

接下来的一段路完全依靠向导和2名持枪守卫在前面灵活地披荆斩棘开路，我们必须紧跟着他们，否则就会看不见向导钻进了哪一丛浓密的草木里。

崎岖的山路上遍地潜伏着长刺的荨麻，层层枝叶底下的湿泥和大猩猩粪便混合在一起因见不到光而常年湿滑。我深一脚、浅一脚地勉强跟上，踉跄前行。

作者与持枪守卫合影

突然，脚下一滑，我直愣愣地一屁股坐了下去，瞬间，一股火辣辣、烫麻麻的感觉传遍臀部和双腿，不好，荨麻已经刺穿我的裤子并扎进了皮肤，惊得我顾不得斯文，双手乱摸，双脚乱跳。我开始想念我的背夫，有他在，或许就不至于如此狼狈不堪了。在又一次不小心滑倒之前，我伸手抓住了边上的绿色植物想保持平衡，却是雪上加霜，荨麻透过我戴着的手套直接扎进了我的手心里，又辣又麻又疼，刺得我龇牙咧嘴，苦不堪言！

Bitukura家族，大猩猩妈妈舐犊情深

突然，我看到了它。

它背上背着幼小的孩子，窸窸窣窣地从我身边的林子里走出，猛一个照面，它温柔如水的目光望向了我们。我和它咫尺之遥，伸出手去，甚至可以抚摸到它背上的孩子。

这不期而至的神秘邂逅让我惊喜交加，竟然也看傻了眼，忘了之前向导的嘱咐不能与大猩猩对视，也忘了胸前挂着的相机和手中握着的手机。

紧跟在它身后的是Bitukura家族的几个家庭成员，黑色的身影穿过眼前的树丛，施施然与我们擦肩而过。

大卫边让我们跟随边轻声解释，Bitukura家族的名字来源于这个家族赖以生存的山谷里的一条河流Bitukura。这个家族在2008年开始对外开放，是一个非常友好、平和的大猩猩家族。

Bitukura家族现在由11只大猩猩组成，由2只银背大猩猩统率，而Mugisha又是其中的首领，另有几只成熟的雌性、几只年轻黑背猩猩成员和几只幼崽。这个家族的前任首领在2016年12月从一棵高大的树上摔下并不幸去世，因此由Mugisha继承了它的领导权力。

作者与身后的大猩猩合影

　　山地大猩猩通常白天活动，跟人类的作息时间有些相似，从早上6点到下午6点之间。大部分时间用来吃东西，因为只有大量的食物才能满足其庞大身躯的需要。它们早上进食，中午休息，从下午到晚上睡觉前都在吃饭，然后再用12个小时的时间睡觉和做梦。

　　成年大猩猩更喜欢待在树顶上，不仅可以获得更开阔的视野，也能躲避大型动物，比如大象和野牛的骚扰（所幸森林里没有狮子、豹子等食肉动物），还能采摘大树顶上的各种鲜果享用。

大卫忽然停止了讲解，看向右前方。绿叶树影扶疏之际，依稀可见一只大猩猩正端坐于绿树丛中。

　　大卫和另外两名持枪守卫熟练地飞舞着各自手中的大刀，快速地在藤蔓缠绕的灌木丛中为我们开出一条勉强能通过的小径。我们踮着脚，小心翼翼地踩着咯吱作响的树枝，拨开巨大的蕨类植物茎叶，哈哈，我们一下子就与大猩猩面对面地相会了。

　　在规定的5米距离外，我目不转睛，终于可以细瞧慢看、好好地端详你了，我的"大表哥"！

　　大卫小声介绍，此为Rukumu，家族里排名第二的银背大猩猩。二当家Rukumu手指灵活，臂长且粗壮，不时用右手拉一把边上的绿树叶，敏捷地送进嘴里，"咔咔叽叽"地使劲嚼，左手忙着从嘴巴里取出吃剩的树根渣末，忙碌得不亦乐乎。

　　我再仔细一瞧，咦，Rukumu嘴里嚼得正欢的绿树叶不正是搞得我既痛苦又狼狈不堪的荨麻叶吗？旁边已有游客在问大卫同样的问题，估计也是深受其害。大卫笑着说，荨麻这种叶上有刺毛的植物正是大猩猩最爱的食物之一呢！

Rukumu嘴里嚼的正是刺得我又疼又麻又痒的荨麻

Rukumu停下吃喝，朝我们瞄了几眼，接下来的一幕让我们相当意外，只见它竟把左手食指放进鼻孔里面，开始大挖特挖起来，挖完之后，他看了一眼沾着大块鼻屎的手指，竟然又放回了嘴巴并开始吮吸……

"扑哧"一声，8个人里有人率先憋不住笑了出来，另外两个紧跟着也"嘿嘿"地笑出了声，我同样忍俊不禁，好想捧腹大笑，但还是把喉咙里快要冒出的笑声强咽了下去。在"表哥"的家里，我怎敢放肆无礼呢？

正想着在"表哥"的家里不敢放肆无礼时，Rukumu似乎听到了那几位的低笑声，意味深长地看了他们一眼后突然朝着他们竖起了中指，惊得我们瞠目结舌，终于没忍住，Rukumu的现场秀让大家乐不可支，个个捧腹大笑，连一贯严肃的向导大卫和那2名持枪守卫也忍不住咧嘴呵呵笑了出来。

持枪守卫过来与大卫耳语一番。大卫挥挥手，我们紧跟上。

在另一边的山坡上，家族里的成年母猩猩Betina正在和她3个多月大的新生幼儿嬉戏玩耍。待我们靠近定睛一看，这不正是刚刚与我们第一个邂逅的大猩猩母子俩吗？

Rukumu 突然竖起了中指

小猩猩们在树上打闹、玩耍

　　小猩猩宝宝已经吃饱，惬意地躺在地上，露出了圆滚滚的肚皮。在泥土上扎个猛子、打几个滚儿后，小猩猩又一把抱住了妈妈，撒着娇求妈妈陪它一起玩耍，Betina亲昵地搂住了孩子，先是一番抚摸、亲吻，再前后左右摇晃了好一阵子。

　　小猩猩似乎没玩过瘾，"嗖"地几下爬上了一根干树枝并开始自娱自乐，荡来晃去，几个来回没撑住，"哧溜"一下从树干上掉了下来，正好落在我脚边。小猩猩突然抬起小脸看向我，四目相对的一瞬间，我心头鹿撞，从它清澈透明的眼神里，分明看到了烂漫无邪的童真！

　　妈妈发出了"额额"的呼声，小猩猩一步三跳，又跑回了妈妈的怀抱。妈妈似乎有些不高兴了，在宝宝的屁股上轻轻拍打了几下，可能没打疼，小猩猩用额头去碰撞妈妈的额头，发出了开心的"呦呦"声，妈妈再以"额额"声回应。这一刻，大猩猩母子"额额""呦呦"，声声动人，亲情自然流露、感人肺腑。

小猩猩从树干上掉了下来，正好落在我脚边

小猩猩用额头去碰撞妈妈的额头

母猩猩鲜少让孩子离开她的视线范围，尤其对2岁以下的孩子，母猩猩几乎寸步不离地照顾和陪伴它们。面对我们这些陌生人类的到访，即便妈妈多番耳提面命要与访客保持距离，仍挡不住活泼好动的小猩猩对远方来客的好奇，肆无忌惮地企图接近它们的近亲——我们。

妈妈把小猩猩搂在怀里，不断地抚摸、亲吻并开始细心地为宝宝梳理毛发，宝宝安静下来，享受着温柔母爱，原始森林四周宁静平和，看着眼前母子情深的温馨画面，我竟有些恍惚，不知今夕何夕……这珍贵一幕已然镌刻心田、铭记脑海！

大卫的介绍又传入耳中，这只小猩猩出生之后，它的妈妈Betina基本上是一直抱着它的，因为大猩猩幼崽要4—5个月才能行走，到了6个月开始学着大人吃植物，8个月可以吃固体食物，到了3岁断奶，4—5岁左右才会离开母亲独立成年。而像Betina这样的雌性大猩猩与雄性有显著差异，体型只有雄性一半大，主要是照顾年幼的家庭成员。

雌性大猩猩在7—8岁达到性成熟，一般在10—11岁才开始生育。雌性大猩猩在生育前会离开它们出生的族群，然后加入另一个族群。雄性大猩猩通常到15—20岁才开始交配。大猩猩没有特定的交配季，通常情况下，雌性大猩猩每胎只产1个幼崽。40岁的雌性大猩猩通常会生育2—6个孩子。

Bitukura家族的几只年轻黑背猩猩从我们身边走过，只是仍没有见到家族首领银背大猩猩Mugisha，我正想提问时，大卫在一旁提醒大家，一个小时已过，准备下撤。

我依依不舍地最后看了一眼Betina母子，向正骑在妈妈背上玩耍的小猩猩挥挥手，轻轻地道声珍重，再道声再见！

Umubano家族，银背大猩猩，巨型金刚、温柔巨人

虽然在Bitukura家族见到了二当家银背大猩猩Rukumu，但他光顾着进

食，自始至终身子都没抬一下，所以那个著名的银背（背部长出的一圈银色毛发），我们是一根银毛都没瞥见，而与银背大当家Mugisha更是连个面都没照上，相当遗憾。

现在，只能把希望寄托在我们接下来要拜访的卢旺达火山国家公园的大猩猩家族了。

因为已经有了在乌干达看大猩猩的艰辛徒步经历，且被荨麻扎到后身上的红肿仍未全消，隐隐有些又麻又痒的难受感觉。这一次，我向我们的司机要求参加一个徒步最容易的小组。

容易小组确实很容易，徒步不到1小时，持枪守卫已经找到我们要看的Umubano家族了。我们再次把拐杖、背包和雇的背夫留在了后面，跟着卢旺达火山国家公园的向导凯瑞（Kary）和几名持枪守卫走向密林深处。

卢旺达火山国家公园群山连绵，巍峨火山，莽莽雨林，气势恢宏

一个巨大的黑色身影穿过眼前的树丛，一双炯炯有神的大眼睛正望向我们，特别引人注目的是他背上那一圈显著的闪着光亮的银灰色毛，毫无疑问，他就是传说中的巨型金刚——银背大猩猩。

听向导凯瑞说，我们运气超级好，今天第一个上来招呼我们的，就是Umubano家族的首领Charles，与英国王储查尔斯同名。

银背大猩猩是成熟的雄性，因到12岁时背后会长出一丛银灰色的毛而得名，它们身长有1.5—1.8米，体重达150—200公斤。

在山地大猩猩的世界里，一般是一只银背大猩猩率领着几只成熟的雌性、几只年轻黑背猩猩成员和几只幼崽一起过日子。那些尚未性成熟的黑背猩猩会在11岁后离开族群，自己开始谋生过活。

银背大猩猩因到12岁时背后会长出一丛银灰色的毛而得名

别看大猩猩孔武有力，其实银背大猩猩在家族里不仅要负责族群的安全，寻找食物和水源，还要调解族群内其他成员之间的吵架、打架等纠纷。

和平状态下，首领大猩猩的任期一般为5年，期满后由族群内更强壮、更年轻的雄性猩猩继任。如果首领在位时被杀死，或者发生像Bitukura家族的首领从大树上摔下意外身亡的不幸事故，而首领又没有指定的继承人，那么这个族群就会被严重地破坏，外来的首领会采用激进而残忍的手段平息族群纷争，那就是杀死前任首领的婴儿，逼迫母猩猩交配，尽快怀上自己的孩子。

不过凯瑞说咱们这个Umubano家族的大当家查尔斯成家立业时并没有按照猩猩家族的固定套路出牌。

查尔斯原属Amahoro家族，在这个家族的首领突然生病死亡后，按照规矩应该是二当家查尔斯顺利接班，但排位第三、一样觊觎王座的银背大猩猩Ubumwe用武力斗败了查尔斯登上王位。

查尔斯咽不下这口恶气，登不上王位，那就另起炉灶，一怒冲冠的查尔斯从家族里捎上了两只相好的母猩猩离家出走，重新组建Umubano家族，很快生儿育女。查尔斯年轻有为，爱老婆、疼儿女，把家族管得井井有条，旁边几个家族里的母猩猩看在眼里，对查尔斯爱慕不已，一起投奔了过来。这不，今天的Umubano家族兵强马壮、欣欣向荣，共有13名家庭成员。

我向查尔斯投去无比钦佩兼崇拜的眼神，查尔斯看上去体重差不多有200公斤，面孔黝黑，顾盼生辉，眼神充满智慧。

山地大猩猩是食草动物，成年雄性大猩猩一天可以吃34公斤的植物，雌性大猩猩能吃掉18公斤。它们的食物中，植物的芽、茎和树叶占了3/4。它们是所有类人猿中的素食者，是最温柔的巨人。

银背大猩猩查尔斯一双炯炯有神的大眼睛正望向我们

　　这一刻，在温暖阳光的照射下，Umubano家族大大小小的猩猩或坐或站或攀爬在树上，口中咀嚼食物的声音此起彼落，到处都是饱食的幸福，伊甸园里，一片祥和。

　　毫无征兆下，查尔斯突然站起来猛烈拍打着胸脯，然后有些怒气冲冲地朝我们走了过来，后面紧跟着的一只母猩猩怀抱婴儿一闪而过。

狭路相逢，已经来不及退避，我们学着向导凯瑞，立即低头弯腰蹲下，凯瑞同时"嗯哼"了几声大猩猩语言，让它明白我们并无敌意，大约1分钟左右，查尔斯怒气全消，"嗯哈"几声算作友好回音，然后转身离开。

凯瑞介绍，刚才闪过的母猩猩怀里抱着的是它才出生3天的新生婴儿，所以爸爸妈妈特别紧张，查尔斯刚才的举动纯粹是为了保护妻儿。而我们则运气不佳，无法看到刚出生3天的小宝宝。

查尔斯选择了一个离我们不远的山坡坐下，很放松地带着太太、孩子们再次开始进食，看着它们一大家子围坐在一起，互相依偎、觅食，孩子们在树上跳跃、荡漾，有那么一瞬间，我好像看到了失散多年的亲人，看一眼它们，跟我们相似的动作，仅仅2%的基因差异，它们是我们的近亲，不正是我们的兄弟姐妹吗？

想到这里，我心头一热，眼泪不争气地流了下来。我再次屏住呼吸，生怕打扰了它们，又好想就这么一直跟他们待在一起。

不知不觉中1小时活动时间已到，又要下撤了，可是，我哪里舍得离开？这里山间薄雾弥漫、鸟儿清脆低吟，这里没有恐惧、没有忧虑、没有暴力、没有饥饿，这里处处充满了爱和温情！

有只小猩猩世界闻名

在乌干达的"追猩小组"里，我遇到一对来自英国的夫妇，他们刚从卢旺达过来，得知我们第二天要过去，向我们传授经验。他们在那边特别要求追踪Sabyinyo大猩猩家族，因为这个家族中有只小猩猩世界闻名！

Sabyinyo家族的这只小猩猩之所以如此出名，因为它有个赫赫有名的世界首富"爸爸"——比尔·盖茨。

比尔·盖茨全家在2006年首次来到卢旺达探访大猩猩时，追踪的正是这个Sabyinyo家族，刚巧赶上Sabyinyo家族的一只母猩猩产女，卢旺达政府邀请比尔·盖茨为新生儿取名，这等喜事好事，比尔·盖茨当仁不让，给宝宝取名为Keza（当地话的意思是"小可爱"），并领养了它。当然了，也顺带着为当地捐款、成立大猩猩保护基金会等。

比尔·盖茨心系小猩猩"养女"Keza，不仅自己出巨资保护大猩猩，还拉上了老朋友巴菲特。当然，80多岁的巴菲特老爷子已经不易远行非洲，更无力亲自攀爬海拔几千米的高山丛林去一探好朋友比尔·盖茨的"养女"Keza，不过巴菲特老爷子重情重义，是绝对不负好朋友盖茨所托的。山高水远，自己难以成行，就派60多岁的长子霍华德·巴菲特代表，几次前往卢旺达，亲探山地大猩猩。

保护大猩猩

我们的卢旺达导游凯瑞，虽未曾有幸亲自接待过比尔·盖茨先生，但几年前比尔·盖茨的儿女来卢旺达探望小猩猩"妹妹"时，正是凯瑞亲自带领着他们上山一探小可爱Keza的。所以这件事，凯瑞是逢人必说。

而与我们同组的瑞典夫妇则是一脸喜气，与我们一起刚刚探访过Umubano家族，不过瘾，第二天又安排了一场，要探访的正是Sabyinyo家族，而重点要探访的就是比尔·盖茨的小猩猩"养女"——小可爱Keza，这可是瑞典夫妇特别要求并连续两天探访大猩猩才获得的机会哦。

卢旺达的老百姓对小可爱Keza也充满了深深的感激和感恩之情。比尔·盖茨爱屋及乌，心系小猩猩"养女"Keza，情系卢旺达的贫苦百姓，除了保护大猩猩外，盖茨夫妇联手巴菲特出巨资在卢旺达成立了各种妇女儿童基金会，为他们的医疗卫生谋福利。支援非洲人民，也成了比尔·盖茨退休后的一项重要工作。

猖獗的偷猎、疾病、战争及失去栖息地等种种不利因素的影响，让山地大猩猩的生存岌岌可危。20世纪60年代，全世界的山地大猩猩只有475只。到了80年代，数量降到254只。

如果不是因为一位美国动物学家戴安·弗西（Diane Fossey），山地大猩猩也许已经灭绝了。人类今天对于山地大猩猩的再认识和保护，也是基于戴安·弗西最初进行的大量卓有成效的研究。

1983年，《迷雾中的大猩猩》（*Gorillas in the Mist*）一书面世，戴安·弗西在书中以生动翔实的笔调，叙述了她在卢旺达丛林研究山地大猩猩长达18年的艰苦经历与成果，全面揭开了原本蒙在山地大猩猩身上的神秘面纱，让全世界意识到山地大猩猩所面临的危机和必需的保护！

让人震惊而又感到难过的是，四处呼吁保护山地大猩猩的戴安·弗西，却未能保护自己。1985年，年仅53岁的她，在卢旺达研究营地被枪杀，迄今仍未破案。

今天，若问什么是大猩猩的威胁？答案是人类，以及与日俱增的人类开发活动——盗猎、战乱、屯垦，都严重威胁到这个濒危物种的生存空间。我们人类正在消灭自己的近亲，如果我们现在什么都不做，我们的"表哥"，这个和人类最相似的近亲将从地球上消失。

就让我们牢记黛安·弗西留给世人的最后一句话吧：当你了解整个生命的价值时，就不会沉湎于过去，反而会致力于未来的保护！

作者与金丝猴亲密接触

我追，来自"猩猩"的你

　　我真的很庆幸自己来到了地球上灵长类动物最密集的地方：乌干达和卢旺达，在这里探索非洲王国的动物明星——世界上最珍贵、与人类最近亲的山地大猩猩。

在乌干达和卢旺达深不可测的丛林里，在咫尺之遥，我们母女俩探访到了朝思暮想的山地大猩猩Bitukura和Umubano两大家族，近距离观察大猩猩的憨态，也直面了威严霸气、孔武有力的银背大猩猩，体会了猩猩妈妈对孩儿的舐犊情深……

而我们的"追猩之旅"还在继续，接下来要探访的是《猩球崛起》中凯撒的家人——黑猩猩（Chimpanzee）。

很少有人知道，在那遥远的非洲热带雨林，在那远离人类家园的地方，有着更为神奇的自然家园，那便是非洲的明珠——乌干达。而基巴莱森林国家公园（Kibale Forest National Park）又是黑猩猩的王国。国家公园位于乌干达一片湿性常绿雨林中，海拔在1100米至1600米之间。

尽管周围环绕的大部分是湿性常绿雨林，但其风景地貌呈现多样性的形态。经过人类多年的保护，如今基巴莱森林国家公园已经有2000多只黑猩猩。

落单小黑猩猩，带领我们找到家族

老规矩，1名向导、2名持枪守卫加上我们8名游客向着基巴莱深山丛林迈进，不知道丛林深处有什么在等待着我们。刚开始我们行进得很慢，一路上向导向我们展示着黑猩猩们留下的踪迹，有时是它们用叶子搭的睡巢，有的是它们吃剩的水果。

突然，前方传来"叽叽呱呱"的叫声，我们的向导喊道："快，跟上来！"我们加快脚步穿过森林和灌木丛，紧跟着他依稀可见的墨绿色制服，直到他伸出手让我们停下来。

在我们正上方的一棵大树上，一只黑猩猩正居高临下，手搭在脑袋前向远处眺望，不断地"叽呱"叫唤着。

　　向导告诉我们，这是只落单的尚未成年的黑猩猩，此刻正在呼喊着家庭成员。"跟着我。"向导挥挥手，我们一起跟上。

　　这只小黑猩猩动作敏捷地快速前进着，有时攀爬上树顶，有时"哧溜"几下连翻几个跟头，迅速地在森林地面上的树根和树枝中敏捷穿梭，不均匀的步态是那么灵活而优雅。而我们这群人则走得越来越吃力，步伐混乱、跟跄前行，不一会儿就被小黑猩猩甩出了几片林子。向导经验丰富，几经周折，带领着我们又追赶上了在树顶上穿梭的小黑猩猩。

再次进入非洲的茂密森林，周围的一切都是如此神秘，透过厚重的丛林，我们回望人类的过去，回望古猿走出非洲的历程。

想到除了山地大猩猩和我们此刻正在追踪的黑猩猩之外，还有着如此丰富多彩的自然世界等着我们去探索，我的幸福感顿生，沉重的脚步一下子变得无比轻盈。

我们在黑猩猩栖息领地里辛苦徒步了整整2小时。突然间，小黑猩猩开始"叽里呱啦"地叫，向导停下来并示意我们停下脚步。"接近小黑猩猩的家族了。"向导小声说，"我能闻到它们的气味。"

谢谢你，小黑猩猩，终于带着我们找到了《猩球崛起》中凯撒的族人啦。

大家站在森林的一侧，开始提相机、摸手机，此时向导回头示意我们向路边后退，躲开树杈和藤蔓。忽然，3米外，一只黑猩猩出现在眼前，几声尖锐的呼唤下，我们头顶的大树上"哗啦啦"地滑下大大小小十几只黑猩猩，从我们面前穿梭而过。

向导告诉我们，这个黑猩猩家族有50多只黑猩猩，它们像其他地方的野生黑猩猩一样，每天到处寻找成熟的果实。公黑猩猩喜欢聚在一起集体行动，还会大声呼唤彼此。母黑猩猩比较安静，觅食也喜欢单独行动，顶多让自己的孩子跟在身后。但黑猩猩毕竟不是独居动物，母黑猩猩也会组成临时育儿所，让孩子们在里面发泄精力、一起学习玩耍。

黑猩猩与山地大猩猩的区别

我们已经探访过的山地大猩猩和黑猩猩虽然都叫猩猩，但它们可是有天壤之别哦。

黑猩猩明显比山地大猩猩矮小很多，成年的黑猩猩差不多1.5米高，体重是70公斤左右，而山地大猩猩就不是这个尺寸了，身高有近1.8米，体重更是重达200公斤以上，所以，山地大猩猩被称为大猩猩，也被称为巨型金刚。

而黑猩猩和山地大猩猩相比哪个比较温和呢？如果对山地大猩猩不了解，乍见到它定会觉得它很凶残，感觉你要是站在它面前，瞬间就会被撕裂，它就像是一个威严如神话一样的巨人，电影《金刚》把它们形容成凶猛的野兽，而我们亲眼所见的山地大猩猩，真的是非常宁静、平和。

相比于山地大猩猩，生活在基巴莱森林国家公园里的这些黑猩猩其实是世界上比较残忍的一种动物群体，它们经常攻击周围的其他部落，以扩大自己的领地。

向导说，家族中的黑猩猩也像人类一样，会狩猎、战斗以及互相帮助，堪称"丛林斗士"。

而当黑猩猩们围攻追捕猴子时，往往会把猴子逼到树上，令其无处可逃。黑猩猩抓住猴子后会将它撕开，甚至还会残忍地将猴子的四肢撕下来吃掉，真的极其恐怖。

我们的向导介绍，黑猩猩的社群是多雄多雌制，由15只或更多的个体组成。由于雌性黑猩猩在发情期内几乎与所有成年雄性黑猩猩都有交配行为，故难以判断幼崽的生父是谁，因此家族是以雌性家庭为基本单位的。

黑猩猩的家庭成员并非固定不变，雄性黑猩猩自始至终都留在本家族内，而雌性黑猩猩在成年后会到其他一个或几个家族生活，也会有小部分雌性黑猩猩留在本族群中。

前面的游客齐刷刷地围着一只黑猩猩照相，我走过去一看，不禁哑然失笑。这只黑猩猩长得跟凯撒特别相似，因此被我称作凯撒。

这只成年雄性黑猩猩四肢摊开，惬意地躺在地上，时不时地"搔首弄姿"几下，高举双手做投降状，左右腿替换交叉，那叫一个舒服。凯撒对我们这8

名游客熟视无睹，明亮的眼睛"骨碌骨碌"转着，时不时地瞄我们一眼，有那么一瞬间，我分明看到了它眼睛里流露出一丝讥讽的眼神和嘴角边的一抹嘲笑。在想什么呢，凯撒？

此时此刻，我真的无法理解凯撒内心深处对我们人类的想法，而在我们面前的凯撒更像是一个孩子，有着天真无邪的乐趣和孩子一般纯真可爱的表情。

向导解释，黑猩猩的家族有着严格的等级制度，雄性首领的地位是族群中至高无上的。首领享有优先交配权，并且决定家族每天的行进路线、取食地点、休息时间等一切事务。

惬意地躺在地上的黑猩猩

黑猩猩也像人类一样拥有温暖而精密的家庭。大部分时间里，它们会相互喂食，给彼此擦身子、捉虱子，又或是一起去爬山、采果子或玩耍。

黑猩猩极其聪明，它们会制造工具，能够利用可用的资源去完成任务。它们能在吃水果的时候避开里面那些有毒的种子，还可以利用大自然的草药给自己疗伤。

　　黑猩猩尽管生性残忍，但也有温柔的一面。两只朝夕相处的黑猩猩，其中一只死去时，另一只似乎"非常伤心"。另外，这些黑猩猩也有非常安静的一面，同时非常具有合作精神，黑猩猩复杂的一面表明了它们与人类是多么相似。

　　可是和许多野生动物一样，黑猩猩的生存环境已经遭到了严重破坏。人类利用先进技术正在不断地毁坏着自然资源，同时也不断地受到大自然的报复。

　　如果再不加以保护，按照现在人类毁坏热带雨林的速度，到2035年，热带雨林将被消灭殆尽，那个时候我们的子孙只能在书本上看到有一种动物是人类的近亲——黑猩猩。

聪明的黑猩猩

卢旺达，追踪世界最美猴子——金丝猴

在雾气缭绕的卢旺达火山国家公园维龙加森林追踪世界上最美猴子——金丝猴，我们母女俩又一次体验了在神奇的非洲山地丛林深处不可思议的奇妙徒步旅行。

今天我们要追寻的是Kabatwa金丝猴群，一清早来到公园入口处时，游客已经三五成群。

与追寻山地大猩猩完全不同，追寻山地大猩猩规定每组不能超过8人，每天不能超过10组，而追寻金丝猴则没有人数限制，因此今天的几十名游客全部集中起来，由年轻的美女向导带领大家上山。

美女向导宣布完游客们必须遵守的国家公园关于追踪金丝猴的规章制度后又特别提醒大家，金丝猴一般都在树顶活动，大家朝上观看时尽量闭上嘴巴，因为不知什么时候金丝猴想方便，你张开的嘴巴可能正好接到金丝猴从天而降的"尿雨"或"黄金屎"。

美女向导说完掩嘴咯咯直笑，在游客们的欢声笑语中，美女向导继续娇嗔道："不要怪我没提醒，这里每天都会有游客'中枪'哦！"

探访金丝猴的徒步很容易，穿过一大片青绿的竹林，不到1小时即抵达目的地。

透过高大繁茂的竹林叶隙，我们终于与这些可爱的珍稀精灵喜相逢。

美女向导告诉我们，我们今天探访的这个Kabatwa金丝猴群大约有70多只金丝猴。

自2003年6月起，卢旺达火山国家公园开始开放金丝猴参观项目。这个金丝猴群已经习惯了火山国家公园里络绎不绝的游客，虽然适应是一个缓慢的过程，因为让金丝猴接受人类并不容易，但最终还是在2003年实现了。而

这种鲜为人知的猴子也是非洲最濒危的灵长类动物之一。

　　头顶上窸窸窣窣作响，抬眼望去，几只小金丝猴正从一大簇翠绿竹叶后探出头来，好奇地瞧着我们呢！

两只挂在树上的金丝猴面容美丽，憨态可掬

哇，好美的猴子！毛茸茸的脸蛋，一圈乳白色的毛发里包裹着一张艳红色的樱桃小嘴，棕红琥珀色的杏仁状眼睛里溢动着别样的神采。最出彩的是那身醒目的皮毛，此刻在阳光的照射下闪耀着金色的光芒！这些可爱的小精灵面容美丽，憨态可掬，难怪被称为世界上最美丽的猴子。

我大张着嘴巴，真是被美猴的美色迷住了，女儿笑着推我一把说："嘴巴张得那么大，看来你已准备好迎接从天而降的'尿雨'和'黄金屎'了。"吓得我赶紧闭上嘴巴。今天，我还没准备好"中枪"呢。

突然间，我与一只母金丝猴咫尺相望。我欣喜万分，又有些受宠若惊。美丽的母猴很诚恳地凝视着正在凝视她的我，嘴角轻扬，神态俏皮，眼神灵动而友善。我心中温暖又感动。动物和人类的对视，本应如此安详、宁静，彼此充满好奇。

金丝猴们在我们的目光下、镜头里欢快地玩耍着。金丝猴们非常上镜，它们毛色艳丽，形态独特，动作优雅，性情温和，受到我们这些"追猴粉丝"的深深喜爱，百看不厌。

世界上最美丽的猴子——金丝猴

美女向导介绍说，它们习惯住在山地的低洼地区，这些地区正是稀有的金丝猴的家园。这里不仅有大片的竹林，也是一个包括常绿林、草地、沼泽、常青灌木等在内的高度融合的山脉生态系统。金丝猴一生的大部分时间都在攀爬高约2—3米的植物，特别喜欢在竹冠层中、竹林顶部跳跃、玩耍，而以竹叶和竹笋为食。

　　两只小金丝猴连蹦带跳地从竹冠上跳下，追逐打闹着到了我的眼前。小猴子们一会儿前肢抓屁股、后肢挠痒痒，一会儿倒竖蜻蜓，乱翻跟头，看得我们眼花缭乱、目不暇接。

作者与金丝猴亲密接触

接下来两只小金丝猴停止打闹，清澈明亮的眼睛齐刷刷地看向了我们，似乎突然才意识到旁边有群不知叫什么名字的"大动物"存在。其中一只小猴子来到我面前蹲下，竖起上身，又伸出前臂，仿佛在求一个拥抱。那一瞬间，我激动万分、心跳如鼓，好想张开双臂，拥它入怀……

我收起刚要张开的双臂，摇头叹息：对不起了，可爱的小猴子，我，还得遵守人类的规则！

和人类的小孩子一样，小金丝猴也存在很强的好奇心，对世间任何新鲜事物都充满好奇，想要一探究竟。

金丝猴虽然没有被列入世界濒危野生动物的名单，但因为其毛皮华丽漂亮，长期以来，滥捕滥杀致使金丝猴数量急剧减少，同时，人类对于森林的过度采伐彻底地破坏了它们赖以生存的栖息环境，所以金丝猴的数量正在急剧减少。卢旺达政府也开始致力于恢复金丝猴栖息地质量、减少人类活动对栖息地的干扰、严打偷猎滥捕等。

这只金丝猴恋恋不舍地注视着我们离去

一个小时的探访转瞬即逝，告别金丝猴往山下走去，我恋恋不舍地不时抬头回望。

再次庆幸自己能够走进卢旺达这片原始森林，近距离触摸金丝猴美丽而又充满灵性的生命，感受梦幻般优美壮阔的意境，领悟自然界的永恒奇迹和无穷魅力。

大屠杀纪念馆内的无声控诉

千山之国，浴火重生——参观卢旺达大屠杀纪念馆

这是一组触目惊心、鲜血淋漓的数据：每分钟7人、每小时400人、每天10000人被杀，在1994年4月到6月，这短暂的百天内，卢旺达大屠杀夺走了100多万人的生命。

Genocide，这是我第一次学到的恐怖名词——种族灭绝。

此次非洲之行，我把参观卢旺达大屠杀纪念馆放在了最后一天，是吸取了上次参观波兰奥斯维辛集中营的教训。记得那年那天参观结束后，那场纳粹大屠杀惨烈的沉重感、压抑感，那种窒息感、绝望感，让我内心无法平静，当晚一夜无眠，后半夜发起无名高烧，严重影响了接下来的一段旅程。此番谨记教训，在结束了两星期乌干达和卢旺达的美好旅程后的最后一天，再直奔大屠杀纪念馆。

　　我和女儿是第一批到达的参观者，买好门票正准备入馆时，纪念馆工作人员看了一眼我们俩胸前挂着的照相机，轻声细语地提醒我们，如果入馆后想拍照，需要另付30美元。我们有些意外，还是掏钱付了一个人的30美元，就一人拍照另一人看吧。

　　从大屠杀纪念馆的一个展厅走到下一个展厅，一段段录像、一组组图片看下来，我的大脑一片空白、一阵晕眩，胃里开始翻江倒海，我闭上眼睛，使劲地吞咽，把胃里翻腾上来的那股酸气硬是强压了下去。什么都是恐怖的，我现在只想离开这个让我恐惧、害怕的地方。而边上一群参观者中，有位白人妇女已经开始情不自禁地轻声抽泣。

　　我的双腿像灌了铅似的一步一挪，来到了最后的一个儿童展厅，我在门外犹豫再三，沉重的脚步跨出又收回，再也没有勇气继续下去了。

卢旺达大屠杀纪念馆

受害儿童的照片

　　走出展厅，仰头望向碧蓝的天空，深深地呼吸着清新的气息。一个当地人手持鲜花走向对面的巨大墓碑，那里是超过25万大屠杀遇难者的最终归属。25万遇害者，已化为历史云烟，只有少数人留下了照片，供游客参观与纪念。我们走到纪念姓名墙，短短的几面墙，远远不够书写那25万人的姓名。悲剧虽已远去，但却不能尘封，需要后人纪念与反思。

　　20多年过去，今天的卢旺达已经逐渐从当年大屠杀的阴影之中走了出来，实现了民族和解。在现任总统卡加梅带领下，全国人民团结一心搞建设、谋发展，整个国家和平安定，秩序井然，经济腾飞，昂扬向上，成了非洲发展的一颗明星。

　　我们在卢旺达近一个星期的行程中，一辆车、一个司机兼导游带着我们母女俩过城市、越乡镇、穿小村，几乎横穿了大半个国家。卢旺达小国青山绿水，蓝天白云，四季常青，凉爽宜人，景色极美。旅行非常安全，百姓也极其友好。唯一有些感慨的是，无论是城市还是乡村，是密集还是稀疏的人群处，皆有持枪的军人监督维护。看得出来卢旺达政府是"外紧内不松"，时刻防备着。

卢旺达青山绿水，景色极美

导游告诉我们，今天卢旺达人的身份证上已经不再标注胡图族、图西族的民族身份了，现在在这个国家里，只有一个民族，那就是凤凰涅槃、浴火重生的卢旺达民族。

铭记历史，展望未来。愿世界上任何一个地方都不再发生类似的悲剧。我的愿望就是世界和平！

一头金鬃、体格健硕的公狮

狂野非洲之嗜血绝命杀手

带着对非洲原野的强烈思念，在一个初夏，我和女儿再次踏足非洲，在南部非洲五国探望可爱的非洲野生动物，多次与野生狮子邂逅、相遇直至亲密接触！

Moremi营地，两头雄狮登门拜访

小飞机降落在博茨瓦纳著名的Moremi野生动物保护区，因为营地处在野生动物保护区内，没有正式的公路交通，唯一能抵达的交通工具就是小飞机。

Moremi野生动物保护区面积大约有3700平方公里，这里栖息着大量野生

动物。野生动物昼伏夜出，清晨和傍晚天气凉爽时活动频繁。根据动物们的作息时间，我们乘坐敞篷越野车一早出发，中午休息，傍晚时分再出发，直到太阳落山才回到营地。

营地有9顶独立帐篷式的小木屋，可住18人。每间小木屋看似简单，设施却是五星级的。这些帐篷式小木屋的地板和支架均为木头，四周以帆布和细纱窗为墙，夏天可将帆布墙卷起，游客睡在巨大的蚊帐中，四面临风，如同睡在野外。而为了安全，所有的小木屋都离地面两三米高，因为营地是敞开式的，各种动物常常光顾营地。营地没有电网和围栏，大象、水牛和狮子是这里的常客。

营地的小木屋

所以夜间的户外活动是严格禁止的，游客们被要求天黑后就不要离开自己的小木屋。营地绝对保证游客们的安全，每天早上早餐和猎游前，向导会来到小木屋把游客们一一接出，傍晚猎游归来和晚餐后，再把游客们挨个送回房间，夜里营地会安排专人守夜，真正做到万无一失。而我们在Moremi营地观赏野生动物的体验就开始于我们的小木屋。走出屋外，常常发现成群的野斑羚、拖儿带女的狒狒家族，野猪们大摇大摆地在面前游荡，小鹿们呼啦啦地从营地中穿越……

　　来到Moremi营地的第二天一早，向导Grass（我为他起名为"绿草"）清晨6点半来接我们时说，半个小时前，两头公狮追猎动物时追进了我们的营地，直接穿过小木屋9号（我们住在5号），并在营地周围溜达了好几圈才离去。大伙儿一听，个个兴高采烈，哇，差点与这两头公狮迎面相遇！来到非洲，哪个游客不希望看到那威武凶猛的非洲狮子呢？

　　游客们个个兴奋、激动，竟没有一个人显示出任何担心、紧张、害怕的心情，难道非洲大草原把每个人心中的野性都激发了出来？

　　我们乘坐的敞篷吉普车是观赏草原上高密度的猛兽和各种掠食者的最佳工具。营地导游既是司机，又是我们荒野中的向导，同时还是野生动物保护者，他们十分熟悉荒野中野生动物的习性。待我们在吉普车上坐定，导游绿草笑眯眯地对我们说，既然两头公狮今天一大早闯进营地拜访过，那咱们又为何不做个回访呢？

　　游客们情绪高涨，跟着绿草出发、前进！

　　绿草用他那鹰一般的眼睛仔细地查找地上狮子的足迹，又不停地观察天上飞过的秃鹫，经过一个水洼旁，还下车捡起两块新鲜的动物粪便放在鼻子底下闻了又闻。两次非洲之旅让我和女儿也都学会了在丛林中不仅要追寻地上的脚印，也要观察动物之间的相互反应，鸟发出警告般的叫声说明它看到了什么，食草动物坐立不安则说明掠食者就在附近。

此时，绿草车中的对讲机响了，另一辆车的导游已经在一大群吃草的水牛群附近发现了这两头公狮。绿草加足马力，风驰电掣般追了过去。

水牛群

我们的车上山下坡，来到荒原深处。绿草眼睛很尖，离得很远就发现了目标。他把车停靠在一棵巨大的香肠树旁，静静地等待公狮出现。

荒原小桥的尽头出现了第一头公狮，鬃毛蓬松，孔武有力。

第一头公狮

不一会儿，第二头公狮也出现了，一头金鬃，体格健硕。

第二头公狮

两头公狮鬃毛飞扬、威风凛凛。绿草轻声告诉我们，野生非洲公狮平均体重220公斤，体长2—2.5米。这是两头流浪的年轻公狮，正在千方百计寻找打入附近狮群的机会。

通常一个狮群由一头或几头公狮以及多头母狮组成。狮群里的母狮通常都有着血缘关系。幼小的母狮会一直与自己的家族在一起，而幼小的公狮一般在狮群里待满两年后会离开家族，到别的地方另立门户，或者通过打拼，击败其他狮群中处于统治地位的公狮而取得自己的领导权。

这两头公狮若要在草原上建立自己的领地，也要经历一番你死我活、残酷血腥的争斗。首先要强闯狮群领地，打败这个狮群的公狮，咬死狮群里的幼崽，逼迫母狮与其交配，生养自己的后代，从而在狮群里称王称霸。

清晨太阳的逆光中，两头公狮的毛发更加金黄闪亮。绿草经验丰富、判断精确，他把车停得恰到好处。公狮们朝着我们车的方向走来，愈走愈近，最后走到我们的车跟前，我屏住呼吸，心怦怦直跳。两头活生生的公狮就在我的车旁，近在咫尺。越来越近的脚步声、金色鬃毛的抖动声、吭哧吭哧的呼吸声清晰可闻。

车里静极了，每个人都自觉地、使劲地屏住呼吸，一瞬间感觉空气都凝固了。

有那么一刹那，第一头公狮的目光正好扫到了我，那威严的目光，就像一支箭，"嗖"地射向了我的心靶，我的心不由得哆嗦了一下。真是一次心惊肉跳、刻骨铭心的回访！

就这样，非洲公狮与我们"不期"又"有期"地相遇了。公狮清晨拜访，我们晌午回访，彼此有来有往。人与野生动物，一条亲密的纽带就这样自然而然地连接了起来。

依依不舍地离开Moremi营地，来接我们的小飞机降落时带来了一个5人的德国家庭，其中的父亲告诉我们，听说Moremi营地来了两头公狮拜访，真是激动人心。我和女儿相视一笑，还差点让我们撞上，哈哈！

Savuti营地大象杀手，嗜血狂狮三姐妹

计划此番旅行时，帮我们安排行程的南非旅行社的曼蒂重点推荐了Savuti营地，因为那里有全球闻名的大象杀手——"狮子三姐妹"。英国BBC电视台专门去Savuti营地拍摄了纪录片《非洲巨兽杀手》(*African Giant Killers*)。

当今世界陆地上体积最庞大的动物大象，在小于本身体积数倍的狮子的集体追捕下，竟也只能束手就擒？带着强烈的好奇心，我们来到了Savuti营地，迫不及待地想一睹这些"非洲巨兽杀手"的真容。

来接我们的导游兼司机Goodman（我为他取名为"好人"）在路上介绍了Savuti营地的狩猎行程和规章制度，之后话题一转，跟我们说："知道吗？几天前，我们这个'狮子三姐妹'又猎杀了一头大象。"我们到达的时候正好是旱季，在干旱的年代，食物非常短缺，狮子的主要口粮角马、野牛等都已迁徙，为了生存，狮群将目光投向大象群。而这种狮子捕猎大象的猎杀行为，因为非洲旱季的水源短缺而愈演愈烈。为了寻找水洼地而迁徙的象群，遇上

这群食髓知味的狮子，徒有庞大的身躯，却难有反击的能力。

几天前，在离营地不远的水洼旁，落入狮群魔掌的是一头落单的年轻公象，营地工作人员目睹了那个骇人的场面：狮群向那头年轻公象伸出利爪，最后终于将年轻公象生吞活剥。而年轻公象生命最后几个小时的哀嚎声在工作人员和游客们的心中久久不能消去……

听得我真是心惊胆战！但，这就是狂野非洲日复一日、年复一年所上演的适者生存的故事。

导游好人第二天带着我们猎游。当我们的越野车翻过一座山坡时，好人很快就在道路旁发现大大小小、断断续续的狮子脚印，从沙土上留下的新鲜脚印痕迹判断，这个狮群就在附近。

被狮子们吃剩的大象残骸

看见了，在一棵高大的香肠树下，3头成年母狮注视着上风处的一群斑马。顺着好人给我们指的方向看过去，离3头母狮不远的草丛里，还潜伏着3头未成年的幼狮，正跟着妈妈们实习捕猎。好人告诉我们，这个狮群的2头公狮现正在外巡逻，保护狮群的领地，而狮群的领地还有5头刚出生2个月的幼崽。

这就是BBC电视台特制纪录片《非洲巨兽杀手》中赫赫有名的大象杀手——"狮子三姐妹"。不过今天她们要捕杀的对象是斑马。

3头母狮在树下观察了一阵后，先碰头开会、布局，然后分三路开始接近斑马群。三姐妹中的首领从正面接近斑马并潜伏下来，第二头母狮向斑马左侧迂回，第三头母狮在右侧枯草丛中隐蔽起来，准备守株待兔，待另外两头母狮把斑马赶到她的潜伏位置，她就会突然出击。

好人告诉我们，在狮子的世界里，虽然公狮总是代表力量、尊严的地位，但狮群中真正的猎手是母狮，而狮群的内部事务也都由母狮统管。母狮之间都是血亲关系，小狮子出生之后，就和自己的母亲、姨妈和姐妹们生活在一起，终身不分离。年轻的公狮们一般2岁后就要离开狮群去流浪，去组建它们自己的狮群。

母狮们通常由一头富有作战经验的母狮率领，她决定着狮群何时狩猎、何时休息、何时迁徙、采取何种战斗策略。

我们面前这3头母狮的首领正是要从正面发起进攻的狮大姐。草原上即将出现残酷杀戮，一场惊心动魄、生与死的大战已经拉开了帷幕。旷野中的空气仿佛一下子凝固，游客们屏住呼吸等待，我的心也开始怦怦乱跳。

从正面出击的这头母狮是战略高手，她在接近斑马时十分小心，先是利用我们的吉普车当屏障，隐蔽起来观察斑马群的动向，接着越过吉普车，钻到前面的一片枯草丛中，悄无声息地等待着。枯草丛中右侧的那头母狮开始匍匐前进，慢慢接近斑马群。第三头母狮原地不动，可能在伺机等候，一旦斑马进入她的伏击圈，再攻它个出其不意。

狮群在集体狩猎时的整个战术相当严谨，精心策划、观察、布局、分散、潜伏、障碍迂回、缩小包围圈，再发动突然袭击。

我则丈二和尚摸不着头脑，3头母狮既无手机，又无呼叫机，距离那么远的三姐妹是通过什么来互发信号联络，再集体进攻的呢？

一个多小时过去了，三姐妹还在慢慢地缩小包围圈，那种耐心、细心、精心的围攻让我们看得瞠目结舌。随着时间的推移，游客们开始等得不耐烦了，同车的英国游客理查德不停地轻声呼喊："Attack（攻击）！"

上风处的斑马群突然行动了起来，纷纷抬头看着我们和狮群的方向并迅速向中间靠拢，其中几匹健壮硕大的斑马跑到了队伍的最外侧，紧紧地排成了一列，警惕地盯着狮群。

看来斑马群已经发现了逼近的狮子，斑马首领率领部下迅速地布好阵，强壮的在外，老弱病残和幼驹统统被围在了最里端。现在，最外侧的那排强壮的大斑马个个头朝里、蹄子朝外，而斑马蹄子已经开始焦躁不安地踢进踢出、踢来踢去了。从斑马群所摆开的"八卦阵"来看，斑马军团似乎已准备好迎接一场生死恶战！

突然，狮群撤退，包围圈消失得无影无踪。大抵是预见到了捕猎失败的后果，三姐妹放弃精心布局的包围圈，行动失败，狩猎结束。

好人说，捕杀斑马并不容易。一是斑马身上的黑白条纹会让狮子产生幻觉，在斑马群中很难找出攻击目标，二是斑马虽然没有犄角，但是它们的蹄子和门齿也不容小觑。而现在显而易见斑马群已发现狮群，提前进入战斗状态，狮子三姐妹面对斑马布下的"八卦阵"一筹莫展，知难而退。

因为自然环境艰难，狮子捕猎的成功率不足1/5，每出击一次都要消耗大量的体力。因此狮子捕猎时，就要保证在自己不受伤的情况下，付出最少代价，捕获到最容易捕获的猎物，一旦受伤，狮子就很容易饿死。

斑马的蹄子和门齿也不容小觑

　　我既为斑马群庆幸，又为狮群忧心。母狮们真不容易呀，家族里8张大嘴、5张嗷嗷待哺的小嘴，今天可能都要挨饿了。而那3个未成年的"实习生"，今天也错过了观摩、辅助母亲们捕杀大型猎物的实践机会。不过在这个以捕杀大象而闻名世界的家族里，"实习生"们不需担忧，母亲们言传身教、代代传承，"实习生"们很快就能学会捕猎大型动物的技能和技巧，届时捕猎野牛、长颈鹿、大象、河马等大型猎物统统不在话下。

　　好人驾车从后面远远地跟着首领狮大姐来到狮群的领地。狮二妹、狮三妹率领着3头未成年的狮子早已等候在那里。

　　不可思议的一幕出现了，只见狮大姐甩甩脖子，与狮二妹、狮三妹挨个轻轻交颈、微微碰撞、柔柔摩擦，接下来又伸出舌头，与狮二妹、狮三妹长时间地互相亲密舔吻，而3个"实习生"则端坐一旁，静静地观望。待狮子三姐妹亲热完毕，狮大姐转身来到3个"实习生"面前，又是一番亲密的碰撞、摩擦、舔吻。

　　没想到，以残酷杀戮大象而闻名世界、令草原上所有动物不寒而栗的嗜血狂狮三姐妹，此时此刻竟也是如此温柔缠绵、温情脉脉。狮群领地这幅亲密和谐、动人心弦的画面让我们万分感叹！我从远处观看着狮子家族这温馨的一幕，心头一热，眼泪掉了下来。

　　在动物界弱肉强食的生存环境中，天性与母爱仍然熠熠闪光！

赫赫有名的45号沙丘

惊艳纳米比亚——一半是沙漠，一半是海水

2013年，我第一次游览了非洲的肯尼亚和坦桑尼亚。短短两周的猎游，我看到了许许多多的动物，也多次邂逅"非洲五霸"——狮子、大象、非洲水牛、犀牛和花豹，但总觉得那次非洲之行只能算是走马观花。不过，即使只是这样短暂的一瞥，还是让我对非洲大陆无法忘怀。这片神奇的土地并不是去一次就可以让人毫无遗憾地离开，几乎去过的人都会想要再去。

带着对非洲的强烈思念，两年后，我和女儿整理行装，再次踏上了去非洲纳米比亚、博茨瓦纳、津巴布韦、赞比亚和南非为期一个月的旅途。

首站纳米比亚，从离开凤凰城的家到抵达纳米比亚首都温得和克，整整

48小时的行程下来，真是腰酸背痛脖子僵，差点儿坐断我的一把老骨头和几根老筋。

纳米比亚是1990年3月从南非独立出来的，因此它是非洲最年轻的国家之一。这是一个神奇的小国家，这里有五彩缤纷的沙漠、嶙峋起伏的山峦，也有波涛汹涌的大西洋，还有随处可见的野生动物。蜻蜓点水般地看了眼首都温得和克——这座宁静、美丽、干净的欧式小城市，之后我就匆匆直奔心中魂牵梦萦的、世界上独一无二的红色沙丘苏丝斯黎（Sossusvlei）。

45号沙丘，黑的沉静，红的妩媚

凌晨3点，导游大卫（David）敲门把我们从睡梦中唤醒，我揉着酸胀发痛的双眼，睡意蒙眬地跟着大卫上路。从入住的酒店到红沙漠公园要一个小时，再从公园的大门口到需要参观的红色沙丘还要一个小时。

汽车行驶在红尘滚滚的荒漠大地上，天空上的银河和群星闪闪烁烁，我则思绪万千、浮想联翩：纳米比亚这个梦境般的国家，它是全世界摄影家梦寐以求的圣地，而我这个对摄影技术一窍不通、兜里永远揣着个傻瓜相机的摄影"门外汉"，竟也凑热闹，万水千山地赶了过来。可见这苏丝斯黎，以及这全世界最古老、最神秘、最高、最大的沙丘有多么地吸引人！

导游大卫一路边开车边给我们做些介绍。苏丝斯黎红沙漠是纳米布沙漠的一部分。上亿年大自然的变迁，干燥的热风将岸上山脉中的岩石风化为细沙和粉尘，纳米布沙漠成为一片广阔无垠的沙海。而苏丝斯黎又是其精华所在，有着地球上最大、最古老的沙丘，其中最大的一座沙丘高达325米，为世界上最高沙丘。它那拔地而起的巨大沙丘，特殊的星形山脉，又被誉为世界上最美丽的红沙丘。

苏丝斯黎的每座沙丘都有自己的编号。大卫先带我们来到著名的45号沙丘。因为此沙丘距公园大门45公里，沙丘又呈45度坡度，因此被称为45号沙丘。攀登45号沙丘的人最多，而沙丘的脊背又很窄，大家都自觉地排成一线，缓缓地上下。

45号沙丘

奇特的星形山脉

　　太阳渐渐从东方升起，初升太阳的霞光照得45号沙丘非常艳红。而在阳光的照射下，45号沙丘呈现出迷人的色块，朝阳的一面鲜红欲滴，背阳的一面则是深邃如墨，真的是一半黑、一半红，黑的沉静，红的妩媚，两种颜色在山脊交汇，给人极大的视野冲击。

　　女儿年轻，动作敏捷，没费什么力气就噌噌噌地跑到了顶部。我则随着人流缓缓地向上攀登。这是项既快乐又艰难的运动。由于沙子非常松软，最省力的办法就是"沿着前人的脚印前进"。没走多远，鞋子里就灌满了细软的沙子，索性脱了鞋子，赤脚踩在沙丘上，认真感受着这非洲沙漠细腻而温暖的沙子，也感受着红色沙漠热情而奔放的狂野！

　　但攀登沙丘并不是件容易的事，一脚迈出又深深地陷入，再用力地拔起。走过几步再回头看来时路，留下了一串深深的脚印，不过痕迹再怎么深，也很快被后来者踩得了无痕迹，哪里还有自己刚刚走过的脚印。不得不再次感叹大自然的神奇和自己的渺小！

沿着前人的脚印前进

死亡谷，苍茫而凄凉，恢宏而原始

接下来，大卫带我们前往世界自然遗产死亡谷（Dead Vlei）。徒步翻过一座沙丘，眼前赫然出现一片白色洼地，被巨大的沙丘包围着。白色的洼地与四周的红色沙丘形成鲜明的色彩对比。死亡谷是指干涸的沼泽或湖泊。大约900—1000年前，这里遭遇严重旱灾，沙丘移向这片沙岩，阻断了河流流入死亡谷的必经之路。地下水被消耗一空，树根失去了维系生命的条件，树木慢慢死去、变干，毒辣的阳光将其烤焦，使它们外表变黑，这里也形成一片被沙丘包围的死亡湖盆。

大卫告诉我们当地流传的一个神话：两个天神在激战，其中一方毁灭了另一方，并诅咒这一地区从此失去生机。获胜的天神用高耸的沙丘把死亡谷的四周围得水泄不通，死亡的远古树木显示了天神诅咒的巨大威力。看着这里寸草不生，我倒是宁愿选择相信这远古的神话。

沿着沙丘小心翼翼地，深一脚、浅一脚地下到了死亡谷盆底，我立刻被眼前的景象所震撼。那一棵棵在盆地里已经屹立了900多年的骆驼枯树孑然矗立、苍凉壮美。洁白平整的盆底，被强烈的阳光晒出一道道深深的裂口，仿佛是龟背的纹路，而蔚蓝的天空又映衬着四周红艳艳的巨大沙丘。

曾几何时，这里树木茂盛、百鸟争鸣，处处碧水蓝天、碧波荡漾。不知在这几万年里，是怎样沧海桑田的巨变才会让曾经丰茂的湖泊变成干涸的死亡之地？而眼前这些上千年屹立不倒的骆驼枯树，展示给了我们一种苍茫而凄凉、恢宏而原始的生命的顽强。

那一瞬间，我突然明白，自己为什么会来到这里。我这个摄影"门外汉"，听从自己内心的呼唤，千辛万苦来到非洲，一路颠簸，吃尽灰土，忍受着沙漠的干旱、白天的酷热和夜间的寒冷，乐此不疲地登红沙丘、看死亡谷，个中酸甜苦辣的滋味唯有自己深深地体会了。

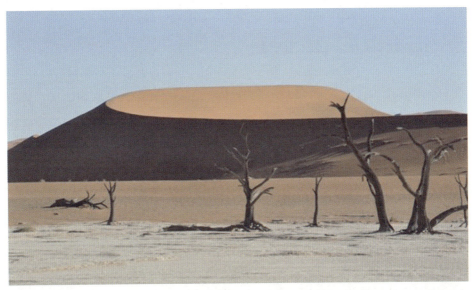

死亡谷盆底已经屹立了 900 多年的骆驼枯树

作者与枯树合影

与黑背豺孤儿一起享用早餐

下得沙丘，看到大卫已经摆开了桌椅，支起了烤炉，又麻利地从车后取出桌布铺上，我顿时感到肚子饿得咕咕直叫。不一会儿工夫，一顿丰盛的早餐已经摆上桌来。

就在我们惬意地喝着咖啡和茶，吃着刚刚煎好的鸡蛋和香肠时，不远处一个小家伙从最高的红沙丘——名为"大爹爹"（Big Daddy）的沙丘后现身，探头探脑地嗅着早餐香味朝我们走过来。女儿低声嘀咕，是黑背豺（black-backed jackal）。我一听，马上开始紧张不安。

大卫笑眯眯地说，不要害怕，这小家伙是个孤儿，出生不久妈妈就被花豹吃了，但它却奇迹般地独自活了下来。每天这个时候都会来报到。只要我的烤炉支起来，它就会闻香而来，但它绝不会伤害你们。

小黑背豺闻着早餐香味而来

果然，离我们伸手可触的距离，小黑背豺静悄悄地趴着，晶晶亮的大眼睛一眨不眨地盯着我们盘中的美食，极有耐心地守候着。大卫时不时地抛过去一小块香肠，它津津有味地咀嚼、大口大口地吞咽。我赶紧抹抹嘴巴，省下一半香肠和煎蛋，全给了这只黑背豺孤儿。它和身边这棵千年屹立不倒的骆驼枯树一样，都有着顽强不息的生命力！同时心中感动莫名，没想到在这遥远的红沙漠深处，还能邂逅只有在非洲南部大陆才能见到的黑背豺，并能一起享用早餐，这大概就是旅行的乐趣吧！在不断行走的过程中，我们把无穷尽的人间美景、奇闻逸事尽收囊中，那么，旅行再苦也是甘甜，再累也是享受。

　　还有惊喜在等着我们。傍晚时分，大卫驱车把我们带到南部非洲最大的私人保护区——面积20万公顷的纳米布自然保护区，安排我们Sundowner，就是去野外观赏日落，同时小酌几杯。大卫驾驶着四驱越野车带着我们在沙丘冲上冲下，直至冲到红沙丘的一个最高点，又变戏法似的在山顶上支起桌子、摆好酒杯、斟上美酒，让我们开怀畅饮。

　　此时四周一片寂静，太阳的余晖给大地抹上一片金黄。不远处，大群的跳羚、瞪羚、鸵鸟及山地斑马在快乐地跃起、奔跑、嬉戏和觅食，两头沙漠箭羚跳跃着奔向晚霞的尽头，而我的内心已融化在这自然美景中，一片宁静和安详。

　　结束Sundowner后，我们入住了索苏斯弗雷沙漠酒店（Sossusvlei Desert Lodge）。女儿在网上搜索后告诉我，此酒店是世界七大顶级观星酒店之一，需提前一年半载才能预订到。纳米比亚极端的干燥气候、极低的人口密度和极少的光污染，使得它的星空特别清晰和明亮，游客们可以在空旷辽远的沙漠中仰望星空，360度探索星空的奥秘。

非洲南部特有的箭羚顽强地生活在红沙漠中

　　享用完晚餐，一位长期在酒店工作的天文学家率领大家来到酒店专设的天文瞭望台，对着漫天星空，娓娓讲述星座的传说，再通过天文望远镜观看满天繁星，北斗星、银河系、麦哲伦星云等。回到房间，女儿快速上床躺下，仰望着头顶上酒店为每个房间特设的巨大观星窗，不断地催促着我："快，老妈，流星雨！"待我到来，发现女儿已经在梦幻般的星空下，头枕着穹空中繁星点点的银河甜甜睡去。

飞越骷髅海岸

　　在纳米比亚最后一天的行程是从飞机上观赏纳米布沙漠和大西洋海岸。我们赶到机场一看，好小的飞机，除了飞行员托德（Tod），就只能容得下我们母女俩加上行李。这辈子没坐过这么小的飞机，真是紧张又害怕。托德看出我的不安，微笑着安慰我："我已从驾15年，请相信我吧！"不相信又能怎么办？我系上安全带，心一横、眼一闭，听天由命吧！托德邀请女儿坐到copilot（副驾驶）位置上，女儿兴致勃勃，享受着她人生第一次copilot的待遇。

作者、女儿与飞行员托德合影留念

小飞机飞上天空，托德开始给我们介绍从飞机上看到的沙漠里那一个个神秘小圆圈，也被称为仙女圈。这些神秘圆圈周围长草，中心光秃秃的。种种传说已经难倒了科学家几十年，到底是白蚁、真菌、不明飞行物还是神话中的龙，至今仍是一个谜，谁也无法掀开它那神秘的面纱。

随着小飞机的上升，大西洋的海平线在我的视野中缓缓展开。托德特别提醒我们坐稳坐直，因为我们已经飞行在骷髅海岸上方。骷髅海岸被称为世界上最危险的海岸线，此地水流交错、激浪拍岸而危机四伏，令人毛骨悚然的雾海和深海里参差不齐的暗礁，造成许多船只和生物在这片无情的海岸发生意外。拖船和游轮的生锈船体绵延散布好几公里，而一旁还堆着恐怖的鲸鱼和人类的白骨遗骸。

越过骷髅海岸，我悬着的心渐渐放松平静，可以仔细地欣赏美景了。高空下那连绵起伏的纳米布沙漠和大西洋海岸线融为一体。纳米比亚沙漠是全球唯一靠海的沙漠，沿着大西洋的沙滩海岸线有1600公里。

纳米布沙漠彩色的大地

飞越骷髅海岸

鸟瞰纳米比亚奇景——一半是沙漠，一半是海水

　　波澜壮阔的大西洋海浪柔情地拍打着世界上最古老的红色沙漠，海水和沙漠相依相偎，紧密地缠绵在一起，谱写出一首华丽的沙海交响乐曲！

非洲五霸之大象

探访肯尼亚大象孤儿院——我的象儿象女

第一次非洲行从东非肯尼亚、坦桑尼亚猎游回来，与亲朋好友说得最多的，就是我从肯尼亚内罗毕大卫·谢尔德里克野生动物基金会（DSWT）设立的大象孤儿院领养的小象女儿Ajabu。

达芙妮·谢尔德里克（Daphne Sheldrick）女士所著的《大象孤儿院》一书，读来亲切感人，令人印象深刻。已经70多岁的达芙妮·谢尔德里克女士于1977年与丈夫大卫·谢尔德里克（David Sheldrick）一起创办了大象孤儿院，主要是拯救受伤或被遗弃的小象和犀牛，由于不法分子仍在肯尼亚盗猎象牙，这20年来，肯尼亚象群数目减少一半，非洲大象境况非常悲惨。

达芙妮·谢尔德里克，这位闻名世界的小象孤儿妈妈就在肯尼亚各地收养这些双亲去世的小象，将它们抚养长大后再带回大自然野放。

　　到达内罗毕第一天的第一站，我们就迫不及待地去了大象孤儿院，以完成我领养一头小象孤儿的心愿。大象孤儿院每天只固定开放一个小时（中午11—12点）。待我们提前一个小时到那里，已经有很多游客都在排队等候了。看来，游客们迫切的心情是一样的：要尽快见到这些可爱的小象孤儿，又想为这些可怜的小象孤儿做点什么。

　　来啦！滚滚烟尘中，小象们排列着整齐的队伍，一路匆匆而来，急不可耐地冲向了饲养员们早已为它们准备好的配方奶。吃饱喝足后，憨态可掬的小象们在活动区内尽情地玩耍、打闹，在泥潭中沐浴、嬉戏，与我们这些游客亲密互动。工作人员同时向我们介绍幼象的生长状况和有关非洲象的基本知识。

小象正在喝奶

从工作人员的介绍中我们得知，这里的小象孤儿们来自肯尼亚各地。它们有的是父母因为象牙被盗猎者杀害，当母象遭到猎杀后，失去依靠的小象会紧紧依偎着母亲的遗体不离开，很快就会因为失去母乳的喂养而过早夭亡；有的是因为干旱被困在干涸的水塘边；有的是因为和人类发生冲突而失去亲人。大象的生命跟人相近，也有近70岁的寿命，它们的3岁也就和我们的幼儿相当。这个年龄的幼象离开了母亲和象群，如果独自生活在旷野里，必死无疑。因此，这些小象在孤儿院里被人们精心照料着，当它们被抚养到3岁以上，具有独立生活能力后，最终将被放归大自然。

象牙贸易导致的偷猎和屠杀使大象数量剧减

与小象Ajabu的短暂情缘

在工作人员介绍的过程中，我的眼睛、照相机始终没离开过一头特别可爱、特别柔弱的小象，第一次深深地体会到什么叫"一见钟情"。待工作人员介绍完每一头小象孤儿后，我特意找到这头可爱小象的饲养员，请他多给我讲讲它的故事。

这头小象名叫Ajabu，母象，2013年4月4日在肯尼亚东察沃国家公园被拯救。它被救助人员发现时，才刚刚出生3天，身体上还残留着脐带血。当时它正独自彷徨地跟着一辆小货车走，想必是小货车的大小与妈妈相似，所以它傻傻地以为货车就是妈妈。它笨拙地挪动着脚步，吃力地想跟上"妈妈"。

Ajabu的妈妈和家族的命运已经无从探知。救援者们在它的周围四处搜寻，但并没有发现它的妈妈和家族的任何踪影。这么小的一头小象孤单存在的情况是极为少见的。在象群，母亲从来不会离开自己这么小的孩子，除非她死了。而当一位母亲死了，她的孩子也一定会受到她所属象群的呵护和抚养。救援人员分析，像Ajabu这种刚生下就被孤零零抛弃在野外的情况，它的母亲一定已经死了，而象群也可能是因为被盗猎等而逃跑了。

来到大象孤儿院后，工作人员都称呼它为神秘的象宝宝。小小的Ajabu身体十分虚弱，被救两个多星期后仍需要打点滴。没有妈妈在身旁，它只能靠着床垫，幻想这就是妈妈。开始时它很害怕陌生人的触碰，因此特别黏它的饲养员"替身妈妈"，形影不离地跟着"替身妈妈"。它只喝"替身妈妈"喂它的奶，而它的"替身妈妈"自从它来到孤儿院就没离开过它，尽心尽力地照顾着它。我们又去看了Ajabu的独立睡房，"替身妈妈"的床紧紧地挨着它，每三小时就会给它喂一次奶。

现在，Ajabu也是寸步不离"替身妈妈"左右。它披着一块蓝色的布，神色安宁，腼腆又害羞；但它的眼神又分明是健康快乐、温柔深情的。小象在1岁前皮肤特别脆弱，很容易被晒伤。如果和象群在一起，它们会一直走在妈妈的肚皮底下或是象群的阴影里。但现在只有它一人了，所以它必须整日披上这块布来防晒和保暖。

工作人员正在喂 Ajabu

　　我轻轻地抚摸着Ajabu那柔柔的身体、软软的长鼻子，感受着它那小小身体所散发的温暖体温。想象着4月份它被发现时，那头跌跌撞撞、疲惫不堪的小象，脚步蹒跚而又执拗地跟随着那辆像妈妈的小货车，寻找着一个机会能钻入妈妈的怀抱，我的热泪不禁滚滚而下。

Ajabu 披着一块蓝色的布，神色安宁，腼腆又害羞

可爱而柔弱的小象 Ajabu

就是它了！这就是我要领养的小象孤儿。接下来就是登记、注册、交钱、发证书。在大象孤儿院，花费50美元或100美元就可领养一头小象孤儿。大象孤儿院的宗旨是让更多的人发挥更多的爱心，众人拾柴火焰高。

大象孤儿院每个月会给每个领养家长发电子邮件通报其所领养的小象孤儿的成长情况。我交了500美元，领养了Ajabu 5年。

朋友，如果您有机会去肯尼亚，请一定去大象孤儿院领养一头小象孤儿，或者可以在大象孤儿院的网站www.sheldrickwildlifetrust.org直接领养。

在接下来的旅行途中，每天都充满着刺激和兴奋，我见到了赫赫有名的"非洲五霸"——狮子、大象、非洲水牛、犀牛和花豹，看到了飞奔的羚羊、优雅的长颈鹿、美丽的斑马、结帮成群的河马、凶恶的鳄鱼、上百万匹的角马，还特别仔细地观看了生活在大自然中无数的大象、小象和大象家族。旅行最后一天，在肯尼亚安波塞利国家公园，我们一下子看到了400多头大象，那种震撼，那份澎湃的心潮，大家怎么也平息不下来。而我，却还是牵肠挂肚、魂牵梦萦着我领养的小象女儿，才4个多月大的小象孤儿Ajabu。

几天前跟朋友聚会，听到朋友H的先生参加美国政府的一个能源项目，将被外派去肯尼亚。朋友H也将在年底随先生长驻肯尼亚几年。我兴高采烈地拜托朋友去内罗毕后一定要代我去看望我的Ajabu，朋友也被Ajabu的故事深深感动，答应会经常去探望它。但是，第二天一早，我打开电子邮箱，赫然看到大象孤儿院给我发的第一封电子邮件，告诉了我一个悲痛欲绝的消息：由于缺少初期母乳的喂养，先天禀赋不足，体质虚弱的Ajabu血小板突然急剧下降，经抢救无效，于2013年8月21日晚8点在"替身妈妈"的陪伴下，在它的睡房里安详去世。

翻阅着手中已结册成书的影集中那一张张Ajabu的相片，回忆着那一幕幕与Ajabu的亲密接触，我的手中仿佛还留存着Ajabu那长长象鼻的气息、那小小象身的温暖，我不禁再次潸然泪下。我会永远地思念你，虽然我们只有过那么短暂的一段人象情缘。

Ajabu，我的小象女儿，愿你在天堂里与你的亲生妈妈重逢，从此无忧无虑地生活在幸福快乐之中！

小象孤儿Garzi

还没从失去小象女儿Ajabu的悲伤心情中恢复过来，我又接到大象孤儿院发送给我的第二封电子邮件，大意是我们要化悲痛为力量，在缅怀猝然逝去的小象Ajabu的同时，更要关心那些正生活在大象孤儿院中的其他小象孤儿。

没错，生活总还是要继续下去！大象孤儿院通知我要把我上次捐赠的领养Ajabu 5年的500美元转给孤儿院最新拯救的小象孤儿Garzi，因此我现在领养的是小象孤儿Garzi。

Garzi，公象，出生于2012年1月15日。2013年7月6日，肯尼亚野生动物保护局（KWS）和大卫·谢尔德里克野生动物基金会收到报告，在肯尼亚最大的东察沃国家公园阿西（Athi）河旁发现偷猎者的踪迹，而一头孤独的小象正沿着阿西河独自彷徨、惊恐地行走。

非洲一度拥有大约200万头大象，象牙贸易导致的偷猎和屠杀使大象数量剧减。如今非洲象的数量从1980年的120万头减少到2012年的42万头。虽然大象数目剧减，但人类无法满足的贪欲对象牙的需求却没有丝毫减少，这些偷猎者给大象种群带来了毁灭性的灾难和打击。

在高额赏金和巨大利益的诱惑下，那些来自偏远贫困地区的偷猎者不惜一切代价大肆偷捕大象。而现在的偷猎者则变得更加全副武装、高度组织化。象牙是从头骨深处往外生长的，要获取象牙必须先将大象杀害，然后削断大象的脸部再取得象牙，多么血淋淋、恐怖残忍的画面啊！

KWS队员们紧急集合、迅速出击。东察沃国家公园是一个基础设施缺乏的偏远地区。在那里，现场很难通过公路车辆。这些偷猎者在灌木丛中长途跋涉了数天，也许是几周，才到达这里。队员们根据脚印追踪着偷猎团伙，但10公里以后，脚印在灌木丛中突然消失了。

队员们毫不气馁，继续侦查。这些英勇战斗在反偷猎前线，但装备并不精良的年轻队员们冒着生命危险，与那些武器精良、高度组织化的偷猎者每天进行着殊死战斗，今天也不例外。

队员们凭着丰富的经验再次找到偷猎者的脚印，顺着脚印发现了偷猎者的营帐。营帐里炉火尚未熄灭，锅里还煮着东西。偷猎者一定还在附近！队员们观察到不远处其中一个偷猎者正从河边打水而归。他们设下埋伏、布下天罗地网，一举抓获了这个偷猎者和他的同伙，并缴获了偷猎者们携带的AK-47突击步枪、浸过毒的弓箭、斧头和其他枪支弹药。

紧接着，KWS队员们在附近四处搜寻，找到了已被偷猎者残酷杀害、并已被取下象牙的小象妈妈的尸体，但没有发现那头小象孤儿。

几天过后，还是没有消息。在发现小象出没的河流周围生活着两个狮子家族，并且还是一头花豹和十几只鬣狗的领地。队员们心情沉重，不知小象的命运如何。

大象是群居动物，母象一生都会生活在一个亲密的家庭中。年幼的大象在这个充满爱意的母系家庭里长大，首先认识了自己的妈妈，再逐渐建立起与兄弟、姐妹、阿姨和外婆的关系。年龄最长的外婆是一家之主，因为它有着多年的生活经验和生存智慧。不幸的是，成年大象也是偷猎者们偷盗象牙的首要目标，因为它们的牙齿已经发育成熟，长得最长、最大。一旦成年大象被杀害，整个象群缺乏成年大象的保护和带领，生存会十分艰难。而年幼的小象又会生活在一种恐怖状态中。母亲被杀害时，仍然依赖于母乳的小象宝宝们会在饥饿、伤心和孤独中慢慢死去。

队员们的心被揪得紧紧的，但依然坚持不懈、继续寻找。7月11日早上

7点，好消息传来，终于在一棵金合欢树下发现了小象。队员们用飞机把小象空运回内罗毕大象孤儿院。因为是在Garzi地区找到的，大家就为它取名为Garzi。

18个月大的小象孤儿Garzi将与20多头其他的小象孤儿一起在大象孤儿院里享受曾经失去的家的温暖。大象孤儿院的工作人员，也是小象孤儿们的"替身妈妈"们精心地照顾着它们，与它们朝夕相处。白天陪它们玩耍、嬉戏，晚上和它们睡在一起，夜里还要醒来给它们喂几次奶。除了生理上的照顾外，"替身妈妈"们还要在情感上抚慰这些小象孤儿，用手代替长长的象鼻来抚摸、拍打它们，用布代替妈妈的身子让小象们磨蹭，让它们重新感受到失去的母爱。

Garzi和它的小伙伴们会在这里疗伤、成长，学习如何重返大自然和象群。

没有买卖，就没有杀害

我打电话给即将随先生去肯尼亚生活的朋友 H，再三地拜托她代我去看看 Garzi，我新领养的小象孤儿。由于没有亲眼见过 Garzi，只能常常看着大象孤儿院发来的 Garzi 的照片，我心中盘算着一定要尽快安排再去一次肯尼亚，在 Garzi 回归大自然前，去见见我那从未谋面的"养子"。同时也默默地为小象 Garzi 祈祷，衷心祝愿它健康快乐地成长，也为非洲大象祈祷：那野蛮疯狂的杀戮必须停止，带着血腥的象牙如果再继续成为财富的象征，那么，非洲大象将因为人类的贪婪而永远地从地球上消失。没有买卖，就没有杀害！

肯尼亚首都内罗毕

肯尼亚首都内罗毕，一个既繁华又贫困的城市

我怀着忐忑不安的心情，在深夜抵达了内罗毕。夜色里，内罗毕用它美丽的夜空热烈地欢迎了我们。漆黑的深夜，满天的繁星格外明亮，周围的空气又特别新鲜、温润。想到我们是从美国的沙漠之城凤凰城40多度的高温中一下子投入内罗毕20多度清新、凉爽的宜人气候里，不禁疑惑：这里是非洲吗？如此一比较，赤日炎炎的凤凰城才是真正的"非洲"，我们这些"凤凰城居民"逃离烈日苦海，千里迢迢"避难"于非洲，那么一瞬间，时光仿佛倒流，岁月一下子静止！

贫富悬殊，犹如天渊

内罗毕是马赛语"清凉的水"之意，这里是肯尼亚的首都，也是全国最大的城市，面积648平方公里，人口约350万。内罗毕位于肯尼亚中西部海拔1600多米的高原上，离赤道不远。这里气候温和，四季如春。

内罗毕具有非洲发展中国家首都的典型特点：既有现代化繁华林立、大片大片的高楼大厦，又有拥挤低矮、密密麻麻的棚户区；既有高速公路上川流不息的豪华轿车，又有坑坑洼洼的道路街巷。既现代，又落后；既繁华，又贫困，贫富悬殊犹如天渊。

高楼林立的现代都市

因为是发展中国家，肯尼亚普通百姓的生活还是极其贫穷的。我想看看普通百姓的真实生活，司机就把我们带到了贫民窟。这里到处污水横流，垃圾遍地，一片狼藉。那些又矮又窄的棚子，要么是没有窗户，要么是有窗户但没玻璃，大热天闷热得令人窒息，遇到下雨天，雨水就会滴滴答答漏个不停。"水深火热"这个词用在这里也算是恰如其分了。

　　内罗毕市中心的大马路上，很多人步行上班，有普通民众装束的，有西装革履拎着公文包的，还有小商贩等。因为当地工作收入很低，他们为了节省交通费用而选择步行，有时为了上班要走上个把小时。另外，这里的堵车程度也使其被列为世界十大"堵城"之一，车多路少，汽车的尾气污染特别严重。一天行程下来，我回酒店的第一件事就是清洗已经乌黑的一对鼻孔。

困苦不堪的贫民窟

肯尼亚很贫穷，但是这里的人们生性乐观，民风淳朴，他们单纯而知足，没有过高的欲望和奢求，因此肯尼亚人民的幸福指数又是名列全球前十位的。

作者与肯尼亚人合影

参观凯伦·布里克森故居与长颈鹿公园

　　在内罗毕，我参观的第一站是大象孤儿院。接下来参观了凯伦·布里克森（著有《走出非洲》一书）的故居。但凡看过《走出非洲》这部奥斯卡金像奖最佳影片的人，都会被那广袤的非洲大地、悠扬的异域音乐，以及梅丽尔·斯特里普（Meryl Streep）和罗伯特·雷德福（Robert Redford）的精彩演出深深迷住。所以我这位老"粉丝"定然不会错过瞻仰偶像故居的机会。

凯伦故居位于内罗毕市郊，始建于1912年，1917年凯伦夫妇将其买下，辟为咖啡种植园。在这里，凯伦结识了英国猎手丹尼斯，二人发展出了一段缠绵而荡气回肠的凄美爱情。1925年凯伦与丈夫离异后，独自在此居住并管理咖啡种植园。1931年丹尼斯坠机身亡，凯伦也在咖啡种植园破产后回到丹麦。后来，凯伦的小说《走出非洲》荣获诺贝尔文学奖，同名小说改编的电影又荣获奥斯卡金像奖最佳影片。

　　参观完凯伦故居，我们又来到了由非洲濒临灭绝野生动物基金会创始人乔克创建的长颈鹿公园。在这里，游客可以自己喂食长颈鹿，切身感受人与大自然及野生动物和睦相处的乐趣。

　　今天由我们喂食并与我们接触的长颈鹿是可爱的露西（Lucy）和塔德（Ted）。露西伸长脖子，眨着美丽的大眼睛把脑袋凑到我面前，黑亮亮的眼睛盯着我手里的食物。这个时候，我们可以随意拍照，与它来个"第一次亲密接触"。

长颈鹿公园

露西吐着它那长满毛刺的细长粉色大舌头吃完我手中的食物，又不忘亲昵地在我脸上一吻。哇，摸着一脸一手露西那黏黏的唾液，我是又惊又喜，那种湿湿的、痒痒的感觉真的很奇妙，很难想象如此庞大的动物竟会如此温顺、可爱。这时，塔德摇晃着长脖子走过来，我赶紧让位给女儿，还是让她去与塔德来个亲密接触吧，哈哈。

接下来的旅程将会无比精彩，我将要看到一望无垠的大草原上那成群的斑马、长颈鹿和各种羚羊，那沼泽地里打着滚儿的大象和非洲水牛，那马拉河中游弋着的非洲巨鳄，那大片的原野上奔跑着的鬣狗、野狗和狐狼，那洋槐树中隐藏着的花豹和猎豹，那从天际线开始连绵不绝迁徙的百万角马，还有那巨大金合欢树下躺卧着的非洲野生动物之王——非洲狮子！

我们期待着这一场无与伦比的非洲野生动物追踪之旅！

与露西的亲密接触

与狮子惊险邂逅

塞伦盖蒂大草原战败的雄狮

中国有句老话："不到长城非好汉。"对于我们这些第一次来到非洲大陆的游客而言，在非洲如果没有见过野生的狮子，就不算真正地到过非洲。

来到坦桑尼亚塞伦盖蒂大草原的第一天，我心中就盼望着尽快看到野生动物王国当之无愧的万兽之王——非洲狮子，一种为猎杀而生的食肉动物，一种无所畏惧的动物之王。动画片《狮子王》就是在塞伦盖蒂大草原取景的，片中那著名的孤山、大量的狮群、威武的狮子王，这些精彩画面激励着我来到非洲。

今天，我终于来到了《狮子王》的原创地，怎能不心切切、急巴巴地想与野生动物王国的万兽之王来个"亲密接触"呢?

坦桑尼亚的导游阿斯民早就看出我们心中的迫切愿望,一清早就带着我们直奔目标而去。

当然,野生狮子不可能等着我们前去观望,还是得靠导游的经验和水平。没多久,心明眼亮的阿斯民就发现前面出现的一头母狮,只见它在草地周围行走,好像在担任警戒任务。在它巡游不远处的一棵巨大的金合欢树下,躺卧着大大小小十几头狮子。阿斯民通过车上的对讲机招呼着其他司机,通报"军情"。

大草原上开车的司机大都相识,有时在路上迎面遇到会相互交流四面八方有些什么动物。不一会儿,其他旅游车赶到,游客们"长枪短炮",一片咔嚓咔嚓声。

在很多人看来,狮子不属于非洲的濒危动物。除了大群斑点鬣狗和成群的非洲水牛会偶尔袭击狮子外,基本上没有其他动物敢"在太岁头上动土"。但事实上,随着草原植被被破坏,处于食物链顶端的狮子的生存状况也很糟糕。主要的敌人是来自狮子本身的打斗和狮群易主时的血腥事件,而对整体狮群生存威胁最大的,是狮子本身的疾病和因人类活动而导致的栖息地丧失、动物减少和人兽冲突,另外,还有人类以获取狮皮来炫耀自己的权力、财富和地位。

草原深处,与狮子惊险邂逅

此次虽然发现了一个狮群大家族,但因为距离遥远,大家看得都不太清楚,总觉得还是不过瘾。

第二天,阿斯民带着我们继续在塞伦盖蒂大草原上猎游。正当我们津津有味地观赏着一个由20多头长颈鹿组成的大家庭时,阿斯民车上的对讲机嘎嘎作响，里面传来其他导游急切的呼叫声。

阿斯民精神为之一抖擞，激动地对我们说："前面发现两头公狮，不介意我加快车速、全力以赴吧？""No（不）！"每个人的头摇得像拨浪鼓，又不约而同地说，"Go（走）！"要见到万兽之王非洲雄狮，谁还会介意道路之颠簸、车速之快！

阿斯民风掣电擎地赶到那里，并没有见到其他旅游车。他只能根据同伴提供的信息在周围仔细寻找。车子拐过一个弯，阿斯民压抑着兴奋小声说："在那儿呢！"

我们随着他的指点看过去，高高的茅草丛中，趴着一头威风凛凛的公狮，体格雄伟，长长的、漂亮的鬃毛在杂草中飘动。非洲雄狮，我们只在电影、电视中见过的草原万兽之王，今天可是要如此近距离地现场直观了。

茅草丛里趴着的公狮

阿斯民驾车还在靠近这头公狮，突然，女儿高声呼喊"Stop（停）"，那一瞬间，我也看到了阿斯民无法看到的惊险一幕。

　　原来，在那头趴着的公狮前面的茅草丛里，还横卧着另外一头公狮。阿斯民光顾着靠近趴着的那头公狮，根本没看见眼前的险情，而我们都站立在敞篷车上，视野开阔，女儿眼睛尖，一下子捕捉到这十万火急的险情。

　　刹那间，阿斯民紧急刹车，掉转车头，车子与横卧着的公狮擦身而过，我们每个人的嘴巴都张成"O"形，悬着的一颗心怦怦直跳。

　　我喘了口气，回头看那头公狮，只见它大咧咧地翻了个身，睡意蒙眬地朝我们这个方向瞅了一眼，目光淡定又从容，紧接着又张大嘴巴连打了几个哈欠，侧一侧身子，呼呼入睡了。趴着的那头公狮还趴在原地，两头公狮似乎对刚才的险情无动于衷。

第二头公狮威武强壮，毫发无伤

阿斯民吓得心惊胆战，握着方向盘的手微微发抖，不停地喘着粗气。黑黑的脸庞让人很难判断出他的脸色是被吓得泛白还是发青。

见我们个个吓得魂飞魄散，阿斯民干咳几声，极力镇定下来，又反过来安慰起我们。他说，你们大家放心，刚刚就算是车子真开了过去，也绝对压不死那头公狮。知道吗？狮子睡觉时永远是睁一只眼，闭一只眼的。睁着的眼睛随时提防着危险，同时，狮子还有着敏锐的嗅觉，可以发现周围的一切危险。比如，刚才一旦我的车子真的开了过去，狮子在车子压上去之前早就溜之大吉、跑个没影了。

我听了半信半疑，倘若真的如此，那为什么阿斯民刚才被吓得"花容失色"、直喘粗气呢？谢天谢地，我们没有成为国际新闻。假如阿斯民的车子真的碾死了那头狮子，后果不堪设想。违规重罚不算，绝对要上国际互联网的头条啊！

狮兄狮弟，落荒逃难，喘息疗伤

阿斯民找了个最佳位置停好车，让我们近距离地观察这两头公狮。就在这时，趴着的公狮忽然把头抬了起来，直勾勾地看着我，四目相对，我的心一下子提到了嗓子眼儿，后背冷汗嗖嗖。仗着自己站在车里，有车保护着，我屏住呼吸，才鼓足了勇气与公狮相互凝视。

此时我才看清楚，这是一头浑身伤痕累累的公狮。再仔细观察，它的左眼已被打瞎，右眼下面淌血的伤口还没痊愈。我心头一颤，不知这头受伤的公狮刚刚经历过怎样生死攸关的激烈厮杀、怎样血腥残酷的争斗才会被打瞎左眼，落荒而逃到了此处？

阿斯民压低声音告诉我们，这两头公狮原来是附近狮子家族的领导，带领着狮群长期霸占一方，兵强马壮，战无不胜。不久前刚被另外3头公狮打了个落花流水，并被赶出了家族，逃难于此，喘息疗伤。

瞎了一只眼的公狮

狮兄狮弟还得继续争王争霸

那头满脸伤痕的公狮全神贯注地注视着我们，眼神冰冷。不知道它是经历了生死攸关的血腥厮杀，见证了野性非洲草原的生命兴衰，而对眼前这天地间的一切已经置之度外了呢，还是仍惦念着它刚刚被夺走的王位、狮群中的妻妾和亲生骨肉们的安危？

野生非洲狮子平均体重220公斤，体长2—2.5米。狮子是喜欢群居的猫科动物，狮群由3头到20多头狮子组成，由1头公狮及2头或多头公狮领导。如果一伙公狮成功接管狮群，它们只有2—3年的时间待在狮群里，一个狮群的领导地位很快会被另一个狮群占据。

当狮群中的公狮衰老或虚弱时，就会有年纪轻的公狮向它挑战。失败者要么战死，要么伤痕累累地被逐出家族另谋出路。当新来的胜利者顺利称王，它不仅"衣食无忧"，而且还"妻妾成群"。它会找出所有还在吃奶的幼崽，残忍地将这些前任的幼崽统统杀死，以便它与母狮交配而尽快生下自己的后代。因为如果幼崽们活着，它们就像避孕药一样，母狮不会再发情受孕。新来的统治者不仅会残忍地杀死幼崽，还会吃掉幼崽。母狮很快就会再怀孕，怀孕15周后，差不多同时怀孕的母狮们又要生产了。就这样，新的"托儿所"形成，新的家族也就诞生了。

弱肉强食，适者生存

阿斯民给我们解释，作为非洲草原食物链顶端的狮子，它们最大的敌人就是自己。狮子的谋杀、交配和出生是一个极其残酷的循环过程。每头小狮子都有一个杀婴父亲，每一头母狮都注定成为凶手，而最不可思议的是，每一头母狮又都会和谋杀自己孩子的凶手一起生育、抚养新的下一代。

母狮表面上看来强壮威武，但实际上，母狮在家族里长到2岁左右就会被逐出狮群，去草原流浪，直到接管一个属于自己的狮群。几头公狮结成公狮联盟，在狮群里待上几年，经过残酷的血腥争斗，被胜利一方赶走。

在这片土地上，公狮们互相残杀，生存艰难，朝不保夕。死亡一旦降临便绝无逃脱的可能。因此，公狮的平均年龄只有10岁左右，而母狮的平均年龄都在15岁左右。

这时，呼呼大睡的另一个战败者醒来，睡眼惺忪地朝着我们的车走过来，似乎想瞧瞧刚才谁犯了大忌、想在狮子头上动土？

我趁机仔细端详。看得出这头公狮在不久前发生的血腥争斗中毫发未损，还是挺威武强壮的。另外，这两头公狮还都很年轻，实力强大。经过一段时间的养精蓄锐，说不定哥俩联手还有机会挑战其他狮群的公狮，再次接管一个属于它们自己的狮群，从而带领着自己的狮群所向披靡、征战四方！但必须经历又一番非洲草原上弱肉强食、你死我活的残酷战争。

在塞伦盖蒂这一片广袤无垠的大草原上，只有适者才能生存，这就是非洲草原狮子们的自然生存法则。

周围的旅游车越来越多，渐渐围成了一个圈，公狮们见怪不怪，懒得搭理旅游车和车上这帮不知叫什么名字的奇怪动物。

那头站起来的健康公狮来回轻松地兜了几圈，又兜回到原来的位置，躺下来继续呼呼大睡，那头瞎了一只眼的公狮则在睡着了的狮子边上找到一个位置，懒洋洋地躺下。不一会儿，两头狮子四足朝天，仰天而眠。它们睡态可掬，悠然自得，继续着它们在塞伦盖蒂大草原上争王争霸的美梦。

身手矫健的猎豹

游非洲，学习和动物和平相处

在非洲肯尼亚和坦桑尼亚旅游，我们乘坐的是那种经过改装后的大吉普车，宽敞舒适，安全可靠。进入国家公园，只要把车顶往上一拉，游客们就可以探出头来尽情地观赏风景和动物了。

司机兼导游宣布观赏纪律

非洲司机又兼导游，从头至尾带领着我们。我们一坐上到机场接我们的大吉普车，身家性命就全部交托给了司机。

肯尼亚和坦桑尼亚各有不同的司机带领我们，因在肯尼亚待的时间长，与陪同司机朝夕相处，印象尤为深刻。肯尼亚司机叫亚伯拉罕，高大的身板，健壮的身材，成天笑嘻嘻的。我记不住他的全名，就在心中使劲地念叨着"美国第16任总统亚伯拉罕·林肯"。就这样，我们喊他亚伯拉罕，喊他林肯，他都答应，非常地和蔼可亲。几天下来大家相处熟了，得知亚伯拉罕已经娶妻成家，有一个8岁大的女儿。

马赛老妇人

我们和另一名来自德州的华人游客大卫（David）刚坐上大吉普车，亚伯拉罕立刻宣布观赏纪律，之后又一脸严肃地说："进入国家公园以后，假如被狮子咬死，你的错；被大象用象鼻卷死，你的错；被角马踢死、被斑马踏死、被非洲水牛顶死、被河马拱死等，都是你的错！"天哪，还没进入国家公园，我们几个已被亚伯拉罕吓个半死。

看着我们一个个目瞪口呆、脸色煞白，亚伯拉罕得意地笑了。他拍拍胸脯，竖起大拇指说："Hakuna Matata，还有我亚伯拉罕呢！"

亚伯拉罕说得没错，非洲的野生动物已经在人类的大肆捕杀下数量和品种急剧下降，虽然目前几个非洲国家的政府都重视动物保护，但野生动物还是命运多舛，前景不容乐观。人类的脚步打碎了天地间的宁静，人类的无知破坏了大自然的平衡。在国家公园，动物是没有任何过错的，错的永远是人类！

话虽如此，我们还是十万个不放心。来非洲之前在网上看到新闻，前不久一名中国女游客游览肯尼亚，傍晚时分在酒店附近试图给小河马拍照片时，遭到河马妈妈的疯狂攻击，最后不治身亡。我就此事询问亚伯拉罕，他说他们司机都知道此事。

他告诉我们近年来发生过的另外一起致命事故是一名欧美游客独自追逐大象拍照。这名游客向大象靠近时，大象无动于衷、若无其事地继续吃草，见大象没什么反应，这名游客便靠得更近一些。没有任何征兆，大象突然间扬起大鼻子把游客卷起又抛下，然后踩踏了上去。这名游客同样为了拍照而付出了生命的代价。我们几个牢牢记住这两起事故，绝不敢掉以轻心、轻举妄动。

我们旅游的时间正好是斋月，亚伯拉罕从早上5点45分太阳升起前的早餐后就不吃不喝，直到傍晚太阳落山后的6点45分才能吃东西，其间是一滴水都不能沾的。一个星期下来天天如此，而每天的工作量不轻，既要开车五六个小时，还要带着我们在国家公园里观看动物几个小时，真是难为他了。

挺进马赛马拉，惊险开场

我们跟着亚伯拉罕去了美丽的纳库鲁湖、大象成群的安波塞利国家公园，又游览了赫赫有名的树顶旅馆，也就是人们常说的现今英国伊丽莎白女王"上树是公主，下树后成了女王"的那家旅馆。一路挺进，终于来到了我无比憧憬和向往的野生动物的天堂——马赛马拉。

进入马赛马拉的第一天，我们看到了许许多多的动物，激动万分的心情尚未平静，亚伯拉罕就苦着脸告诉了我们一个不幸的消息：车子抛锚，需要换右边侧轮胎。大伙儿一下子傻眼了，车子在这前不着村、后不着店的茫茫草原深处抛锚，两边高高的茅草丛里，不知潜伏着狮子还是豹子。周围任何动物的靠近都将是我们的灭顶之灾。

下车前，亚伯拉罕神色凝重地嘱咐大家，万万不能离开吉普车半步，我们4人前后左右放哨，一旦发现动物出没，即刻返回车里。4颗紧张的心一下子吊到了嗓子眼儿，8只眼睛像探照灯一样齐刷刷地望向草原深处。那阵仗，那架势，分明是四个时刻准备着冲锋陷阵的战士！

半小时过去，亚伯拉罕尝试了多次，始终也抬不起那半边车轮。也难怪他，从早上到现在没吃没喝，这人高马大的亚伯拉罕哪里还有力气扛起这半边车轮？男人们下去帮忙，站岗放哨的任务统统落到了我和女儿头上。女儿着急又失望，嚷嚷着怎么到现在还没看到狮子或豹子什么的，一句话说得我哭笑不得，年轻人是真正的天不怕地不怕。终于换好轮胎，我们有惊无险地重新上路。

车子一路颠簸、剧烈摇晃，道路坑坑洼洼、崎岖不平。车轮过处带起漫天沙尘。我们个个腰酸背疼，吃尽了路况的苦头。好在亚伯拉罕对我们是一路呵护，照顾细致周到，同时也对我们严加看管，绝不允许出任何差错。

在国家公园里，有时会花上几个小时追踪、观察动物，内急就变成了一个很棘手的问题。亚伯拉罕从早到晚滴水未进，不存在这方面的问题，倒是苦了我们几个游客。尤其是我，只要出门在外，就有这方面的心理障碍。我控制的办法就是在出发前尽量不喝水，只怕下了车就有去无回。

那次在马赛马拉，同车的大卫突然内急，这下麻烦了，四处一望无际、毫无遮挡，关键是猛兽环伺，如何走出车子？

亚伯拉罕笑眯眯地说，身在非洲，咱们就以非洲的方式就地解决。然后他挤挤眼做个鬼脸说，让人看看没关系，不过千万别让狮子和豹子瞧见。亚伯拉罕把车开到一片视野开阔地，避开茅草丛生的地段，周围又有着大量的瞪羚、黑斑羚羊，不远处斑马、角马很放松地吃着草。根据他的经验，只要瞪羚开始起跳奔跑，斑马、角马四处乱窜，那一定是危险来临，狮子、豹子、鬣狗们就一路追杀过来了。彼时，就算是方便到一半也只能拎着裤子落荒而逃了。

亚伯拉罕把车停好，方便的地点紧贴车的后背，必须保持车门打开以便随时跳上车来。他眼睛始终盯着不远处的瞪羚、斑马和角马，直到游客们个个就地解决完毕，然后又自夸说这么多年来他带领的游客没有过一丝一毫的损伤。

亚伯拉罕开车时很专注，脸颊上两块肥嘟嘟的肉随着车子的颠簸一抖一抖的。他自己是马赛人，祖祖辈辈都生活于此，对这片土地了如指掌。他的眼神非常敏锐，三四百米之遥的一点风吹草动都逃不过他的眼睛。让我印象特别深的是他丰富的生存经验，能在危险的情况下将我们带离危险境地。

象群被挡路，怒气冲天

在安波塞利国家公园里，我们一天之内看到了400多头大象，将要结束一天的行程前，又看到一个大象家族从远方走来，大大小小几十头的大象队伍，很是壮观。我们守在路旁，等候着大象部队"行军"过马路。这时，另一辆私家车开到我们前面，横在了大象部队必经之路的中央。突然，整个大象部队吼声震天，象蹄踏出滚滚烟尘。天哪，只见十几米外，从大象部队中冲出来十几头年富力强的青年公象，一路直奔我们而来。

象群中的一头青年公象

最初的惊恐过去后，剧烈跳动的心一下子堵到了嗓子眼儿。前面的车嗖地一下开走了，而我们这辆车已绝无可能跟上前面那辆车了，危急中也已经来不及掉头。亚伯拉罕恐慌中凭直觉向后退去，一口气倒出上百米停住后，我们这才看清局面，不由得冷汗直冒，原来就在刚才，大象家族首领象外婆发现过马路的路口被那辆私家车挡住，一声令下，十几头青年公象就从四面八方冲到我们的所在地，以最快的速度形成了包围圈，若不是亚伯拉罕经验丰富，从象群包围圈缺口处快速退出，一旦被愤怒的象群包围住，后果不堪设想。

亚伯拉罕在肯尼亚边境送我们入关坦桑尼亚前告诉我们，坦桑尼亚政府对当地人偷猎大象和犀牛熟视无睹，由于腐败，政府甚至怂恿偷猎行为而从中牟利，当地人也是随便偷猎并公开让外国游客狩猎野生动物。而肯尼亚政府和人民则对野生动物充满尊敬和感情，处处设法保护野生动物。

在坦桑尼亚一个星期的行程结束后，我们的感觉就是坦桑尼亚政府和人民尊敬和保护野生动物的态度与肯尼亚是完全一样的，并不像亚伯拉罕所说的那样。与坦桑尼亚导游交流时有所暗示，坦桑尼亚导游一听就笑说，是不是肯尼亚导游说什么了？不奇怪，凡是从那边过来的游客都会问同样的问题。其实我们和他们一样，旅游业是我们两国最主要的经济支柱，不重视、不保护野生动物不就断了本国的经济来源吗？

待我们又回到肯尼亚那边，我把我在坦桑尼亚的一些所见所闻告诉亚伯拉罕，他情绪激动，涨红着脸说，骗子，一群骗子！你不能相信他们所说的任何话。相处这么多天，我第一次看到成天笑眯眯、憨厚老实的亚伯拉罕会如此认真地生气。但是，百闻不如一见，我们还是相信自己的感受。

亲睹"非洲五霸"，大开眼界

旅行的时间总是过得飞快。在亚伯拉罕的带领下，我们看到了许许多多的野生动物。看到了"非洲五霸"——狮子、大象、非洲水牛、犀牛和花豹，还有长颈鹿、斑马、角马、羚羊、土狼、鬣狗、野猪等，以及各种奇怪的鸟类，品种丰富。但就算如此，非洲之行也只能算是走马观花。

最后离别的时候，亚伯拉罕送我们到机场后，给了我们每个人一个大大的拥抱。我们目送他离开，看着他的身影渐渐变小，圆圆的脑袋变成一个小黑点，慢慢消失不见。

猴子母女的温馨一幕

中东篇

作者与女儿在"玫瑰城"前合影

中东零距离——亲历战火纷飞的中东

中东之行，行前纠结

几年前，我结束了50个国家的环球旅行，下一站去哪里？地球仪一转，女儿和我的两根手指齐齐指向了中东地区的几个国家：以色列、巴勒斯坦、约旦和埃及。

接下来，机票、旅馆、行程全部搞定。然而，下半年突发一系列恐怖事件：俄罗斯飞机在埃及被恐怖分子击落、巴黎发生恐怖袭击事件、巴以局势急速恶化，袭击和暴力事件几乎每日发生。此番变化让我忧心不已，纠结着是去还是不去，三番五次打起了退堂鼓，想直接取消行程。

女儿不同意，说有些地方如果在我们有机会去的时候不去，也许这一辈子都会去不了了。

虽然成行，母女俩还是为此番行程仔细斟酌、周密计划，以确保旅行的安全。其中这三条是此次旅行的重要原则：其一，不到万不得已，尽量不暴露自己来自美国。其二，避开那些国际闻名、西方人扎堆的连锁酒店，尽量入住当地人开的小型旅馆。其三，避开危险旅游景点，审时度势，在任何情形下都时刻保持警惕，确保安全第一。

怀着忐忑不安的心情，我们开始了向中东四国前进的步伐。

以色列行程，风平浪静

首站以色列，这个地中海边的国家，北靠黎巴嫩，东邻叙利亚和约旦，西南边与埃及接壤，受到阿拉伯世界的封锁和排斥。巴以冲突、中东战火、隔离墙……这些敏感词语常常与以色列联系在一起。所以，以色列一直处于高度警戒状态。

在入境时，我们已做好了受到严查的心理准备，以应对以色列所拥有的严苛安检系统。没想到，入关时，一位年轻的海关女关员随意地问了我们几个问题，就一声"OK"，母女俩轻松入关。

以色列海关并没有在我们的护照上盖章，而是另外给了一张小卡片，代表已入境以色列。据说只要其他阿拉伯国家发现你的护照上有出入以色列的记录，可以拒绝你入境。

我们从以色列的第二大城市特拉维夫–雅法（简称特拉维夫）开始这次行程。特拉维夫既摩登又艺术，它是以色列最国际化的城市，也是令人惊艳的不夜之城。今天，它又是以色列的经济中心。正应了以色列人常说的那句话：在耶路撒冷祈祷，在特拉维夫玩耍。

租好车辆后开车沿着90号公路前行。这90号公路很特别，它几乎贯穿了整个以色列，还贯穿了巴勒斯坦，但它又是以色列军方控制的道路。

巴勒斯坦和以色列的车子都能在这条公路上行驶。巴勒斯坦的车是白底车牌，以色列的车是黄底车牌。待我们进入巴勒斯坦境内，白底和黄底车牌寥寥无几，只剩下我们这辆租车在90号公路上孤零零地奔跑着。

因为从新闻中看到了太多的报道，巴以冲突又确实存在，我们母女俩悬着心紧张地开着车，一改旅游时放松休闲的状态，就怕从天而降的子弹、炸弹和导弹。慌里慌张地开到前面的检查站，直到以色列士兵上来检查，才松了一口气，因为又进入了以色列。

心情放松下来，我们沿途欣赏着烟波浩渺的加利利海和周围众多与耶稣事迹有关的神迹圣地，尽情地领略这番湖光山色的自然景观和历史宗教的人文景观，也暂时抚慰了刚才勇闯90号公路的紧张心情。

经过以色列第三大城市海法，迎着地中海吹来的温暖、湿润的海风，我们漫步在世界遗产名录中美丽的巴哈伊空中花园。

这个空中花园是巴哈伊教的圣地。巴哈伊空中花园依山而建，以金色穹顶的主建筑为中心发散，形成19级巨大的平台式阶梯，自山脚至山顶绵延数千米。

之后挑战了死海，一路平安抵达传说中的神秘圣城耶路撒冷。

母女俩起了个大早，清晨5点多就登上了城市最高点橄榄山，在此俯瞰耶路撒冷全景，亲身感受耶路撒冷的神圣。

耶路撒冷这座有着4000多年历史的城池，刻满了征战和兴亡的印记。犹太教、基督教、伊斯兰教以及其他较小的宗教团体，各自根据自己的宗教传说，尊它为圣城。极目远望，远处清真寺上的金顶在初升太阳的照耀下，泛起一片片耀目的金光。

　　穿过老城区的集市，我们直接来到了被犹太人视作最神圣的哭墙。由于哭墙被认为是离上帝最近的地方，犹太人会将自己的心愿写在纸上，塞进墙壁的石头缝隙里，渴望与上帝直接对话。

　　在耶路撒冷的几天，正逢巴以局势恶化，不过当地人像没事发生一样，居民们上班、上学、逛街、购物，日常生活一切照旧。也许他们是司空见惯，而更多的是经历了动荡之后的人们面对生活的坦然和勇气，这也让我们紧张的情绪跟着轻松起来。

　　这里的犹太人和阿拉伯人都很友好，包括军警，也很亲切友善，被要求合影时非常乐意。

哭墙

在耶路撒冷老城，当地阿拉伯妇女热情邀请我们共进午餐

仔细观察，不难发现在日常生活中，以色列人对安全问题还是一丝不苟的。在人群集中的场所，如商场、学校、火车站等，都有安检人员认真检查每一名进出人员。

让我印象尤为深刻的是，在耶路撒冷市中心行驶的每辆轻轨电车上都有一名手持武器的警察站在行驶中的车门口冷眼观察着每一名乘客，好似任何异常、任何风吹草动，都逃不过他那双敏锐的火眼金睛。

巴以隔离墙，初闻催泪瓦斯

根据母女俩行前的"约法三章"，现一致决定，去巴勒斯坦境内放弃自己租车前往，改为参加旅行社组织的巴勒斯坦境内、约旦河西岸的一日游。

车子行驶不到半小时就要穿越隔离墙，前往巴勒斯坦这片充满神秘诱惑，却又是多灾多难的土地。

出乎意料的是，巴勒斯坦并非我们从电视新闻中所看到的满目疮痍，而行走在约旦河西岸，也并没有想象的那样充满危险，大街上一片平和的景象。

我们到巴勒斯坦自治政府所在地拉姆安拉拜谒了阿拉法特墓地，向这位毕生致力于恢复巴勒斯坦人民合法的民族权利的诺贝尔和平奖获得者致以崇高的敬意。

之后来到杰里科，这个世界上最早有人居住的城市之一。从山顶上俯瞰杰里科，尽管历年的战乱使它有些荒芜，但它毕竟承载了人类生活史，现在仍然是沙漠中的绿洲。

旅游中巴拐了个弯开进闻名世界的耶稣出生之地——小城伯利恒。作为耶稣诞生的地方，伯利恒的圣诞教堂吸引着全世界的基督徒前来朝圣。

我们到达伯利恒时圣诞节刚过，因此市中心的马槽广场上还立着一棵十几米高的圣诞树，不同民族、不同语言的圣诞祝词表达着一个共同主题：愿新的一年和平降临全人类！

参观完耶稣的诞生之地，又亲手抚摸了以十四芒星标示的耶稣诞生的确切位置，我满心平安喜悦地跟着巴勒斯坦导游来到了巴以隔离墙。

巴以隔离墙是以色列政府修建的一条长几百公里、高8米左右的水泥墙。隔离墙很多地方有铁丝网和电网，还有以色列军队的岗楼和持枪的士兵巡逻。

夕阳下的巴以隔离墙上布满了涂鸦，书写着对自由与和平的向往。自东西德柏林墙倒塌以后，巴以隔离墙成了民族隔离与冲突的最著名象征。如今当我站在巴以隔离墙下，切身感受到眼前的巴以隔离墙除去思维、意识形态的巨大分隔，还有太多关于宗教、文化、宗族间的残酷对立。

夕阳下的巴以隔离墙上布满了涂鸦

　　突然，毫无征兆下，一股强烈刺激的味道扑面而来。一瞬间涕泪俱下，我只觉得眼睛一阵剧烈刺痛，口腔和呼吸也同时受到严重刺激，短时间里竟然吸不上气来。我感到一阵窒息，天旋地转，难道是毒气？同车的旅伴们个个大声咳嗽、干呕，猛吸空气。还是女儿反应快，说一定是催泪瓦斯。

　　这时导游过来告诉大家，离我们不远处的边境刚发生了些小冲突，巴勒斯坦年轻人向以色列方扔石块，以色列军队向巴勒斯坦方发射催泪瓦斯，我们这批游客也就顺带着"沾了光"。"不过大家放心，绝对不会影响你们的生命安全和行程。"导游最后安慰我们。

　　大约过了十几分钟，毒气慢慢消失，呼吸开始顺畅，每个游客都很镇定，继续参观行程。

　　此时，五味杂陈的感觉涌上我的心头。在以色列境内走走、看看、听听，这个国家虽说如今国强民富，但弹丸小国，被阿拉伯国家完全包围了起来，若没有强大的军事力量，随时面临着生存危机。

再来到巴勒斯坦境内，一路上所见所闻，巴勒斯坦人民至今苦难深重。导游指着隔离墙说，这座隔离墙就如建在巴勒斯坦人民的心坎上，隔墙如隔心，带来的只是更深的伤痛和仇恨。

事实上，今天我们已经闻到了战争的残酷味道。红肿着双眼，我用导游递过来的油漆在隔离墙上喷上了中文的"和平"二字。

约旦佩特拉，惊悚平安夜

这次行程的最后一站，我们母女俩参观了约旦著名景点、联合国世界自然遗产、被评为世界新七大奇迹的佩特拉（Petra）。因其所有建筑都在玫瑰色的山岩上开凿而成，又称"玫瑰城"。

约旦佩特拉，又称"玫瑰城"

佩特拉以一片幅员广阔的"失落迷城"为人称颂。迷城内无论是蜿蜒壮丽的峡谷步道、巧夺天工的岩壁神殿雕刻还是令人叹为观止的洞穴居所和墓冢，都让我们看得目瞪口呆，深深地沉迷在这片古城遗址之中。

游览完毕，母女俩心满意足，步入当地据说是最好的餐馆美美地饱餐一顿，既庆幸这一路以来旅途平安顺利，又庆祝准备跨入新的一年！

令人叹为观止的洞穴居所

根据早上与旅馆老板的约定，我们打电话让他开车过来接我们回旅馆。旅馆老板却在电话那边告诉我们，今日平安夜，当地老百姓走上街头，抗议政府腐败，与政府发生了激烈的冲突，并已把小城唯一的公路堵住，他无法开车过来接我们。

　　我们走出餐馆，看到公路边警灯闪烁，政府军们荷枪实弹，坦克车、装甲车挡在公路中央，而不远处传来阵阵枪声和示威群众嘈杂的呼喊声。

　　大约等了两个多小时，情况仍未好转。今晚要么在露天过夜，要么冒险沿着这条被破坏的公路试着走回旅馆，母女俩第一次陷入两难的困境。

　　针对目前形势，反复权衡利弊：其一，此番争斗并非恐怖袭击，不会专门针对外国游客；其二，旅游业是约旦的支柱产业，约旦政府和老百姓对游客都非常友好。最后，母女俩做出艰难决定——冒险走回旅馆。

　　看到公路上陆续有当地人走动，我们询问了其中一个略懂英语的政府军能否上路，他打了一通电话，最后告诉我们可以前行。

　　母女俩在黑夜里沿着盘山公路摸索着走了半里路，翻过一个山丘，前面突然一片光亮。路中央大火熊熊而起，浓烟直冲云霄。抗议群众在公路上焚烧轮胎、设置路障。另一群人呼喊着从山顶上扔下如雨的石块，石块打在公路上乒乓作响。

　　前方凄厉的警笛声呼啸而来，我们又闻到了催泪瓦斯、焚烧轮胎的刺鼻味道。"砰砰砰"，一连串的枪声十分密集，子弹落点在周围徘徊不去，每一声都像一柄大铁锤重重地敲击在我心上。

　　我们突然发现，电视上熟悉的一幕活生生地呈现在眼前，难道我们已经身处战争之中？一片枪声中，我们顿时感到了生命危险。

　　女儿很是镇定，把我往身后一拉，挺身走在我前面。伴随着枪声，又有几辆政府军的装甲车轰隆而至。军人们正发射着催泪瓦斯并开着枪。

　　生怕成为约旦政府军的冷枪牺牲品，我们在一个低矮的下水道旁蹲了下来，开始了度日如年的等待。待装甲车开过，我们又躲进了一家阿拉伯人开的小杂货店，里面已有另外两个阿拉伯人躲在里面，等待危险过去。

店主很热情，不仅收留了我们，还不时帮我们出去打探情况。此刻，又一辆政府军的装甲车过来驱赶公路附近闹事的一群年轻人，并接连打出了一溜的催泪瓦斯，而其中一颗催泪瓦斯落在离女儿咫尺的地方，我们只觉眼前一亮，催泪瓦斯猛然炸响。

大家连忙退回店内，店主紧闭大门，阵阵浓烟还是透过没有玻璃的窗户钻了进来，把我们完完全全地包围了起来。

我一把抓过包在头上的阿拉伯围巾捂住鼻子。瞬间，感受到来自眼睛和整个呼吸系统的剧烈痛苦。我们难受得只能靠在墙壁上喘息，又在催泪瓦斯的刺激下涕泗滂沱。

我们惊魂未定，冲出了催泪瓦斯浓雾包围的小店。趁着政府军驱赶的间歇，小心翼翼地穿过了那段最危险的公路。

希望似乎就在眼前！但群众短暂散去后又迅速聚集起来，投掷出更多的石块和玻璃瓶，场面十分混乱。我们必须穿过这群投掷石块的阿拉伯青年，面对的危险不仅仅是政府军的冷枪误射，还有这群青年本身。我们与他们零距离，也就是与危险零距离。

好在他们专注于自己的"事业"，一片混乱中，我们提心吊胆地逃了出来。

一家糕饼店的老板把我们招呼了进去，热情地给我们递水压惊。他派了一名年轻的伙计护送我们去旅馆。在最后500米的爬坡路上，我竟然手脚瘫软，完全靠着这名阿拉伯年轻人的搀扶才走到了旅馆。在感谢这名阿拉伯年轻人的时候，他还客气地不收酬劳，我硬塞进了他的口袋。

是啊，在战乱地区，危险猝不及防，最危险的就是不知危险何时降临。而在危难时刻处处帮助我们的阿拉伯百姓，让我们深深地感受到，人间处处真情在!

　　旅馆里新年的钟声响起,一起守岁的游客和工作人员相互击掌欢庆。女儿紧紧地拥抱住我,轻声说,感恩生活赐予我的经历,once in a lifetime(一生一次)!

作者与山脚下精美的修道院合影

忘却红尘，在约旦做两天贝都因人

我们从以色列位于红海边的海滨城市埃拉特（Eilat）通关，几步跨进了约旦领土——同样位于红海边的亚喀巴（Aqaba）小城。

鉴于阿拉伯国家和以色列的紧张局势，我们始终揣着一颗紧张不安的心入关，待看到约旦海关前高悬着的巨幅画像上约旦国王阿卜杜拉二世亲切温暖的笑容时，紧张的心情才略微放松。

因为时间关系，只能匆匆瞄一眼坐落在巨大的岩石山和碧蓝的红海岸之间的亚喀巴城，以及一闪而过的那些传统阿拉伯式的低矮的白色房屋。

与当地人挤在一辆没有空调的中巴上，高温，汗水，体味交杂，几小时下来，在我快要忍受不住的最后关头终于来到了约旦瓦迪拉姆保护区（Wadi Rum Protected Area），一个被世人称为"火星沙漠"的地方。

"月亮谷"，最像月球表面的峡谷

　　中巴把我们几个游客载到瓦迪拉姆游客中心，当地两名早已等候在此的贝都因向导上来欢迎并确认各自的客人。女儿是在网上预定的，与其中一位名叫萨拉姆（Salem）的向导对上了联络暗号，也因此我们被萨拉姆领回了他在村里的"家"。

作者与贝都因小伙儿合影

打量一下萨拉姆的"家"，只有一张桌子和几把椅子，可谓家徒四壁。其实这是他接待游客的办公室。他与我们对过网上的行程安排后，便帮助我们骑上早已拴在屋外的骆驼上路了。

沙漠、骆驼、帐篷、贝都因人……从现在开始，忘却红尘，在沙漠、旷野过上两天阿拉伯人的游牧生活，做一回贝都因人！

瓦迪拉姆是位于约旦西南部的一处大山谷，在阿拉伯语中是"高处的峡谷"的意思，因为曾经有科学家说这里的环境地貌是地球上最像月球的地方，因而有"月亮谷"的美誉。2011年，联合国教科文组织将瓦迪拉姆列入世界自然与文化双重遗产名录。

瓦迪拉姆古时属于纳巴泰王国的领域，因此留下了不少的人类活动遗迹，如庙宇和壁画等。为了保护瓦迪拉姆的环境以及游人的安全，要进入保护区必须参加当地贝都因人负责的营团。贝都因人长年生活在此地，已经十分熟悉周围的环境。

"月亮谷"

仔细打量我们的向导萨拉姆，瘦削健硕的身形、黝黑的皮肤、深邃的眼神，特别是他身上泰然自若、豪放不羁的粗犷气质和对沙漠的特殊感情让人印象深刻。嗯，是典型的贝都因人。

　　萨拉姆为我示范并帮助我包扎好阿拉伯头巾后，我们便开始了第一天的约旦游牧民族贝都因人的生活。

　　跟随着萨拉姆在沙漠里捡枯枝干柴，然后来到一个山洞开始生火做饭，炊烟熏得我们眼泪直流，冷风又吹得我们缩手缩脚，因此帮不上什么忙。但萨拉姆手脚利索，很快完工并递过来我们的第一顿贝都因午餐——西红柿炒鸡蛋加阿拉伯大饼子。大家边吃边愉快地聊天，听到萨拉姆说这就是他们贝都因人平常的餐饮，我深深感受到贝都因人生活的不易。

沙漠里捡柴生火，我们的第一顿贝都因午餐

据萨拉姆介绍，现在在瓦迪拉姆居住的贝都因人，是一群很奇特的在沙漠、旷野过游牧生活的阿拉伯人。在中古初期，他们占阿拉伯半岛居民的绝大多数，并处于水源、牧场公有的原始公社制阶段。逐水草而居是他们大多数人最基本的生活方式，住的是可以随时迁移的帐篷。

养骆驼、养羊、狩猎是贝都因人的共同爱好，也是他们的主要职业。坚忍不拔、吃苦耐劳、热情好客、自由自在、无拘无束，是贝都因人的个性特征，豪侠行为是衡量每个人道德的最高标准。

为了享受最大限度的自由，他们宁愿过艰苦的游牧生活，也不肯过定居的城市生活。他们不承认部落传统以外的任何法律，除了本部落的酋长外，不服从任何政权，不承认任何政治制度，没有纪律秩序和权威的概念，也没有定居社会所具有的政治组织。凭着血缘关系，他们把家庭结合成氏族，把氏族结合成部落，又把部落联合起来成为部落联盟。

贝都因人实行"一夫多妻制"，最多可娶4个妻子。于是我好奇地问萨拉姆娶了几个妻子，萨拉姆嘿嘿一笑道，一个老婆两个娃，已够我头疼不已，4个老婆岂不是4倍头疼？众人哈哈大笑。

接下来，骆驼们完成使命，萨拉姆开着四轮驱动的吉普车把我们带到了Lawrence's Spring，即电影《阿拉伯的劳伦斯》中的一处著名景点——劳伦斯泉水。

这部1962年获得奥斯卡金像奖最佳影片的电影使得瓦迪拉姆名声大噪。据萨拉姆介绍，1917年阿拉伯大起义期间，英国传奇人物"阿拉伯的劳伦斯"反抗奥斯曼帝国的基地就设在此处。他让四分五裂的阿拉伯部落团结起来，抗击侵略者，在这片广袤的沙漠里，创造了一个又一个战争传奇，从而也加强了英国在阿拉伯的利益及地位。

劳伦斯泉水的泉眼位于前面一处高耸的山谷顶上，萨拉姆言之凿凿，当年"阿拉伯的劳伦斯"曾在那里洗漱过。山坡上建有一条坑道来引流从高山上流淌下来的泉水，我们沿着坑道呼哧哧地爬上山顶，待擦去脸上的汗水后，惊喜地发现，泉眼处，一群阿拉伯野岩羊正在享用清冽甘甜的泉水，其中一只野岩羊妈妈率领着两只岩羊宝宝正喝得淋漓畅快，羊妈妈边喝边"咩咩"叫，似乎在告诉岩羊宝宝，咱们喝的，可是大名鼎鼎的劳伦斯曾经喝过的甘泉水哦！

我站在山顶上看风景，远方赤色的断崖、沙砾，以及和天空浑然为一体的酒红色荒漠，景不醉人人自醉。

一望无际的酒红色荒漠

入住游牧帐篷，观满天繁星

萨拉姆开着吉普车继续在沙漠里横冲直撞，我们呼灰吸尘，浑身颠得差点儿散架。但乘坐越野吉普狂野驰骋，将滚滚红尘甩在身后，又何尝不是一种激动人心的体验？

辽阔的沙漠山谷里，没有路标，没有指示牌，天晓得往哪儿走。萨拉姆摸了一把他的大脑门后笑着说，放心，指南针在这儿呢，即便在漆黑的夜里，我也不会把你们丢掉。

离开劳伦斯泉水，又开车到下一个景点——Khaz'ali峡谷，这是两块大岩石之间一道极窄的狭缝，贝都因人习惯在这里乘凉避暑，岩石壁上也有很多古老的象形文字和一些近代的伊斯兰文字。

之后，我们来到瓦迪拉姆著名景点Jabal Umm Fruth Bridge大拱桥，常年的风化演变，岩石自然变化出两石之间连接着的形式天然的石桥，但这座大拱桥比起我们在美国西南部见到的尺寸要小很多。我们走到大拱桥顶上，再一次眺望了远方那一望无际的迷人的酒红色。

今晚入住的是贝都因人的游牧帐篷，这些帐篷搭建在巨大的岩石下。那些分布在红色沙漠里的露天帐篷看上去更像一个个太空舱，今晚，我们将要在"外太空火星基地"体验下阿拉伯贝都因人的生活。

在这片寂静的荒漠深处，没有电源，水源也来自大自然。为游客们搭建的生活营帐里，几个贝都因人忙碌着用古旧的烧柴火的方式为我们烧茶、煮饭。游客们则围着火炉取暖闲聊，烟熏火燎中，我开始真正感受到一种无拘无束的游牧气息，与滚滚红尘之喧嚣生活的隔绝。

贝都因人的游牧生活

夜幕降临，我钻出生活营帐，在附近溜达消食。不远处，我们的向导萨拉姆正和其他几名向导一起围坐在篝火旁，抽着阿拉伯水烟，热火朝天地聊着天。我吸了一口清凉山风，感觉好像来到了银河系某个不为人知的角落，四周山谷空旷荒凉，仰望天空，繁星点点，梦幻浪漫。

躺在帐篷里简陋的床上，我的耳边又回响起萨拉姆所说的，"这片沙漠就像大海，而我们贝都因人就像海中的鱼，我们的基因注定我们永远无法割舍对这片沙漠的依恋"。

沙漠、驼驼、夕阳、篝火、帐篷、星星，星空帐篷里，我在璀璨银河下入眠，继续着贝都因人的生活。

从蛇道进入"玫瑰城"佩特拉

离开风光优美、浩瀚红沙的瓦迪拉姆，我们来到了世界新七大奇迹之一的古城佩特拉。佩特拉古城坐落在胡尔山脚下的穆萨谷地之中，建于公元前6世纪，因为所有建筑都是在玫瑰色的山岩上开凿而成的，在朝阳或夕阳的照射下会呈现出玫瑰样的色彩，熠熠生辉，因此也被称为"玫瑰城"。

在玫瑰色的山岩上开凿而成

佩特拉在2007年入选为世界新七大奇迹之一，也是联合国教科文组织世界遗产之一。

大门口，经不住几批贝都因商人的纠缠，我们选择了其中一位商人的马匹，骑行转个弯来到了著名的蛇道（Sig）。

到了蛇道入口，马就不能通行了，得通过蛇道步行到主要景点。原来我们上当受骗了，因为在大门口讨价还价时付的价钱是到达主要景区的。被马儿的主人"宰割"了一把，好在出门在外多了，这样的事情已经见怪不怪。

作者与阿拉伯骏马合影留念

调整下心情，我们走进了夹在两侧高达180多米的悬崖峭壁之间的这条狭窄通道。这条蛇道是佩特拉的神奇所在，它本是由风和水的自然侵蚀生成的，在纳巴泰人时代是佩特拉的重要设防地点，一夫当关，万夫莫开，入侵的敌军很难攻破这里，而在现代则用于游客进入古城。

峡谷甬道回环曲折，险峻幽深，我们在蛇道里穿行，远处马蹄声哒哒，回荡在峭壁间，不时有游客乘坐着马车飞驰而过。

峡谷里有的地段因为太窄，采光不足，就显得有些昏暗，但转个弯，就敞亮起来，阳光照在崖壁上，也倾斜在狭缝的甬道里，光影变幻无比神奇。蛇道两边的崖壁上也留下不少神龛以及刻画商旅骆驼队的浮雕，大多都风化得看不出形状了。除此之外，还能看到沿崖壁凿出的取水通道。

蜿蜒悠长的蛇道峡谷尽头，豁然开朗，一座宏伟壮观的石雕宫殿就矗立在峡谷尽头开阔的广场里。这，就是著名的艾尔卡兹尼神殿。

山壁岩石，精雕细琢出来的"玫瑰城"

"哇！"我发出一声惊呼，叹的是古人的智慧和大自然的力量。阳光下，艾尔卡兹尼神殿显出玫瑰般的红色。它造型雄伟，有6根宏伟的罗马式门柱，以及雕琢精美的横梁和门檐。传说里面曾收藏历代国王的财富，也有人说它是一座陵墓。宏伟的古代宫殿、精美的雕像，无不令人啧啧称奇，我们仿佛穿越回公元前的中东。

"芝麻芝麻，请开门。"我学着阿里巴巴连呼几声，想象着里面法老的神秘宝藏，取之不尽的珠宝和黄金，只不过如今的艾尔卡兹尼神殿空空如也，游客也不允许进入，只有门口被主人用来讨生计的各式骆驼，穿着阿拉伯传统军服的保安笑眯眯地和游客付费合影留念。

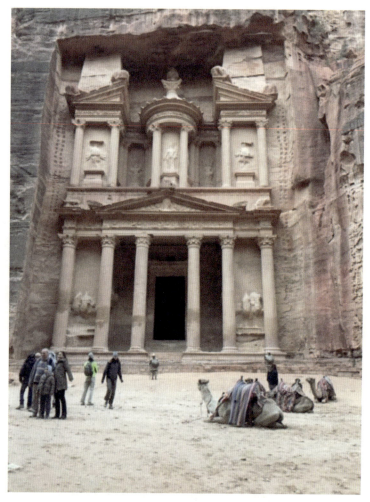

阳光下，艾尔卡兹尼神殿显出玫瑰般的红色

　　从艾尔卡兹尼神殿开始往里走，便是墓冢群、神庙、祭坛、罗马驿道、剧场、教堂、军营等，所有的建筑都令人目不暇接，仿佛走进时光隧道，因着2000多年的风霜而神秘莫测。纳巴泰人的智慧与精湛手艺远超我们的想象，周围悬崖绝壁环绕，建筑几乎都是在岩石上一斧一凿雕刻而成的。

　　这座依山而建的古罗马露天剧场更是让人震撼。整座剧场依山凿成，共34排，拥有可容纳6000名观众的阶梯形座位，舞台用巨石铺砌，声音可以清楚地传到最后一排座位，周围则有4根粗大的石头圆柱。现在，许多支撑了雄伟华厦的石柱早已倒塌，但柱上的雕刻依然精美，展现了当年的工匠，或许是最高明的艺术家的精美设计和高超技艺。

我们就像走进了电影里，打扮得花花绿绿的骆驼、白色的阿拉伯马和身穿传统服装的阿拉伯小贩组成了一个不真实的场景。"来呀，乘坐法拉利""坐我的劳斯莱斯"，阿拉伯商人们倾巢而出，使尽全力说服我们骑马、骑驴或骑骆驼。

尽管我们一再拒绝，一位贝都因老伯却仍不罢休，跟了我们一路。既然推不掉，母女俩便坐上了贝都因老伯所说的"劳斯莱斯"驴。山路崎岖，骑驴观景，还是颠簸得很厉害。

依山而建的古罗马露天剧场

公元363年的一场大地震使佩特拉受到重创，损坏了很多建筑，导致城中人口急剧减少。公元551年佩特拉再次发生强烈地震，震后大火蔓延全城。佩特拉城在缺乏资金之下无力重建，导致逐渐荒芜，最终被掩埋在黄土沙尘中，失落了600多年。

此刻夕阳西下，阳光在多彩的岩石上变幻着色彩，整座城市泛出浓浓的玫瑰金色，佩特拉这座"玫瑰城"就这样不经意间俘获了我们的心。

整座城市在夕阳下泛出浓浓的玫瑰金色

佩特拉以其绚丽的民俗文化、深厚的历史底蕴和昔日的繁华胜景引人入胜，难怪有人这样说："佩特拉和瓦迪拉姆是约旦人最感到自豪的地方，前者是人工创造，后者是天创地造。"

再次走出蛇道，俗世的烟火气扑面而来，我们返回红尘，结束了两天的贝都因人生活。

北欧篇

跟着指示牌前行

攀登世界上最恐怖、惊悚的石头，用生命丈量大自然

　　这次的北欧北极游，由于女儿忙于毕业，行程计划大多是我做的，留了一些机动时间让她定。待出发去了挪威，女儿说想去徒步攀登挪威著名的三块奇石：布道石、奇迹石和恶魔之舌。我赶紧上网查看资料，何为挪威三块奇石？在钟灵毓秀的地方，总有集天地之精华的奇石出现。而风景如画的挪威，一直都是大自然的宠儿。在那里，自然也就少不了值得一看的石头们。

　　位于吕瑟峡湾的谢拉格伯顿石（Kjeragbolten），又称奇迹石，就是大自然的杰作之一。这奇迹石就像上帝弹指间留在两座悬崖间的天外飞石，不偏不倚地卡在了那里，岿然不动，对抗着地心引力。它是一块真正的"勇敢者之石"！

三块奇石中数这奇迹石最险、最悬，被评为世界上最令人毛骨悚然的景点，多看两眼，就令人后背发凉。

记得从前看到过攀登奇迹石的图片，只认为是疯狂之人做疯狂之事，从没与自己搭上过关系，难道这回，自己也要发回疯，做回疯狂之事？

我们先去了挪威第四大城市斯塔万格（Stavanger），此城是去三石中之两石——奇迹石和布道石的中转城市，我们准备在此逗留3天。

我们决定先攻三石中最险、最悬的奇迹石。而在去奇迹石的前几夜，我竟多次失眠，此石实在太惊悚、恐怖、神奇了！因担惊受怕，故特别仔细地搜索了有关登三石的意外事故新闻。

登奇迹石和布道石无任何意外事故，换句话说，没有人摔下去也没有人死亡，只是前不久在恶魔之舌发生了唯一的摔落死亡事件——一名澳大利亚女孩不幸失足从恶魔之舌上摔下。

虽说晴朗的天气加上震撼的景致才是无与伦比的享受。但吕瑟峡湾的天气像极了小孩的脸，风云突变也是分分钟的事。每天盯着天气预报，可天气预报也在千变万化。

山道弯弯，天降绵绵细雨

去奇迹石，可自驾或坐公共汽车，单程就需3小时。租车自驾虽方便自由，但山路崎岖，随时下雨下雾，能见度极差，不熟悉路况会很危险。

坐大巴也有利弊，可以省却开车的体力和精力，却有时间局限性，大巴3小时开到，但只给你6个小时的逗留时间，你必须在这6个小时内完成上山下山的全过程，才能搭到回程的大巴，颇具挑战性！

鉴于登山的难度和天气，能否在6个小时内赶回停车场是个难题，女儿没问题，我自己心中真的没底。千难万难，母女俩最后还是决定搭乘大巴去。

天气预报报道当天多云，待大巴在弯弯山道上七转八转上升到一定高度时，天空开始飘起毛毛细雨，远方起伏的山峦烟雨朦胧，车上所有的人不时地盯着天空，大概和我一样，都在祈祷天空放晴吧。

大巴大约在上午10点多到达山脚下，景区工作人员上车对大家说，现在小雨，奇迹石的能见度尚可，下午有雾，希望大家能赶在出雾前平安回归。祝你们好运，并祝你们有双好鞋！

祝我们有双好鞋？这真是头回听说。

除了我和一对与我差不多年龄的韩国夫妇，满满当当一车都是年轻人。

上山前，母女俩"约法三章"：其一，安全第一，一切以安全为重；其二，为节省时间，上山的路上尽量不拍照（明白，这条是针对我的）；其三，吃喝均在行进中解决，同样为了节省时间。

"压力山大"呀，如果回程赶不上大巴，我们当晚只能露宿大山了。

徒步奇迹石来回共11公里（大约7英里），高度984米，路程倒不是很长，但攀登奇迹石共需要攀登三座山峰。

我曾经徒步走过不少山头，但还是被这第一座山峰震撼、惊吓到了。开始爬山，没有任何缓冲地带，一上来就几乎全是花岗岩，岩石的陡峭可以达到60度，甚至70度，而且裸岩的面积很大，大部分地方需要拉着铁链才能奋力向上攀爬。感觉就是两军对峙，立马短兵相接，贴身肉搏上阵。

天空中细雨霏霏，这种花岗岩的道路，不下雨还好，一下雨就湿滑无比。虽然我们都穿着符合标准的鞋，但仍然不时打滑。此刻，我才明白为什么上山前工作人员会特别祝大家有双好鞋，此时的一双好鞋可以说是无比重要、无限给力了。

看到我们头顶上的一位登山客滑倒摔跌，母女俩惊吓后又相互提醒，小心再小心。

我紧紧地拉住铁链子，万分小心，一路上还是在险峻处好几次滑倒，双脚悬空滑出悬崖，好在手上牢牢地拉着铁链没有松开，才避免了危险。

此时的我气喘吁吁，跟我家宠物狗娜拉发出的"呼哧呼哧"的喘气声一模一样。真的很累，真的是使上了吃奶的力气。平时攀登优诗丽山（Usery Mountain）锻炼出的"童子功"似乎没有发挥作用，真是不给力呀。

艰辛坎坷，翻越三座山峰

现在光靠手和脚加上腿已经有点不够用了，我开始手忙脚乱又腿抖，影响到了前进的速度。关键时刻，臀部挺身而出，即刻派上了大用场。手脚腿并用、臀部助攻，前进的速度竟然加快了，而安全系数也有所提升。

翻过第一座大山后，雨越下越大，本来就没有路，到处都是泥泞的山坡让一切变得更加困难。更让人沮丧的是，刚辛辛苦苦爬上山顶，又马不停蹄地要往山下撤，去攀爬第二座山峰，这爬上爬下就等于没爬。

沿路一定要跟着路上那些T形指示牌前行，否则就会迷路。经历了攀爬第一座山峰的残酷、艰辛、坎坷，接下来要去征战第二座山峰。

第二座山峰的上坡是一段铺满大小石块的道路，相比于第一座山峰的陡峭，竟然感觉略微简单了些。其实第二座山峰也有很多地方是完全无防护措施的大岩石，加上湿滑，同样是危险无比，就好像第一次体验了无保护的攀岩。

奇迹石，听名字就知道它不是块一般的石头，那么它到底是一块什么样的石头，值得人们冒生命危险而赴汤蹈火、勇往直前呢？

从第二个山顶到第三个山顶的这一段路途中，是山谷里风景最为美丽壮阔的一段。沿途水潭平静，清澈溪流潺潺流淌。我已是疲惫万分，在这里歇口气，喝口冰凉清爽的溪水，再吃几颗糖，补充下能量，为最后的冲刺准备！

要真正抵达奇迹石，还需要经过一段异常难走的石路。沿途还看到一些主人带着狗一起攀登，我有些不明白，狗是如何攀爬第一座山峰那些滑溜溜又陡峭的岩石地的？

路上行人稀少，突然，旷野里传来一声吼："红军不怕远征难，万水千山只等闲！"实在不敢相信，这一声竟发自我自己这干涩、嘶哑的喉咙……还没登上疯狂石头，人已开始半疯？

听到女儿在一旁说，老妈，你唱的是什么歌？很给力嘛。唉，女儿，美国长大的孩子，我和你，鸡同鸭讲。脚步似乎又轻快了些，蹭蹭蹭，继续前进！

最后通过一条旁边是峭壁且满是积雪的狭窄路段，终于抵达了我们的目的地。

啊，奇迹石，终于见到你了！

见奇迹石，如临万丈深渊

两边巨岩兀立，裂缝中夹着一块巨石。巨石平静地出现在眼前，它就像是一块瑰宝，夹在两座山之间，此情此景是对大自然鬼斧神工的最好诠释。这就是被誉为"奇迹石"的奇特景象，说它是大自然的杰作，谁又能否认这一点呢！

到达奇迹石，母女俩商量谁先上。因为女儿有些恐高，我自告奋勇先上，女儿在对面雪坡上帮我拍照。

奇迹石所在的地方正好是个风口，吕瑟峡湾的风很大，而今天更是风雨交加。平时大大咧咧的女儿此刻细心地为我取下帽子和围巾，就怕风吹围巾和帽子时人的一些下意识动作，如此这般，后果不堪设想……

下雨天，队伍排得不长。前面几个年轻人跳上跳下，轻松自如。接下来轮到的一个中年妇女探出身去看了一眼，立刻把头缩了回来，并直接撤了下来，灰头土脸地路过我们身边，边摇头边说："Oh, my God! Not me, not today!（上帝啊，我不去，起码不是今天！）"

我心中一紧，这可真是万丈深渊！奇迹石直径仅2米，距离吕瑟峡湾谷底有将近1000米的高度，此刻，我真的深刻理解了"万丈深渊"这个词的意思。

好吧，既来之则登之，豁出去了！

排在我前面的姑娘在男友的帮助下跳了上去。轮到我的时候，我问那小伙儿能否也借他的手给我一用，小伙儿热情爽快地答应了。

登石壮举，生死一步间

登吧，去拍个历史性的镜头，不留遗憾！面对惊险异常的奇迹石，绝对不能看下面，石头下面就是1000米深渊。我心中默念：千万不要往下看。

右手拉着小伙儿温暖有力的大手，我提起左脚，先跨了上去，接下来的一步最惊险、最恐怖，因为要松开握着的手，完全无依无靠了。我用力补上右脚，一跃而上，成了！我终于登上了奇迹石！

天哪！这石头怎么这么小，石头上这么湿滑，踩上去时好像还滑了一下，石头也晃了一下，是石头没卡紧还是我脚发软？（原来是心理作用）

站在石头上的一分钟内，我伸手、拍照，最后回归。奇怪，此刻我的心情竟然无比平静，无一丝恐惧。

有一种美叫作惊心动魄！真的不敢设想，刚才站在奇迹石上，风要是强一点，脚步要是再差一点，平衡感要是刚好不行，或一时腿软……一个不幸失足，那可真是"老命呜呼"了。站在奇迹石上的感觉，只有亲临，才能体会。感叹大自然的鬼斧神工，感叹一路辛苦的物超所值。

现在轮到女儿上阵，我为女儿拍照。如法炮制，还是借那小伙儿温暖有力的大手一用。女儿左脚先跨了上去，半个身子已登上了奇迹石，却不见她松手补右脚，似乎僵在了那儿，难道女儿的恐高症发作？我的心一下子揪紧了，怦怦乱跳，握相机的手也不由自主地开始微微颤抖。

作者登上了奇迹石

　　奇迹石最吓人之处不在于站在上面，而在于跳上去的那一瞬间，风雨交加的天气使石头更加湿滑，石头的湿滑又会使跳跃更加艰难、更加惊心动魄。之所以这么说，是因为奇迹石的周边没有任何护栏，如果不能顺利地一跃而下，稳稳地落在石头上，或者突然吹来一阵大风，也许就会跌入万丈深渊。

　　就在我开始紧张冒汗的时候，只见女儿终于松开了握着的手，右脚紧跟着左脚一步跨了上去，稳稳地站在了奇迹石上。

女儿也挑战成功

　　挑战成功了！母女俩击掌庆祝！现在可以安心去欣赏奇迹石1000多米悬崖绝壁下吕瑟峡湾的风景了。我低头看了一眼峡谷，立马头晕腿软，庆幸自己登上奇迹石的那一刻没敢朝下看，否则，绝对会吓破胆。

　　守着为女儿拍照的同时，我也拍了几张其他游客的登石壮举：有的小心翼翼、手脚并用地爬上石头，有的一跃而过，险象环生，而只要稍有闪失，就会直直坠入1000多米的吕瑟峡湾中，真让人不能不捏把冷汗啊！

　　奇怪的是，看别人登奇迹石怎么感觉比自己亲自跃上去更可怕、更恐怖呢？

　　一位老兄采用了最原始方式，就是手脚并用，慢慢爬上奇迹石。在我看来，无论采用怎样的方式，即便是趴上去，只要敢于登上奇迹石，表示对自然的亲近和敬畏，都是值得敬佩的。这就是大自然的魅力，纵使你再高傲，还是会为它的魅力所折服，放下身段，用一种膜拜的姿态去发现、接近它。

奇迹石 1000 多米悬崖绝壁下吕瑟峡湾的风景

　　不少年轻情侣专门不畏艰险地站到巨石上相互拥抱，借以表达对爱情的
忠贞不渝，如巨石一般。

　　排队、拍照、观景，我们在山顶上逗留仅半个小时。惦念着要赶上回程
大巴，母女俩匆匆往山下赶路。同样地，还要翻过那三座山！

　　风里雨里翻过两座大山，待要翻越最艰难的最后一座山峰时，瞬间如海
浪般涌来的浓雾，让我们两米内不辨东西，无法行进，只感觉到脚步越来越

慢。前方等待我们的，又是一场硬仗！

浓雾弥漫中，眼前的路就像是无边的悬崖。我只能大着胆子往下走，双手牢牢地抓住铁链子，倒着身子，一步一步地往下挪。遇到整块的岩石，则继续采用老办法，手脚并用、臀部助攻，像是在坐滑梯一样，慢慢向下移动。

又有人不幸滑倒了，更像是给我们敲响了警钟，让我们加倍小心。经过一个小时与湿滑的道路和浓密的雨雾的艰巨斗争，我们终于在下午4点左右，提前35分钟抵达了终点。

车上的人情绪高涨，相互击掌庆贺："Yes，we made it！（是的，我们挑战成功了！）"

母女俩历经千辛万苦终于登上了恶魔之舌

勇敢的心——再攀布道石和恶魔之舌

斯塔万格以东25公里处，当地出名的另一景点就是令人惊叹的布道石（Preikestolen）。布道石是一处由于冰川运动形成的奇特自然景象，远远看去很像牧师布道的讲台，因此而得名。

此石高约604米，正对着奇迹石所在的谢拉格山。布道石不仅是一位"网红"，它还获得过不少世界级的荣誉。2011年，它被美国有线电视新闻网（CNN）和《孤独星球》杂志评为"全球50处最壮丽的自然景观之首"。《孤独星球》还将其誉为"世界上最令人屏息的观景台"。

风雨无阻，攀登布道石

挪威有着旅游者们心目中殿堂级的山水景致，也有着最无奈的瞬息万变的天气。

自助旅行就是一种现实人生的反映，其过程中难免有一些不尽如人意的情况，比如无力操控的天气条件等。在斯塔万格的第二天整天下大雨，只能等到第三天，也就是最后一天去攀登布道石。

虽然天气预报报道第三天阴天，结果还是大雨夹小雨。怎么办？旅行久了，心态也变了。遇到好天气是上天的恩赐，如果天气不配合，就随遇而安吧，按原计划进行！

风雨中我们先从斯塔万格坐半小时轮渡，又坐了半小时公交车抵达目的地。虽然布道石游客中心的告示板提示，雨雾天和大风天攀登布道石存在危险，但是由于第三天是我们在斯塔万格的最后一天，机不可失，更何况已经挑战过奇迹石，经历过了大难大险，那么攀爬布道石，虽不能说是小菜一碟，毕竟容易多了。

去布道石的路也不太好走。与其说是路，不如说是乱石堆更恰当。不过沿途还是有很多游客，跟我们一样，迎着风雨而上。

大雨中上山的路虽然很难走，但除了穿越沼泽的木质栈道外，再没有其他人工修葺的痕迹。我不禁感叹挪威人对于自然的尊重和保护，真正的风景永远要用双脚丈量。

除了跟着路上所标的T形指路标外，鲜艳的外套和背包也是我们的指路坐标。

我们在布道石逗留的半个小时里，大雨瓢泼，狂风呼啸，大雾笼罩。拍摄了站在布道石上的照片后，向下看去，石下深达千米的吕瑟峡湾此时因完全被大雾笼罩而无缘一见。

旁边的日本小姑娘让我的女儿为她拍照，小姑娘胆子真大，直接坐到了悬崖边，吓得我和旁边几个人哇哇大叫。今天的布道石雨水淋漓，无比湿滑，哪怕一个不小心，都会导致不幸。我心生敬佩，这世上，永远有勇敢的人去挑战生命的极限。

急匆匆按原道返回。此时的我已浑身湿透，落下的水珠分不清是汗水还是雨水，防水的衣裤已防不住入侵的雨水了。只用了两个小时，我们就返回山脚下了。冷风冷雨让我开始瑟瑟发抖。现在最吸引我眼球的，就是那个热汤加面包的广告，母女俩直扑餐厅。

布道石，我不远万里来到这里，虽然只看到烟雾缭绕中你秀美的侧影，无缘欣赏你天然绮丽的华美和大气瑰丽的壮美。我和你，依然有约。

勇敢的心——再攀恶魔之舌

大自然在挪威的另一个杰作——恶魔之舌（Trolltunga），也称巨人之舌。

它位于奥达（Odda）地区的谢格尔达（Skjeggedal）山上，之所以叫巨人之舌，是因为它奇怪的形状。这块刚好从山脉上衍生出来的岩石，远远看去，像是巨人的舌头一样。

攀登恶魔之舌也不是件容易的事，它海拔1100米，路程23公里，来回需十几小时。恶魔之舌可以说是徒步爱好者在挪威的进阶深度游了。都说"无限风光在险峰"，想要亲眼一睹恶魔之舌风采的人，必须经历十分艰难的登山过程，才能饱览这奇石的卓越风姿。

因为恶魔之舌的攀升高度和强度远高于前两块奇石，女儿安排了一天轻松游览，再去看看"挪威缩影"，顺便调整、休息下极度疲惫的身心。第二天又是火车、大巴，傍晚时分一路颠簸到了这个叫奥达的小镇。

每天查看天气预报，几个网站都说爬山那天天气晴朗。已经错过了前两块奇石的好天气，这第三块奇石，老天爷，求你给力！

如果说登奇迹石上来就给我们一个下马威，那么恶魔之舌的开端也不是省油的灯，它以另一种方式来考验我们。刚开始爬就是一眼望不到尽头的石台阶。

爬、爬、爬，向上、再向上！这哪里是爬山，分明就是爬石头呀！我汗流浃背地走了一个多小时，看到第一块竖着的标牌，才走了一公里，崩溃！

脚步越来越慢，喘气歇息的次数越来越频繁，女儿不时在前方停下等我。连续走完前面的奇迹石和布道石后，明显感到体力透支，再加上前晚没睡好，开始头晕目眩，一脚比一脚沉重，我真的感觉自己快到极限了……

一大群背着巨大露营背包、朝气蓬勃的挪威年轻人健步如飞，嗖嗖嗖地超了过去；一对带着几个年幼子女的中年夫妇、一对背着襁褓中的婴儿的青年夫妇追过了我们；看上去70多岁的老大爷牵着狗也轻松地赶到了我们前面。

喝口水，用"杨氏腹式呼吸"深深吸了几口山谷里飘来的清新空气，我迈出的脚步又有了力量！

回头看看，已经走了2公里多。从这里开始路好走起来，路边的风景也越来越美。正当我摇头晃脑、东张西望地开始欣赏沿途的美景时，冷不防听到女儿说，路好走时要加快速度！拜托了，女儿，老妈已快60岁，不是30岁呀。这一路上，女儿总说，你行的，老妈！唉，上了女儿这条"贼船"，上船容易下船难喽！

我们沿着连绵的山脊，起起伏伏、蜿蜒曲折地走了很久。我探过身子往前方看，快到了吧？令人沮丧的是，站在山的这一头，发现目之所及的远方还有小人影在挪动！

这段刚刚开始化雪的石路特别难走，又湿又滑。走在我前面的小伙儿突然滑倒，一头摔在了一块大石头上。看到他鼻子、嘴巴里汩汩流淌的鲜血，我双脚一软，一屁股瘫坐在地上，差点儿就晕了过去。过了好一会儿，在女儿的搀扶下，我慢慢起身，双脚软绵绵的，像踩在棉花上，赶紧吃下几颗糖果和巧克力，才又缓缓地找回了力量。此时已不见摔伤了的小伙儿，他在同伴们的照顾下，已经继续前行。

7公里处，哈当厄尔峡湾（Hardangerfjord）豁然出现在眼前。俯瞰哈当厄尔峡湾——挪威第二长峡湾壮丽的景象，耳边是呼啸而过的山风，顿时感觉天大地大，一切烦恼都抛在脑后，随风烟消云散，更让人瞬间忘记了身体的疲惫与疼痛。

9公里处，尽是冰与雪。还有2公里多，登顶胜利在望。

蓦然间，我看到那块神奇的岩石了。恶魔之舌，就让我狠狠地看看你吧！

哈当厄尔峡湾

站上"舌尖"，一览挪威美景

恶魔之舌从陡峭直立的山崖上水平地伸出去，露出山崖的部分有七八米长，就好像是一位巨人伸出的舌头一样。这块恶魔之舌伸出并悬在湖面之上的高空中，让人看到就胆战心惊。

这块形成于冰河时期的奇特石头，有着全世界独一无二的造型和鼎立于世界之巅的位置，站上去可以看到挪威大气瑰丽的壮美山河。

这是真正的恶魔之舌！这种惊心动魄的美，需要你历经艰辛、坚持不懈、一路向前才能获得！

天气好，游客多。拍照排长队，站上去起码要等45分钟至1小时。如果我和女儿轮流排队、互相拍照，得花上2个多小时。

此时，一路上山时认识的波兰朋友一家帮上了大忙。波兰朋友一家四口，太太不敢登石，站在对面的山坡上帮丈夫和儿女拍照，我们也把相机交给她帮忙拍。

恶魔之舌体积较奇迹石就大多了，登上去无甚恐惧感。连有恐高症的女儿登上去也不觉得有丝毫害怕。只是母女俩互相关照，不许像其他人那样去石头的边缘、尽头坐一坐。就怕万一，顾忌着呢。

站上去了，赶紧趴下来，好好看一眼石下的峡湾。哈当厄尔峡湾里，河水在突兀的峭壁和巍峨的群山之间蜿蜒流淌，如诗歌般恬静秀美，又如交响乐般雄壮激昂。哈当厄尔峡湾远离大海，深入内陆，水面澄清碧绿、静如镜面，而两岸直上直下的悬崖怪石又如大自然的鬼斧神工，这一柔一刚、一动一静，构成了哈当厄尔峡湾最摄人心魂的魅力。

再眺望过去，山峦起伏，峡湾蜿蜒着伸向远方，一幅苍茫的风光长卷徐徐展开。只见一湾碧水从远处蜿蜒奔腾而来，气势十分雄伟，两岸山峦连绵起伏，恶魔之舌一夫当关，危崖耸立，气势逼人。

　　此刻，所有疲劳都像天空的云朵一样，消失得无影无踪。摄人心魂的风景让我的内心充满了豪情万丈的壮志。一切的付出都是值得的。历经千辛万苦登上恶魔之舌，好一派无限风光在险峰！

无限风光在险峰

　　在巨石嶙峋的山路上，我们按原路返回。下山的路虽然仍是艰苦，却有些许时间来欣赏沿途风光。林子里小鸟啁啾，清风微微吹过；草地上蘑菇生长，野花和野果来点缀。

借着刚刚攀登过恶魔之舌的一颗勇敢的心，再登上山顶环顾四周，顿觉高山大河气象万千，让人徒生一股豪情壮志！一路又一路，走过高高的山路，越过沼泽，翻过陡峭的山脊……我嘴里哼哼着小曲："红军不怕远征难，万水千山只等闲！"

已经越过了一半山路，歇一歇，再喝一口甘甜的山泉水。继续前进，不断地翻山越岭，再次穿越溪流、雪地、泥潭、峭石……

崎岖的山路上，挪威人带着狗狗奋勇攀登。来回23公里，对狗狗来说又何尝不是一种巨大的挑战？

下山的路虽然仍是艰苦，却有些许时间来欣赏沿途风光

下山更难，像走在荆棘上

上山不易，下山更难。再次来到最艰难、坡度最陡峭，并且都是大跨度的石头台阶。这根本看不到尽头的最后一公里不断地消磨着人的意志，我的双脚和双膝像是行走在荆棘上，每一步都带着剧痛。

关键时刻，屁股也出来捣乱，不仅不帮忙助攻，反而帮倒忙加剧疼痛，似乎在无声地抗议我上次攀登奇迹石时对它的过度使用。不靠谱呀，屁股，我真恨不得揍你一顿！

一向走在我前面的女儿，由于双膝疼痛，也放慢了脚步。我把手中的两根拐杖给了她一根，母女俩各自撑着手中的一根拐杖，艰难地继续往前迈进。一步又一步，慢慢往下挪。此时的每一步，走的不仅仅是自己的意志力，更是一股精神之力。

最后的几百米就剩下我和一位年轻的女孩在奋斗拼搏。年轻女孩在下山的路上摔倒受伤了，现在看上去和我一样狼狈：身子像是在泥浆里滚过，头发像是在泥潭里浸过，下几步，歇一歇，缓缓劲儿。我们俩用眼神鼓励着彼此，坚持到底，就是胜利！

真的到底了，突然传来一阵热烈的掌声和欢呼声！掌声和欢呼声来自年轻女孩的伙伴们，年轻女孩掩面痛哭，而我，双眼早已盈满热泪。

至此，六天三石挑战成功。

女儿，母亲为你喝彩！

母亲，女儿为你骄傲！

此番完成攀登三石，再次挑战了自己的极限。回头看看，真是感动又感叹。有时候，不逼一下自己永远不知道自己能走多远。人的最大敌人还是自己，只要克服了自己内心的恐惧，任何人都能指点江山、挥斥方遒！

马克·吐温说过，二十年后让你后悔的，不是那些你曾做过的事，而是那些你没勇气做的事。所以何不松开束缚，扬帆远离安全的港口，迎着风，去探索、去梦想、去发现世界？

美丽的特隆赫姆，挪威第三大城市

挪威风情篇之迷人的海港、渔村

挪威的旅行先从这11天的海达路德游轮公司的Nordlys游轮开始。此航线是从南部的卑尔根一路北上至希尔克内斯，途中经过小岛、群岛和城镇，其中的一些地方普通的船和汽车难以到达，航行中沿途有34个停靠港口，我们大约下船去了十几个。

我们与海达路德很有缘，年初就搭了他们的法兰姆小姐游轮去了南极。

航道会穿过很多峡湾，一路上景色多变，悬崖危石、浅滩幽谷、村庄农舍、城镇小乡，令人目不暇接。

特隆赫姆（Trondheim）是挪威第三大城市，它在1030—1217年曾是挪威的首都。这座城市在挪威历史中占据了举足轻重的作用。现在成为挪威的教育中心、科技中心和药物研究中心，有30000名学生在此接受教育。

该城的尼德罗斯大教堂在约1000年时间内一直是著名的朝圣地。它不但是全球最北的中世纪大教堂，也是斯堪的纳维亚最大的大教堂。

斜风细雨的凌晨，听到船上广播，我睡眼蒙眬地摸上了顶楼，游轮正经过一块大礁石，礁石上竖立着一个地球仪，这时船笛大鸣，标志着船正式进入了北极圈（北纬66度33分）。

我们到北极圈内小城博德（Bodø）上岸溜达，看到几个当地人在一艘刚进港的渔船下排队，走过去凑个热闹。刚买了虾的挪威大爷向我们竖起大拇指，船主吆喝着并拿了只大虾让女儿品尝，女儿说，北极甜虾，味道好极了！我们俩"吃货"赶紧买了一公斤带回船，今夜晚餐——北极甜虾，是我这辈子吃过的最好吃的虾！

琳琅满目的海鲜

有些遗世独立的村镇，人口稀少，但每天有渡轮定时往返，较大的乡镇都有桥梁连接。

　　北极圈内，一路风景一路看。我嘴馋，花50美元在此小城吃了北极帝王蟹，仅两条蟹腿，被女儿念叨半天。我不禁想念去南极登船前在乌斯怀亚吃到的南极帝王蟹，50美元吃了半个。

　　从船舱里向外瞄几眼，对岸的民居各色小屋鳞次栉比，却又错落有致。

沿岸的各色小屋错落有致

　　特罗姆瑟（Tromso）位于北极圈以北350公里，是挪威北部最大的城市。这座北极圈内的现代城市不仅自然景致美丽绝伦，还是观看北极光的理想之地。可惜现在是夏季，无缘看到北极光，但能有幸看到特罗姆瑟常常在夏季上演的午夜太阳奇景也不错。

　　我们上岸时，正遇到雨夹着雾。始建于1965年的北极大教堂，是一座充满现代设计风格的建筑。其与众不同的建筑结构灵感来自挪威北部的特色景观，高度达40米，宛如高耸入云的冰山。北极大教堂里漂亮的彩色玻璃窗是北欧地区最大的彩色玻璃窗，描述了耶稣降临的情景。

缆车带着我们上山顶观赏特罗姆瑟全景。蒙蒙细雨笼罩着的特罗姆瑟，别有一番水粉画的韵味……

这里还有第一个征服南极的挪威极地探险家阿蒙森的铜像，在南极听了太多有关他的传奇故事，现在到了他的家乡，向他致以崇高的敬意。

游轮沿着挪威的西海岸航行，漫长的海岸线上生活着以海为生的人家，民居让单调的风景有所变化。

美丽的峡湾

游轮轻轻地滑进又一个港口，我惊喜地看到山坡上走下来三只野生的驯鹿（rain-deer）。而当夜船上的晚餐中赫然出现了驯鹿，令我极度无语。

最后一站：希尔克内斯（Kirkenes），与俄罗斯比邻。在这里可以出海去抓帝王蟹，或去参观俄罗斯边境。

当日大雪纷飞，母女俩缩头缩脑地在小城市中心兜了一圈，受不了这酷寒，赶紧回船了，但也看到一些游客出海去抓帝王蟹了。

接下来游轮返航。返航途中，深夜10点多，又停泊在了特罗姆瑟港湾。因为只有2个小时的逗留时间，母女俩驾轻就熟地故地重游，步行直奔北极大教堂。

登上北极大教堂的台阶，我们真的看到了特罗姆瑟常常在夏季出现的午夜太阳奇景。地球倾斜着绕太阳转动，夏季时北极正好朝向太阳。因此，长达数周的时间里，在北极圈以内，太阳从不落下。

不知何时，北极大教堂的上空，一弯彩虹高挂！

真如著名挪威作家克努特·汉姆生（Knut Hamsun）所写：黑夜再次降临；太阳刚刚落到海面之下便再次升起，新生的红色太阳似乎刚才只是坐下小酌了一杯。我对这样的夜晚感到非比寻常的惊异。

海港的夜啊，静悄悄……

一幅美丽动人的画卷

挪威风情篇之醉人的碧水青山

次日早晨，游轮拐进切入内陆的盖朗厄尔峡湾。

盖朗厄尔峡湾又是挪威峡湾中最为美丽神秘的峡湾，全长16公里，两岸群山耸立，瀑布飞泻，"新郎的面纱""七姐妹"等众多著名瀑布名扬天下。

该峡湾是挪威最受欢迎的旅游地之一，2005年与纳柔依峡湾一起被联合国教科文组织列为世界遗产。峡湾的源头坐落着小村庄盖朗厄尔和"七姐妹"瀑布。

在北欧神话中，峡湾是由山妖或者其他巨人修建的，如果不是亲眼所见，很难想象出这一幅幅由冰川、瀑布、悬崖和山峰所勾勒出的美丽画卷。大自然的鬼斧神工让人惊叹之余，不免深深陶醉其中。峡湾，其实就是海水深入大陆和山脉形成的峡谷。

我忘记了此时游轮停靠的这座小城的名字，却记得生日那天，在此小城相遇的与我同岁的教堂。轻声祝福你：Happy birthday（生日快乐）！

此时，船上广播响起："让我们向这位在北极圈里单帆挑战北冰洋，并已航行了10多天的英国小伙鼓掌喝彩！"

山妖持花迎客

游轮停泊在美丽的罗弗敦群岛的斯沃尔韦尔（Svolvær），阴雨绵绵，乌云盖顶下的山峦、田园、木屋、鲜花、草地竟有一种朦胧的幽深宁静之美。家家户户花园里各种鲜花竞相绽放。漫山遍野不知名的野花在蒙蒙细雨中款款摇曳。罗弗敦群岛修缮了古老的渔民小屋，将其改造为现代化的旅舍，广受游客青睐。有的住宅造型像要迎风扬帆，也准备远航吗？我看到鸟妈妈把巢筑在了它喜爱的一户人家的大门口。鸟语花香里，小鸟们在此茁壮成长！

　　匆匆一瞥罗弗敦群岛，我们，还会再相见！

　　沿着海岸北上，云低海静。明媚阳光下，又见地球仪！

　　此时船笛大鸣，船，离开了北极圈。

艾于兰峡湾是松恩峡湾最美的分支

看世界最美峡湾

看过了挪威四大著名峡湾之哈当厄尔峡湾、盖朗厄尔峡湾和吕瑟峡湾，又怎能少了四大峡湾之首、最美的松恩峡湾呢？

松恩峡湾是世界上最长、最深的峡湾，全长204公里，深度达1308米，又被挪威人称作世界最美峡湾。

艾于兰峡湾（Aurlandsfjord）是松恩峡湾最美的分支，而弗洛姆（Flam）则位于艾于兰峡湾的尽头，是风景秀美旖旎的小镇，虽然这座小镇的人口只有400多人，但每年的夏天来自世界各地的游客可是多达50多万人！弗洛姆小镇因为是弗洛姆铁路的起点且同时是松恩峡湾的终点而闻名遐迩。

我们的运气不错，今夜入住小镇的红色小木屋，小酒店位置极佳，正对着峡湾。不用出门，便可倚窗看景，甚至可以在窗台跟大游轮上的游客说声"Hi（你好）"。

岸边的小船，岸上的木屋，远处烟雾缭绕的青山，恍若梦中的"世外桃源"。时光，请把我定格在这里吧！

白天的弗洛姆小镇游客熙熙攘攘，很是热闹。傍晚时分，少了游客的喧闹，景色平添了几分宁静，却越发迷人了。山峦、树木、木屋倒影在平如明镜的海面。

乘坐早班船离开弗洛姆，我们心头大喜，原因之一是难得的晴朗天气，不容易啊，之二是船上游客寥寥，避开了人山人海，避开了拍照和看景都恨不得要争、要排队的乱哄哄现象，还可跟船长合影并共享美景，实在是自在多了。

纳勒尔峡湾（Naroyfjord）和艾于兰峡湾是松恩峡湾两个最著名的海湾，相汇后构成最具魅力的自然风光。

五颜六色的小屋依山傍水，掩映在浓绿的树丛中；船儿停泊在僻静、湛蓝、幽深的港湾。俊美的山峰、秀丽的田园和迷人的海湾，像被收纳在一幅画中。

我们下船，游客大部队即将登船。

岛上种满了奇花异草和棕榈树

花岛——仙境落人间

花岛（Flor&Fjære），也称伊甸园，是挪威斯塔万格10公里外海湾中的一座小岛，岛上种满了奇花异草和棕榈树，花开季节鸟语花香、鲜花盛开、明艳动人。

坐花船、去花岛，如果说童话里都是骗人的，那么挪威的花岛能让你再次相信童话。

岛主人的美国儿媳妇向讲英语的游客们娓娓细说着花岛的历史与特色。儿子则负责接待其他语言的游客。

鲜花满园满坡

最初是岛主人买下这座小岛并建了间小的度假屋，有一阵子因为养病所以经常在岛上居住，侍弄些花花草草。病好了之后干脆辞职，全心全意地投入扩建花园中，然后儿子、孙子皆上阵，齐心协力建花园。

在这样一个北纬59度的岛屿上，照例唯有矮小灌木才能存活的恶劣环境中，却能长出如此规模的棕榈树、柠檬树，还有这满岛的奇花异草，那是何等奇迹！

花岛第一年对外营业在20世纪80年代末，接待了600名客人。第二年就翻了10倍多，增加到7000人。现在每个营业期（5—10月）都要接待好几万人。而现在花园的规模也是最初的10倍了。

我听明白了，这不就是一个挪威版愚公移"岛"的故事吗！这里的一切都是两个小"愚公"当年跟着老"愚公"大干苦干的记录。

有朋自远方来，白天鹅夫妇游过来亲切迎宾，忙得不亦乐乎。

来到花岛，总是要品尝岛上主人自酿的花酒，还有大厨们用岛上自种自摘的新鲜果蔬烹煮的美食。

鲜花满园满坡，美如织锦的碧海蓝天，犹如一幅浓妆淡抹总相宜的山水画卷，在我眼前静静浮现。

花岛，秀竹繁茂，溪水缠绵，花枝招展、花团锦簇，更像是一首诗、一首歌，一幅美不胜收、摇曳生姿的长轴画卷。

花岛上乔木丛生、花意盎然。天空和湖水一色，朵朵白云在空中飘过，也在湖底留下清澈的倒影，缓缓移动。

我在花径小道上行走，感受着几分幽静、几分浪漫。鲜花、大海、夕阳、空气、小溪、竹林，花岛犹如一滴折射着光芒的露珠、一片灿烂的朝霞，宛如仙境落凡间！

犹如一幅浓妆淡抹总相宜的山水画卷

看花开花落，云卷云舒，水波流转，四季变换

挪威"愚公"用心、用情、用精细、用汗水，酿出了玫瑰般甘醇、清香、至美的花岛好酒！

看花开花落，云卷云舒，水波流转，四季变换。

原来，幸福就是这么简单！

再见了，花岛！

南美篇

徒步队友与向导、厨师和挑夫们的合影

徒步印加古道，在秘鲁寻找失落的天空之城——马丘比丘

套用一句网络流行语："生活不止眼前的苟且，还有诗和远方。"再次行走在路上，远方到底在哪里？

此番我们要不辞辛苦地长途跋涉4天3夜，沿着著名的印加古道（Inca Trail），徒步走到坐落在高山之巅、曾经失落数百年的马丘比丘。那里，正是我的诗和远方！

机长送上吉祥祝福，良好的开端

乘坐南美洲最大的拉丁航空公司的飞机从秘鲁首都利马飞往印加古城库

斯科，碰巧和此航班的机长一起排队如厕，等候稍久，机长有些无聊，问我："来过秘鲁吗？"我回答："第一次。"问："来过南美吗？"答："多次。"问："去过的世界最远的地方？"答："南北极。"问："我猜，你至少到过50个国家？"答："70多个国家。"问："这次去马丘比丘？"答："嗯，4天3夜徒步登顶马丘比丘。"

待我关上如厕门，笑靥如花的空姐迎上前来告诉我，拉丁航空公司最年轻的机长想邀请我合影留念。哇，好意外哦！

空姐送我进机舱并为我和机长合影，我受宠若惊，摇头笑道我可不是什么好莱坞明星名人，机长说，More than that, a lady with stories！（大意是比那些更有意思，一个有故事的女士），并预祝我徒步登顶马丘比丘圆满成功。

与南美洲拉丁航空公司最年轻的机长合影留念

机长的吉祥祝福把我的思绪带回一年前此行的计划和筹备。记得当时定下徒步印加古道的目标后便恶补相关知识：印加古道途经秘鲁、哥伦比亚、厄瓜多尔、智利、阿根廷和玻利维亚6个南美国家，全长约3万公里，其中7000公里路段上有古迹遗址。这条古道是印加帝国在1438—1532年沿着安第斯山脉修建的山路。进入21世纪，在秘鲁政府的牵头下，古道沿线的6个国家共同进行世界遗产申报项目，最终使得该古道被列入世界人类遗产。

根据已走过印加古道朋友的经验，我提前一年与库斯科当地最有名的羊驼旅行社频繁联系，确保能拿到今年的徒步许可证。

印加古道的终点是马丘比丘，从2002年起为了保护印加古道，旅游旺季时，秘鲁政府每天发放给登山者的进山执照只有500张，其中有300张还是算在向导和挑夫的人头上，因此每天有幸进山的真正登山者只有200名。

重走当年印加帝国的古步道，这也是全世界徒步爱好者无比向往的世界顶级徒步线路，而秘鲁政府每天只准200人进山的限制无形中又成了一个重大诱惑，让我们对这个全世界最珍贵的奇观和最失落的印加文明更加憧憬和期盼。

为了美丽风景，为了美好情怀，徒步4天3夜，"不累不苦""挑战自我"，这样的决心竟然出自这群年龄50—65岁，已然不算年轻的12个人。现如今，这12位志同道合的登山老友终将梦想照进现实！

难过第一关：高原反应

库斯科是古印加帝国的首都，这个古印加文明的中心保留了南美洲神秘文明的遗迹，在2013年被联合国列为世界文化和自然遗产。库斯科也正是我们这次徒步马丘比丘的大本营。

我们需在此向当地的羊驼旅行社付清余款，而羊驼旅行社则派带领我们徒步的两位向导来旅馆为队员们开小会，讲解徒步印加古道的注意事项，并为我们登记、填表，查护照验明身份，以及租用睡袋、床垫和检查我们的登山用具等。

看着眼前两位向导的一丝不苟，可以想象秘鲁政府对徒步印加古道的严格规范，对游客身份检查的高标准、严要求，各项明细必须完全符合规定。

预备会议结束，我们的范队长过来悄悄告诉我，有两位队友高原反应严重，其中一位更是上吐下泻，估计会取消明天的徒步。我心中一愣，徒步尚未开拔，战友已经"挂彩"？徒步马丘比丘这一仗，何其艰难啊！

一行 12 人

库斯科位于秘鲁的东南方，被安第斯山脉环绕，这里海拔3400米左右，类似中国西藏的拉萨，是典型的"高原之城"。

高原反应也是我的软肋，几年前去西藏时的"悲惨遭遇"犹记在心，在海拔5200多米珠峰大本营度过的那一夜更是刻骨铭心。第二次在南美洲玻利维亚海拔4900米的高原反应虽没有珠峰大本营的那次厉害，但也是要死要活地折腾，回忆起来皆是后怕。

鉴于自己两次高原反应的痛苦经历，我在行前跟队友们反复强调，要准备充分，让每人带上医生配的抗高原反应的处方药，又带领队伍提前两天来库斯科适应环境，并喝了当地人用可可叶子泡的水，据说此水也可减轻高原反应。

大家带来的方便面、话梅糖和其他密封的塑料包装，在这里都无以复加地膨胀到了极限。挤防晒霜时吓了我一跳，防晒霜竟似拧开的水龙头一样汩汩外溢。

随队小杨医生不无担忧地说，大家可以想象下自己的五脏六腑甚至是脑内组织现在正在经历着怎样的挤压和挤推。是啊，在这里的每个人都在经历着高原反应，轻的会头痛胃胀，重的则上吐下泻，更严重的甚至会导致生命危险。我则将高原反应想象成了凶神恶煞的老妖怪！

出师未捷身先"伤"，第二天凌晨4点出发，12个人的队伍只剩10人，高原反应让徒步队伍损兵折将。4天3夜的徒步中还有几个海拔4000多米的"堡垒"要攻克，黑暗里，我唯有默默祈祷，顺利登顶马丘比丘。

唉，这个"死女人峰"哪！

我们开始徒步的这个4天3夜共计43公里的印加古道，沿途高山连绵，自然风光秀美，古老的文明随处可见，它一直是世界上最神秘的地方之一。而我们的终极目标——世界新七大奇迹之一的马丘比丘就隐藏在遥远的安第斯山巅，怪不得这段路程已成为全世界徒步者的心头之爱！

虽然沿途风光无限，但自然条件还是非常艰苦的，因为这条道路将穿过安第斯山脉的丛林，沿路少有人家和商铺客店。因此所有进山的团队都必须配备挑夫、厨师和向导，沿路有几个露营点，晚上只能搭帐篷露营。疲惫之余还要忍耐连续4天不能洗澡的痛苦。

第一天徒步14公里，向导告诉我们，今天的路程长度和攀登难度都不如第二天，海拔亦较低，就算是热身。

队伍里我一直是走得最慢并垫底的那位。因为在高海拔环境里生活历来是我不能适应的，更别提高海拔徒步了。我已经与队友们拉开了一大段距离，可是怎么觉得这山路越行越陡峭，人越走越慢呢？真担心明天是否能应付那海拔4200多米山头的挑战。

傍晚时分抵达露营地，惊艳于搭在高山之巅、云雾之上的露营帐篷，惊喜于我们的20个挑夫列队鼓掌热烈欢迎我们，惊讶于我们的随队大厨在简陋的帐篷里整出一桌的美味佳肴，这满身的疲惫顿时一扫而光！

终于到了"恐怖"的第二天，除了徒步16公里外，还要攀爬两座海拔均在4000米以上的高山，最高的就是著名的"死女人峰"。

凌晨5点出发，我们戴着头灯行走在黑漆漆的山路上。我仍是垫底，吃力地爬着山，觉得仿佛就只有我自己在这安第斯山脉中行走。周围一片寂静，只能听见自己的喘息声和窸窸窣窣的脚步声。

队友华停下脚步，黑暗里摸包搜身找眼镜，然后特别沮丧地跟向导说，没找到，一定是把眼镜忘在帐篷里了。算一下已经离开营地走了快一个小时，此时向导也爱莫能助。

不知何时天已大亮，另一位队友玲突然发现，华遗失的眼镜正好端端地架在她鼻子的正上方，镜片上闪烁着初升太阳的熠熠光芒。华扶了扶眼镜嘿嘿一笑："也是哦，倘若没有眼镜，我怎么会在这黑夜里如此麻利地上山下山呢？""就是嘛。"我和玲异口同声，脚步一下子轻快了起来。

挑夫们这时候开始出现在山路上。他们长得黝黑瘦小，可是走起路来简直脚下生风，背着几十公斤的东西也照样身手敏捷。我们向挑夫们致敬！

爬、爬、爬，向上、再向上！爬着层层叠叠的石台阶，一眼望不到尽头。

汗流浃背地又爬了一个多小时，脚步越来越慢，喘气和歇息越来越频繁。我不停地向在最后压阵的副向导马赛罗要求"歇一会儿"。看路标，海拔又上升了1000多米，快到海拔4000米了。马赛罗为了鼓励我不自暴自弃，又抛出了他的经典说法："Almost there（快到了）！"

我擦把汗，抬头看向远方。马赛罗指着前面隐约可见的一座山峰说，是它，那座"死女人峰"！这就是今天我们要挑战的最高峰，海拔4200多米。

马赛罗接着狡黠一笑，让我猜猜那座"死女人峰"的形状。我装傻，让他自己说。马赛罗开始不好意思起来，扭捏着说，这"死女人峰"因为山峰形状类似女人的乳房而得名。

此刻，沐浴着初升太阳的金色光芒，"死女人峰"昂然挺立，就像少妇那丰满柔软的乳房。我趁机调侃打趣了一番年轻小伙儿马赛罗。

不知又埋头走了多久，歇了多少回，隐约听到前方有人在呼唤，我抬头一看，原来是范队长和几个队友正等候在山口替我打气呢！

中午时分，就在我自己即将变成"死女人"的时候，终于登上了这座4200多米的"死女人峰"。

据马赛罗说，很多挑夫到此最高峰时都筋疲力尽，再无心情风花雪月，满身的疲惫和怨气皆撒向了眼前这座"死女人峰"。

著名的"死女人峰"

山路崎岖，挑夫兄弟们艰难求生存

第三天是比较舒服的攀登行程，不是平地就是下山，因此即使一整天细雨蒙蒙，我也放松身心，边走边尽情享受一路上令人目不暇接的美丽风景。

印加人开辟的这条古道蜿蜒曲折，我们全程在安第斯山脉间上上下下。这一刻我正走在汹涌澎湃的乌鲁班巴河畔，下一刻已经可以眺望峰顶积雪的比尔卡班巴山脉；清晨我还站在山口的古驿站眺望山间的湖水和水墨画一般的芦苇丛，傍晚却又在穿过一条岩石间的印加隧道之后进入了不可思议的雾林，被雾林所特有的参天大树和各种形态的兰花围绕……

沿途迷人风景

　　羊驼旅行社为我们10人的队伍配备了正副2名向导、2名厨师和18名挑夫，共计22人。

　　挑夫们工作量极大，从早到晚都忙个不停。他们天不亮就要起床，帮助厨师准备早饭，然后轻敲帐篷喊我们起床，并端来新泡的古柯茶，打好一盆热水放在帐篷外面供我们洗漱。我们吃完早饭便可以轻松上路了，他们却还要洗碗、收拾帐篷床垫、整理各种物资和设备。

凌晨4点，挑夫们又开始了工作，地面上分门别类地堆积起各种包袋，训练有素的他们在一通忙乱之后把包袋收囊，然后又要每人背着几十公斤的东西匆匆赶路超越我们，赶往下一个营地扎营和准备餐饮。

晚上我们躺在帐篷里，因为吃得太饱打着饱嗝而睡不着的时候，往往还能听见挑夫们在洗刷碗碟的声音。

山路崎岖十八弯，挑夫们有些个子比我还要矮上一截，背负上巨大包袋之后几乎一路无从直腰，虽然脚步飞快，但每天重复的苦力，那声声喘息听得让人完全不忍。山路凶险，挑夫兄弟们生活艰辛。

今晚是"最后的晚餐"，烤羊驼肉、炒饭、沙拉、汤等摆满了一桌，晚餐的卖相极为精美，大家感叹了半天。当我们以为晚餐就要结束的时候，厨师又像变戏法似的端出了一个大蛋糕来预祝我们成功登顶马丘比丘。我们的队友小赞赞钻进临时厨房里实地考察后汇报，真的是厨师在如此简陋的帐篷里亲手烘焙的新鲜蛋糕。我们的幸福感直逼在米其林三星餐厅用餐了。

今晚，对我们的厨师和挑夫来讲，是最为关键的一个晚上，因为这是发小费的晚上，也是他们期盼的时刻。他们在今晚午夜为我们做好早餐后，就会摸黑下山赶清晨的火车返回库斯科，开始他们又一轮的辛苦工作。可以这么说，挑夫和厨师的快乐与否，与我们直接相关。

在小费问题上，我宁愿得罪对此有些不太理解的个别队友，也坚决维护挑夫们的利益，绝不能让挑夫们饱受体力折磨之后再受到我们的吝啬打击。也因此，我们给20名厨师和挑夫的小费比旅行社定的最高标准还要超出许多。而2名向导对于我们的大方出手也是心满意足。

我跟队友们说，咱们每人多出些钱并无大碍，想象下挑夫们回家后餐桌上为孩子们多添的一盘好菜、新买的一件衣服，心里怎能不暖融融的呢？

马丘比丘之绝景，叹不枉此行

凌晨3点多用完早餐后，我们在黑暗中和挑夫们依依不舍地告别，然后摸黑启程，再徒步2小时，为的是赶在6点之前到达太阳门看马丘比丘日出。

黎明前必须赶到山顶上的太阳门，几天的艰苦和折磨在快到太阳门的最后100多米几乎垂直的爬升中达到顶点，我拼尽全力，手脚并用，几乎是鼻子贴着石阶地攀爬了上去。

这趟徒步之行的高潮突然展现在我们眼前：脚边万丈悬崖下，乌鲁班巴河谷的云雾缭绕中，日出前的马丘比丘从迷雾中慢慢呈现出来，整个遗址的宏伟景色，像一幅迷人的山水画卷，在晨曦中徐徐展开……

迷雾中的马丘比丘

徒步4天3夜，千辛万苦穿越崇山峻岭、溪水雾林来到这里，眼前浩大的景色，让我们的内心受到了强烈冲击和震撼，也让我们真正明白为什么马丘比丘在几百年间都无人涉足，因为它的城址太过隐蔽险峻，四周景象又太过神秘，高山之巅云雾缭绕，人迹罕至，几百年间又被覆盖在浓密的丛林之下，实在不是那么容易被发现的。而更让我们无法理解的是古印加人究竟是如何修建了这样一座布局合理、功能齐全的伟大的石头城。

不过也正因如此，马丘比丘城中的一切至今仍保留着当初的模样，城里的神殿、祭坛、城墙、王宫、民宅、街道、水道、墓室、作坊、广场等。四海之大，天地之宽，竟有这样一处场所，固执而沉默地留住了历史的秘密。

为自己加油鼓劲，我又跟随着队友们爬上了马丘比丘的最高峰——陡峭险峻的华纳比丘（Huayna Picchu），从这里可以俯瞰马丘比丘全貌。远观马丘比丘，它像一只安第斯神鹫雄踞于高山之巅，为群山环绕，被云雾笼罩，一双翅膀覆盖在两端险峻的狭窄山脊上，俯视着谷底水流湍急的乌鲁班巴河……

马丘比丘全貌

1911年，历史学家海勒姆·宾厄姆（Hiram Bingham）来到秘鲁探险，他原意是寻找历史中记载的另一个谜——比尔卡班巴（Vilcabamba），那是印加失陷于西班牙军队的最后据点，但他请当地的盖丘亚（Quechua）人做向导时，竟然发现了马丘比丘，这座宏伟的山城由此开始被世人认识。1983年，马丘比丘被联合国教科文组织列为世界文化和自然遗产。2007年，被评为世界新七大奇迹之一。

　　震撼于马丘比丘，欢喜于小别重逢，我们10名徒步队友与坐车上来的另外6名队友在马丘比丘之巅胜利会师。

　　美丽的神话、历史的声音、遥远的征程、重逢的喜悦，皆留在马丘比丘此刻的定格中！

全车人合影

玻利维亚"天空之镜",一生必看

记得自己第一次在《国家地理》杂志上看到玻利维亚乌尤尼盐沼的照片时,不禁怀疑这些图片的真实性,世上真有这样一面"镜子"?

百闻不如一见,天生体内流淌着旅游血液的母女俩,此番老妈打头阵,女儿尚在纠结该利用哪个假期时,老妈已经动作神速地制订好计划并购买了去智利的机票,准备从智利北部的圣佩德罗-德阿塔卡马小镇(San Pedro de Atacama)进入玻利维亚,顺便游览本身也是旅游重点小城的圣佩德罗市。

世界上存在着很多不可思议的事情,当然也就存在着很多不可思议的美景,乌尤尼盐沼就是其中一个,就算我们已经到过南北两极,见识过冰天雪地的景色，也难以想象这个由盐构成的国度。母女俩出发，去一睹这传说中一生必看一次的"天空之镜"的真容。

一国穷游，200美元吃、住、行全包

圣佩德罗市的一条街上布满了大大小小几十家家庭作坊型的小旅行社，我们走了几家"踩点"，价格大同小异，只是没想到，玻利维亚的4天3夜全包游（包吃、住、行），每家旅行社均不超过200美元，我惊讶得下巴差点掉了下来。已经游历过70多个国家，还真的没遇到过如此便宜的一国旅游，我不敢相信，多问几遍，还是同样的回答。

挑了一位比较合眼缘、英文不太好但一直满脸笑容、勤快吆喝的憨厚大叔，就跟着他家的旅游队伍吧。

听不太懂憨厚大叔跟我们沟通时夹杂着西班牙语的英文，但靠着女儿的夹着英文的西班牙语倒也基本上能沟通，唯一让我困惑的是憨厚大叔反复强调，每个人要在智利这边先购买几卷卫生纸和几桶水，再进入玻利维亚。

这回我是真的怀疑自己听错了，走南闯北，非洲都去过两回，还真没有任何一个国家会要求游客扛着几大桶水、夹着几卷卫生纸入境的，母女俩啼笑皆非，感觉这做法"好奇葩"。再次确认，憨厚大叔一脸无辜，憨憨地笑着说，那边情况就是如此嘛。

按照预定时间，憨厚大叔第二天一早把我们送到智利进入玻利维亚的边界，入境前，憨厚大叔招呼大家用早餐，游客们大都是年轻的背包客，只见个个与我们一样，手提两桶水，怀揣卫生纸，大家心领神会，心照不宣地在智利这边狠狠地吃了一顿并不丰盛的早餐，进入玻利维亚后不知会有什么样的苦头在等着我们呢。

之后玻利维亚司机把大家的行李绑上了车顶，越野吉普载着我们飞土扬

尘，上摇下颠，沿着根本没有路的山路，全凭司机熟练的越野驾驶经验穿越沙漠，驶向远方。

上帝打翻的调色盘：白湖、绿湖、红湖

我们到达的第一站是白湖（Laguna Blanca），此湖因在阳光照射下湖水呈白色而得名，水平如镜时它又能像镜子般显现远山的倒影。

司机并没有让大家在白湖久留，拍照留影后就催促着我们上了路。

就在我微微感觉有些头疼时，越野车停在了一大片浅绿色的湖水边，这就是大名鼎鼎的绿湖（Laguna Verde）。

放眼望去，微风拂过湖面，除了泛起阵阵涟漪外，也改变了湖面的色彩，此时绿湖呈现在我们眼前就像一颗青翠的绿宝石。

白湖因在阳光照射下湖水呈白色而得名

绿湖呈现在我们眼前就像一颗青翠的绿宝石

沿湖走了不远，风似乎紧了些，过会儿再看，当风再次吹拂过湖面，湖水又像是天上的仙女不小心掉下的墨绿手镯，美不胜收。

司机告诉我们，绿湖是个位于海拔4300米处的高原盐湖，面积1.7平方公里，横亘在利坎卡武尔（Licancabur）火山脚下，湖水因为富含镁、碳酸钙、铅和砷等矿物质而呈现出绿宝石般的颜色。我摸摸仍在隐隐作痛的额头，呼吸也有些发紧，怪不得，原来已经到了海拔4300米了。

越野车继续往上爬，感觉越发胸闷气短，司机抓了一把枯黄的叶子，让我赶紧放到嘴里像嚼口香糖一样嚼，说这种被称为可可叶的枯叶子是当地人用来抗高原反应的良药。

我使劲地嚼着可可叶，不停地做着腹式深呼吸，只是，脑袋愈来愈痛，还有些晕，肠胃也开始不听使唤，一阵一阵地往上翻，就在我快要扛不住的时候，车子戛然而停，呈现在我们眼前的是一片红白相间、如梦如幻的浅粉色咸水湖，更令人惊叹的是红色湖面上那些亭亭玉立、悠然徒步的粉红色火烈鸟！

此处风景实在太美了，激动得我把什么高原反应、头疼脑涨一股脑抛在了脑后。

原来，我们已经来到了美国CNN赞叹为大自然所缔造的尤物、世界上为数不多美如仙境的水域——红湖（Laguna Colorada）。

红湖是世界上难得一见的红色湖泊，总面积达1.5万英亩（约合6000公顷），湖深却只有不到1米。它是一片高原盐水湖泊，湖底茂盛的红藻赋予了红湖世间最为华丽的红色。再加上湖水中富含纳、镁及硼砂、石膏等物质，整个湖面看起来就像染上了一片绚丽夺目的鲜艳红彩。

此刻，在蓝天的衬托下，天空中云朵的形状也在红色的湖中呈现。而随着光线和视角的变化，色彩突变，红色的湖泊深处，竟然神秘莫测地呈现出赤、橙、黄、绿、青、蓝、紫的色调，我们这些人被惊艳住，竟也是看呆了……

红色湖面上亭亭玉立、悠然徒步的粉红色火烈鸟

红湖整个湖面看起来就像染上了一片绚丽夺目的鲜艳红彩

这或许真的就是上帝打翻的调色盘吧！

红湖，火烈鸟、野生动物的家园

如果说红湖孕育着玻利维亚的火烈鸟，那么，火烈鸟火焰般的红色也点缀着红湖的景色。我不禁想象，火烈鸟火红的毛色是不是在红湖水的浸润下染成的呢？哈哈！

上千只粉红色的火烈鸟栖息于红湖。湖中生长着的丰富的藻类和浮游生物为火烈鸟提供了富足的食物，所以它们停留在这里，繁衍生息。

除了火烈鸟外，还有50多种鸟类在这里安家。红湖的火烈鸟有3个品种：詹姆斯火烈鸟（秘鲁红鹳）、安第斯火烈鸟（安第斯红鹳）和智利火烈鸟，它们拥有独特的粉红色羽毛，来源于湖中含有类胡萝卜素的虾和蟹。其中詹姆斯火烈鸟是濒危保护动物，也是玻利维亚红湖中数量最多的火烈鸟品种。1971年，红湖被列入《拉姆萨尔公约》，因此这里的环境和动物也得到了很好的保护。

詹姆斯火烈鸟

游客们"长枪短炮",一片咔嚓声,然而火烈鸟却对镜头表现得漠不关心,只是悠然自得地踱步于红湖的滨岸上觅食。突然,另一批火烈鸟从湖中心腾空跃起,展翅飞翔,翩翩飞舞。蔚蓝晴空下,红色湖泊映衬着火烈鸟泛红的身影,构成了一幅大自然的美丽画卷。

火烈鸟展翅飞翔

红湖除了栖息着珍稀的火烈鸟群外,还生活着羊驼。这时,一群羊驼沿着红湖朝我们晃晃悠悠地走过来,近距离接触这些近年来名声大噪的"萌物"羊驼,甚是有趣。几乎每只羊驼头上都用彩色线绳装饰着,显得越发可爱而通人性。

沿路还看到成群的受保护的野生动物小羊驼(Vicuña),它们自由自在地生活在玻利维亚的大地上。在这片无人打扰的土地上,成群的野生动物静悄悄地生长,享受着大自然的恩赐。

受保护的野生动物小羊驼

　　返程途中经过坐落于公路旁边的温泉 Termas de Polques，这是世界上海拔最高的地热温泉，司机特意在此停留，说是给我们这批刚刚经历艰苦山路旅行的人们一个驱赶疲劳的机会，说完自己率先跳进了热气腾腾的水中。

　　我们母女俩不敢尝试，就看一眼泡温泉的人们吧。他们身在广袤的沙漠之中，目之所及尽是荒凉的景色，却又可以舒舒服服地泡个温泉，欣赏广阔自然风光的同时尽情享受温泉抚慰着身体的每一处肌肤，一扫旅途的疲倦。

　　当晚我们入住了6人一间的小旅舍，20多人共用两个卫生间，半夜里摸黑上卫生间要咳嗽或者哼哼几声，发出些许声音，因为卫生间时不时就被人占用着。

　　此处海拔4800米，夜间高原反应严重，我的头疼得像要撕裂一样，一夜无眠。只怪自己旅游攻略做得不够，忽略了玻利维亚景点最低海拔3500米、最高海拔5000米的事实，竟然没带任何药物，没采取任何保护措施，直愣愣地冲了上去。这里连氧气也无处可买，实在受不了的时候，当地导游拿出一罐吸不到一点氧气的小罐子，勉强吸了一口，权当安慰剂。

回想前几年去西藏，在海拔3500米时就开始吸氧，到海拔5200多米的珠峰大本营时紧抱着大钢瓶氧气就没松过手。现在就是自作自受，剧烈的高原反应导致我第一夜无眠，第二天在路上脸色苍白、嘴唇乌紫、头痛欲裂、全身发麻。对抗严重的高原反应，旅途中更需要坚强的毅力和吃苦受累的精神！

玻利维亚最美丽的景致，传说中的"天空之镜"

第二天晚上下到海拔3700米，我的高原反应减轻，身体慢慢复原。已经两天因高原反应严重而放弃用餐，今夜竟有些饥肠辘辘，并可以细细品尝晚餐了。哇，牛肉、香肠、蔬菜、水果、糕点一样不缺，没有想象的那么艰苦呢。

还有好消息，先是入住了著名的盐旅馆，2人一间。这家大名鼎鼎的盐旅馆的墙壁和柱子都是由盐块垒成，再用水黏合在一起的。每到下雨时节，盐块还会因为雨水变得更加坚固。在旅馆的地上还铺着厚厚的一层盐，踩上去柔软舒适。此外，旅馆的大部分家具也是盐做的，包括床、桌椅和台球桌等。

待我们进入房间，看见那些用盐做成的墙壁、家具，无法抑制住自己舔一下的冲动，真的凑到墙壁上舔了舔，然后吐了吐舌头，真是又咸又苦。临睡前，司机过来告诉大家，外面在下雨，而天气预报报道说第二天晴天，祝你们好运。

夜里睡觉时，天空下着雨，我担心极了，如果雨水太多，明天就进不了"天空之镜"。而要看"天空之镜"，地面又必须要有积水才能形成镜面，想看到蓝天白云，地面又有积水的"天空之镜"真不容易啊，必须得天时、地利、人和。

乌尤尼盐沼是大约4万年前的巨大湖泊干涸后形成的，只有在雨季，乌尤尼盐沼因大面积的平坦地势而容易积攒雨水且雨水不会随意流动，从而形成特殊的盐沼水层，使大地就像天空的倒影般倩美无比，所以才有享誉世界的"天空之镜"美誉。它是世界上最大的盐沼。然而雨季只有3个月左右，其余旱季月份的时候则是一片干旱龟裂的盐沼旱地。

第二天凌晨4点醒来，已是满天繁星，4点半准时出发，太阳正从盐湖地平线上冉冉升起。

当越野车接近乌尤尼盐沼的时候，奇迹出现了。远方忽如海市蜃楼，雨后的湖面像镜子一样，反射着蓝色的天空、纯净的白云，湛蓝的天与一望无际的洁白盐粒在天边交汇，眼前亮晶晶闪动的不是冰，而是盐。

亮晶晶闪动的不是冰，而是盐

我们停车,漫步于盐原之上。盐沼上留有雨水,更显空明澄清,蓝天白云被完美地映照于盐沼之中,放眼望去,乌尤尼盐湖周围空旷一片,湖水平面与地平线连成一片,天与地相依相偎。

越野车又驶向湖泊深处,映入眼帘的,只有头顶蔚蓝的天空与脚下雪白的盐地,既能低头俯视自己的倒影,又能昂首仰望天空的白云。远方纯白一色,四野寂静,恍若隔世。我们走在盐沼之上,犹如走进了某位超现实主义画家的画作之中,如梦似幻的景象,美得妙不可言。

沉醉于如此纯白、透明的世界之中,我也仿佛进入了镜子中,未知颠倒,不知所云,想想,这大约就是天堂吧?

同车的年轻人已经在镜子里欢呼、奔跑、跳跃。来自西班牙的小伙儿拉着我去参加团体凹造型。豁出去了,忘却自己的年龄,跟着年轻人一起尽情地享受、尽情地释放吧!

忘却自己的年龄,跟着年轻人尽情享受

母女合影

团体凹造型

此时，蓝天、白云、我们、车辆都毫无差异地倒映于盐沼平面之上，栩栩如生，真的无愧于镜子之称。盐晶剔透，熠熠生辉，而且还是一面水晶之镜。天地相融，分不出哪里是现实的世界，哪里是天空的倒影。

奔跑吧，一群幸运之人！我们赶上了昨夜大雨和今日晴天，蓝天、白云、无风，地面又有足够的积水，彻彻底底的天时、地利、人和。这群幸运之人奔跑在"天空之镜"上，犹如进入幻境、行走在云端之上。

最后，拉上我们的玻利维亚司机安东尼，再来个全车合影。4天3夜的行程顺利平安，谢谢你，安东尼！

回程中，看着几天前从智利带过来的剩下的大半桶水和半卷卫生纸，我和女儿再次相视一笑。199美元，4天3夜全包价开启的奇幻之旅，带我们来到仿佛是另一个星球的世界，在这片苍茫的大地上探索着一片又一片的未知景色，雪山、火山、沙漠、色彩斑斓的湖泊、"天空之镜"，多变的景色带给我们的是一场无与伦比的视觉盛宴。

199美元，超值穷游！

大合影

生命的真谛，在于永不止步

使出洪荒之力，徒步智利W线

久仰智利的百内国家公园大名，几年前我们第一次去是从阿根廷到智利的一日游，坐大巴车来回10多个小时，真是应了那句"天有不测风云"的老话。去时万里晴空，但刚进入智利境内，乌云就密密麻麻地飘了过来，接下来狂风暴雨了一整天。满满的一大车人，风里去、雨里回，什么也没瞧见。唉，不甘心哪，我们母女俩约定，还得回来，还要徒步百内国家公园！

为什么要徒步W线

我们先从智利首都圣地亚哥飞往蓬塔阿雷纳斯，傍晚到达，住一夜，精简行李，把大箱子留在酒店。

虽说精简，但还得带够5天所用的必需品，背着它们徒步，想想也发怵。第二天，我们起个大早，乘坐大巴车经纳塔莱斯港（Puerto Natales）用了5个多小时到达百内国家公园，开始了5天共计80多公里的徒步旅行。

说心里话，对于能否走完全程，我对自己没有任何信心，只是开弓没有回头箭，走吧！

百内国家公园虽被称作"公园"，其实就是巴塔哥尼亚的一片原始自然景区，被美国《国家地理》杂志列入"地球上最美的景色"前五名、"人一生中必须要去的50个景点"之一。

百内国家公园隐藏在安第斯山脉南端，位于巴塔哥尼亚地区中央，面积为18万公顷，崇山峻岭、广袤冰川、草甸湖泊点缀其间。这里可以满足任何一名旅行者对美景的各种幻想。它亦拥有世界顶级的野外徒步路线，是全球几乎所有徒步爱好者的徒步天堂。

群山中间屹立着三座山峰，那里便是百内国家公园名称的由来：Torres del Paine，Torres在西班牙语中的意思是"塔"，在这里引申为"峰"；"del"是西班牙语中的介词，相当于英文里的"of"，也相当于中文里的"的"；"Paine"不是西班牙语，而是巴塔哥尼亚地区原始部落的语言，意为"蓝色的"；所以Torres del Paine真实的意思是"蓝色的群峰"。

为什么是W线？这W徒步路线，其形更像是"山"字形路线，右边的一竖路线是从拉斯托雷斯酒店（Hotel Las Torres）到百内塔（Base de Las Torres），中间的一竖是从意大利山口（Italiano）进山走法国谷（French Valley），左边的一竖是从大百内旅舍（Paine Grande）上去到格雷冰川（Glaciar Grey）。

走完W线需4—5天时间。如果有10天时间，且体力充沛、信心坚定，还可以尝试一下O线大回环。

前进百内塔

我们今天先走W线右边的一竖：从入住的拉斯托雷斯酒店到百内塔，来回共计20多公里。

没有Wi-Fi（无线网络通信技术），没有邮件，没有电话，没有微信，没有朋友圈，80多公里的徒步就从这里正式开始。

我很喜欢公园入口处标志上的小鹅所言：Life is a long weekend！（人生就是一个长周末！）

沿着山路前进，从外面看，蓝色的群峰似乎相貌平庸，一旦深入，群山立刻焕发异彩。

随着山势起伏蜿蜒的山道，如茵的草甸，从下到上、从绿到红。冰川、雪山、草原、森林、溪流、丛林、石阵，感觉自己就是霍比特人，走在电影《指环王》（*The Lord of the Rings*）的情景中，也深深体会到百内国家公园为什么被称为徒步者的天堂。

在小溪边歇歇脚，喝口清凉的山泉水攒攒力气，再继续前行。途中还与马队擦肩而过，马儿们不容易，山腰上小旅馆和露营地的吃喝全靠它们拉上去。

比起崎岖起伏的山道，公园内天气瞬息万变，剧烈的妖风和多变的天气更加考验徒步者的毅力。刚刚还是艳阳高照，顷刻间大风呼啸，我们迎着风，一路飘飘摇摇，有几次差点被风吹倒，好在几分钟后，太阳公公又笑眯眯地出来打招呼了。

最后一段最艰难的石子石块路，难度系数陡涨，吃力啊！不过百内塔塔顶初现，快了！

一幅雄伟壮丽的画面展现在我的眼前：一汪碧绿的湖水延伸到垂直的岩

石峭壁下，峭壁上"长"出三座直立的石头山峰，几百米高，像擎天柱一般直刺天空，这就是传说中的百内塔。百内塔是百内国家公园最具标志性的景点，三座山峰如高耸的尖塔般直入云霄，被称作"三塔"。其中，位于中央的山峰最高，达3050米。山脚下的冰川湖带有绿松石的颜色，美丽无比。

百内塔，我们第一次从阿根廷到智利，坐车来回10多个小时，想一睹你的芳容，却是下了一天暴雨。我们风里去、雨里回，一路所见尽是一片白茫茫、灰蒙蒙。

今天，我们爬高山、穿密林、蹚溪流、过草地，再次前来瞻仰，你敞开胸怀，展露笑颜迎接我们！难道你就是要我们挑战自己的体能和意志，让我们一步步走向你、靠近你，让我们刻骨铭心、永生难忘吗？

只有身临其境，亲眼仰望，亲身体会，方能理解何为顶级，为何膜拜！

我和你，法国谷，冰川云海，如此近的距离

第二天，我们先要徒步至今夜的宿营地，共计16公里。

出门天气大变，狂风暴雨，十分恶劣，虽然路况不是太差，但是下了整整一天的大雨。女儿扛了大部分的行李，我则肩扛背包，虽只扛了行李的一小部分，一路上也是吭哧吭哧地跟随，感觉真的是用尽了洪荒之力啊！

一半路走下来，我们已浑身湿透，分不清是雨水还是汗水，累得快要趴下时，看到一路上擦肩而过、脚步轻盈的徒步旅行者，尤其是那些露营者，个个似肩背一座小山，一下子感觉自己的脚步又轻快了些。

露营者们很艰辛，扎在山谷里的小小帐篷已经经受了一天一夜的狂风暴雨，我心中好生佩服，向露营者们致敬！

狂风骤雨里，妖风又开始阵阵肆虐了，母女俩顺着山坡上的羊肠小道走时格外小心，有时甚至要趴在石头后面躲避狂风吹过。由于下了一整天的雨，

16公里用了10个小时才走完。

我们今晚入住的小旅舍是8人一间，共享厕所和淋浴（男女分开）。房间隔音效果很好，但晚上还是被某人的呼噜声吵得难以入睡。

第三天，走W线中间的一竖，从意大利山口进山入法国谷，来回20多公里，又要爬山登顶，艰难的一天！

昨晚餐桌上遇到的一个加拿大姑娘告诉我们，她昨天和伙伴们一起徒步法国谷，走到一半天空就飘起了鹅毛大雪，能见度为零，无奈只能下撤。她祝我们今天好运。

出门前天气预报报道说整天有雨，进山时我们迎着狂风暴雨，一路飘飘摇摇，举步维艰，难不成也会重复加拿大姑娘昨天的"不幸遭遇"？

两个小时走下来，太阳升起，大地回暖。这就是巴塔哥尼亚的天气，瞬息万变，时而阳光明媚，时而大雾弥漫，时而狂风呼啸，时而大雨倾盆。

穿梭于森林之间，向山谷深处迈进，身后精致的湖景逐渐远去，不断接近眼前的是山谷间沉寂万年的冰川。冰川山峰迎着阳光炫耀着嶙峋的脊梁，而山顶缭绕的烟雾又为它增添了几分温柔、几分神秘。

法国谷冰川位于百内国家公园三主峰间的险峻山谷中，它也许是全世界最有生命力的冰川了，冰舌口不像绝大多数冰川那样与湖水相连，而是蜿蜒盘绕在无数峭壁上。整座冰川无时无刻不在向下移动着，每隔十几分钟，有时只隔几分钟，就会发出一阵犹如雷鸣的隆隆巨响，随后某个冰舌口的碎冰便会像瀑布一样流下峭壁，坠入深涧。我们在来回的旅途中目睹了多次，只恨自己手脚慢，来不及记录这天赐良景。

又登顶了！登高望远，西边是巨型的冰川，东边是绵延的山峰，南边是碧蓝色的湖泊，法国谷，让我如何不爱你？明媚阳光下，云雾缭绕，慢慢罩住半边山峰，不知何时，天空又下起了冰雹，淅淅沥沥、飘飘洒洒……竟有些恍惚，仿佛灵魂出窍，在仙境里半醒半醉半飘忽。

登顶法国谷

　　我手忙脚乱地抢景，真的拍到了拨开云雾见"尖峰"，还是云雾氤氲、像仙境般的景象，哈哈，还有些小成就感。

在法国谷静静地坐着，享受片刻的寂静，实属难得。冰川断裂的声音时常回荡在山谷中，不禁让所有徒步者感慨大自然的力量。

在崎岖山脉与冰川大湖之间，顶着时速过百公里的狂风与毫无预兆的瓢泼大雨，挑战体力与毅力的极限，终守得云开，那种壮美之感，刻骨铭心！

我在山顶默默地看着前方的雪山好久，感激自己有机会目睹大自然的伟大。

有人说徒步旅行是心灵的朝圣，每当觉得身体已到达极限，总会遇到"救世主"般撼动人心的风景，便突然忘却疲惫，瞬间又充满力量。

三天走下来渐渐明白，其实肉体远比想象的坚强，真正脆弱的往往是我们的心灵。

壮志未酬 W 线，与格雷冰川失之交臂

早上起来，我一瞥到窗台上的那双鞋，腿肚子就不由自主地连续哆嗦了几下，膝盖也跟着抽搐起来。

第四天，走 W 线左边的一竖，从法国谷走到大百内旅舍，共计 8 公里，再行走 11 公里上去看格雷冰川。坏消息是，连续三天走下来后，我的双膝已无承重之力，昨夜多次疼醒，一夜无眠。还能走下去吗？

沿途一路五颜六色的野花、碧蓝的湖泊、翠绿的河谷，以及覆满白雪的山峰，竟也让我暂时忘却了膝盖的疼痛。

百内国家公园另一个最上镜的地点是百内角峰（Los Cuernos），因形状极像牛犄角而得名，无论日出还是日落时分都会看到神奇的光影变幻。女儿说那"牛犄角"像是块中间撒了糖的蛋糕，我则想，蛋糕顶上那块是布朗尼（Brownie）哦！

百内角峰，因形状极像牛特角而得名

每一段路，每一个转弯的拐角，都是令人目瞪口呆的景色。

令人目瞪口呆的景色

　　但此时的我，已经心有余、力有余，而膝不足了！右膝盖每走一步都是钻心的疼，只得将全身的力量都压到左腿和两根拐杖上。

　　精疲力竭，陷于绝境里最绝望的边缘，我一屁股坐在路边的野草丛中，赖在地上不肯再起，女儿哄着把我拽了起来。

右膝盖每走一步都是钻心的疼

女儿肩扛着绝大部分的行李，不断地鼓励我说再坚持坚持，距离营地只有15分钟的路程了。我深吸一口气，拖着伤腿又一瘸一拐地往前挪动，不自觉地咬紧牙关，在无数个15分钟过后，仿佛用尽了一生的力气，又走了8公里，待真的看到营地那一瞬间，又满血复活，一步一步地挪到了大百内旅舍。

徒步W线因腿伤到此结束，4天共徒步61公里，剩下11公里、来回共22公里的格雷冰川，我唯有听从自己膝盖的声音，留些遗憾了。自我安慰下，谁说遗憾不是一种残缺之美？好吧，虽然没有走完W线，但至少走了个大写的U吧！

和女儿在大百内旅舍短暂告别。从窗户看出去，女儿按原计划独自上路，继续前行，走向格雷冰川，完成W线共计80多公里的徒步路程。而我则留守山下旅舍休息养伤。

第五天早上10点母女会合。坐上载我们的小船、大巴，回家啦！

回程中翻看女儿拍摄的格雷冰川，这座冰川是百内国家公园最大的冰川，长约20公里，宽约7公里。它静静地矗立在格雷湖中，闪烁着梦幻般迷离的蓝。静谧幽蓝的格雷冰川仿佛是百内国家公园为完成W线的徒步者准备的奖品——徒步者在山谷中艰苦地穿行几天，来到这里时，他们所有的艰辛都得到了回报。我拍拍伤腿，笑着说："老兄，不争气哦。"

格雷冰川静静地矗立在格雷湖中

不敢想象这5天来，我们踏过草原，蹚过溪流，爬过高山，穿过榉树林，越过悬天桥，翻过陡峭冰川，历尽千辛万苦，终于苦尽甘来，彻底地领略到了百内国家公园千姿百态的美景。

照片难以表达，言语亦显拙劣。来吧，朋友，百内国家公园的美景在召唤你的到来！

生命的真谛，在于永不止步！

和摩艾合影

我和摩艾有个约会——游智利复活节岛

  NASA（美国国家航空航天局）的宇航员曾经从太空观察，发现智利复活节岛孤悬在浩瀚的太平洋上，就像一个小小的"肚脐"。而岛上的原住民也称自己的小岛是"世界的肚脐"。可是，与世隔绝的原住民们怎么会那么精确地知道小岛在地球上的位置呢？难道那时的原住民们也曾从高空俯瞰过自己的小岛？假如确实如此，那又是谁，用什么飞行器把他们带到高空的呢？是远古时代的"宇航员"告诉他们的吗？

  而这个太平洋上的"世界的肚脐"就是闻名世界的复活节岛，是南太平洋中的一个岛屿，位于智利以西。复活节岛是世界上最与世隔绝的岛屿之一，以数百尊神秘的巨型石像闻名于世，岛上有800座以上的巨石雕像，以及巨型石台遗迹。

1722年，荷兰人发现了位于智利外海的这座小岛，因为是在西方复活节的那一天发现并成功登陆这座岛，于是他们便用"复活节岛"命名了这座岛屿。神秘的摩艾石像就是科学家们和考古学家们一直想不透的谜题，到底这些巨大的石像是谁雕出来的？有什么用途？又是怎么搬运到这些地方的呢？

留宿经历，匪夷所思

带着一连串的疑问，我们母女俩先通过迈阿密转机至智利首都圣地亚哥，漫长的转机等待后，又从圣地亚哥飞抵复活节岛。

小岛小机场，每天仅一个航班：圣地亚哥—复活节岛来回，单程5小时，机票奇贵，相当于美国到智利的来回机票。

岛上旅馆紧俏得很，就算是条件设施一般的旅馆也很昂贵，我预订了一家价格稍微便宜点的小旅馆。来之前已经与旅馆老板马赛路确认过，他会举着写有我们俩名字的牌子来机场接我们。

但是，我们拖着疲惫的身躯，在机场转了好几圈也没见到接我们的马赛路和他应该高举的牌子。很快，最后一个客人也走了，剩下我们母女俩眼巴巴地四处张望。

又等了半小时，确认不会再有人来接我们后，我们打车直接去了旅馆。

小岛太小了，司机几个弯一转就来到了旅馆。旅馆大门紧闭，司机过去拍了半天门，终于有人走了出来。来者一路跌跌撞撞，满身的酒气，我当下明白，这个马赛路老板一定是喝高了，哪里还记得几日几点几分应该接机这档子事。

马老板好不容易睁开醉眼，打量了我们半天，却并不招呼我们入住。算起来，我们已经连续几十个小时在路上，真的是疲惫不堪。

司机帮我们把行李送到大门口，我们正要进去登记，马老板一声"慢着"，喷出来满口酒气，他指指司机问我们，他送你们来的？我说是呀，我们在机场一直等你等到空无一人，最后才雇了他送我们过来。

马老板嘿嘿一笑："这就对了嘛，他就是我派去接你们的。"对什么呀，明明是我们无奈之下自雇的司机并付了车费给他。我向正准备离开的司机确认，司机头摇得像拨浪鼓似的连声否认。

马老板突然间勃然大怒，接下来发生的一幕让我们瞠目结舌：只见他摇晃到门口，恶狠狠地把我们的几件行李扔到了马路牙子上，"砰"的一声把大门关了起来！

旅行中会有很多意外发生，但已经游历了70多个国家，经历过无数意外事件的我们母女俩做梦也未料到会碰到一个酒鬼马老板，千里迢迢来到岛上，却被拒之门外，瞬间变成了无家可归的"流浪者"。

此刻，我们最需要的就是清晰的脑袋瓜子，面对这突发事件，清晰的思维总能想到办法轻松应对。

我和女儿紧急商量，与酒鬼马老板是彻底再见了，便让司机载我们去租车行，租到车后再想办法重新找旅馆。我心中暗叹一声，真不该贪便宜呀，在此处正好应验了那句"便宜没好货"。感谢素昧平生的司机，又把我们载到了租车行。

阿胡塔哈伊（Ahu Tahai）摩艾群，岛上赏夕阳美景最佳地点

我们开着租来的车连续去了几家旅馆皆被告知客满，其中的一家帮我们打了几个电话并让我们去了一家规模较大、面向大海的酒店，虽说价格昂贵，

但此时的我掏钱却毫不含糊，一点儿也不心疼了。

也是，在这样的热门景点，遇上这么"难能可贵"的经历，我只能说，险些"一颗老鼠屎坏了一锅粥"。其实，在突发情况下，只有先处理心情，才能处理好事情，绝不能让酒鬼马老板破坏了我们之后旅程的美好心情。

安顿下来后，酒店服务员告诉我们，西岸的阿胡塔哈伊摩艾群，是欣赏日落美景的最佳地点。待我们赶到，摩艾群四周绿草茵茵的草坪上，已经坐满了准备观赏日落的游客们。

Tahai是复活节岛考古遗址，Ahu是用来竖立摩艾的祭坛，阿胡塔哈伊摩艾群包括三组摩艾，北边的Ko Te Riku（唯一有眼睛的）、中间的Tahai和南边的5座摩艾，被认为是岛上最早期的摩艾群。

唯一有眼睛的这座摩艾是由考古学家们在1974年修复的，也是岛上唯一一座有眼睛的摩艾，它的眼睛是用珊瑚礁制成的。为了保护摩艾群，四周设置了栏杆，游客们只能在外围参观拍照。

太阳渐渐西下，来自世界各地的游客屏息等待这一刻的落日余晖。远方，阳光从云朵后四射而出，把海天涂成了金色，一切都沉浸在绚丽柔和之中。

渐渐地，太阳公公把最后一抹金色多情地洒向那座有眼睛的摩艾，又在此摩艾深不可测的、凝固的表情中，在其他摩艾的衬托下坠入大海，唯留下南太平洋的波光粼粼。

太阳下去后天色渐暗，安加罗阿（Hanga Roa）小镇的点点灯火依稀可见。我们乘着最后一缕余晖，心满意足地打道回府。

东岸阿胡通伽利基（Ahu Tongariki），岛上最壮观的摩艾群

岛上最壮观的摩艾群非东岸阿胡通伽利基的15座摩艾莫属，那里也是看日出的最佳地点。

凌晨4点多，我们开着租来的车出发了，四处漆黑一片，30多公里的道路坑坑洼洼，上颠下摇，好几次车卡到土坑里，差点儿颠翻，我着实捏了把冷汗。

女儿凭借高超的驾驶技术，左闪右避，提心吊胆地慢慢开到了目的地。原以为我们是最早的，到了那儿才发现还有比我们更早起的"鸟儿"，早已在等候着日出呢。

这里的15座摩艾是复活节岛的地标，也是岛上最受欢迎的景点。这15座摩艾高矮胖瘦，个头不一，神态各异，据说代表岛上的不同部落。而摩艾最高的10米，最矮的5.4米，平均重量达40吨。15座巨大的摩艾排成一排，背靠南太平洋，场面甚是壮观！

因为来得早，南太平洋的阵阵海风让我们冷得直打哆嗦，我把领子立起，开始围着15座摩艾快步行走，几圈下来浑身开始热起来，抬头再看看远方的天际，厚厚的云层一片黑压压的。等了一个多小时后看到有些游客已经放弃等待而离开了，我们选择继续等待。

天渐亮，南太平洋刮过来的东风开始强劲地驱赶着盘踞在天际的那片厚重黑云。最终，东风压倒黑云，黑色调的天空慢慢地、一笔一笔地添上了橙红色。刹那间，一束曙光乍然而出，光芒穿透石像与石像之间的缝隙射出金色线条，光芒万丈，耀眼的阳光穿过摩艾间的空隙，唤醒了人间大地。

橙红色云彩下的摩艾像，几百年来，每天都这样安静、沉默地迎接日出，而我们，站在巨石摩艾像面前，与众摩艾一起，静静地等待、守候南太平洋海上出现的第一缕阳光，无比震撼，刻骨铭心！

太阳出来了，终于可以看清并仔细打量这些巨人了。摩艾们个个表情凝重，不苟言笑，几个世纪来都缄默不语，见证着沉重的历史。而它们深邃的眼窝似乎又在诉说着什么。又有谁能知道摩艾们是空守着一份永恒承诺，还是遥寄着一份无望相思？

与 15 座摩艾一起迎接南太平洋海上的第一缕阳光

静静凝望的摩艾们

探访拉诺·拉拉库（Rano Raraku）摩艾工厂

　　根据网上资料，全复活节岛上已知约有887座摩艾石像。多数的摩艾石像产于拉诺·拉拉库摩艾工厂。循着摩艾工厂设置的简单步道一路看过去，沿路横七竖八地堆着众多未完成的摩艾，有探头的、倒下的、跪着的、躺着的，各种摩艾凌乱地排满斜坡。

　　几百年过去，摩艾们背靠火山、面向大海，它们高大的身躯被沙土半掩，很多已埋到颈部，半山腰还有高达20多米、重约270吨的卧佛已雕刻成型。细细端详这些被遗弃的摩艾，都是长脸、长耳、高眉骨，双唇紧闭，鼻梁挺翘，鼻翼宽阔，双目深凹，下巴棱角分明，表情沉毅自信，还有的石像被安上眼珠，个个神态各异，栩栩如生。

模仿摩艾的表情

没人知道当年发生了什么，令这几百座摩艾被遗弃在此，更难以想象，没有任何载重工具，拉帕努伊人打算如何将巨石雕像完好地运到岛上各处神坛。复活节岛处处充满悬念，太多的疑问需要人们去探索、解答，这也是为什么复活节岛每年能吸引世界各地的游客们慕名而来，包括我们俩。

离开摩艾工厂，驱车前往阿胡阿基维（Ahu Akivi），沿路的很多野马也是岛上一景。据说岛上有5000多匹野马在荒野上游荡并穿梭在倒塌的摩艾石像中，没有人拥有和照顾它们，几百年来野马们自生自灭，数量却只多不少，或许岛上真的有神奇的未知能量在庇佑着它们？这也是这座偏远岛屿另一个值得游客们探寻的奇观。

阿胡阿基维有七座摩艾，也是岛上唯一面对大海的摩艾，被当地原住民亲切地称为"七勇士"。

面朝大海的摩艾七勇士

传说Hotu Matu（音译为胡途马途）部落在原来的居住地与其他部落的斗争失败，不得不背井离乡，寻找可以立足的地方。某天夜里，祭司梦到在地球中心，有一座富饶的小岛，于是国王派出七名勇士，出海寻找祭司梦中的这座小岛。七勇士以舟为家、与浪为伴，经过不知多少日夜的漂泊，终于找到了复活节岛。

之后，七勇士回到故乡，带领Hotu Matu部落的所有人来此安家落户。而这七座摩艾就是为了纪念这七位拯救了整个部落的勇士。七勇士面朝大海，其实是面朝故乡，寄托了他们对故土的思念。

摩艾，舍不得与你道声再见。梦一般的复活节岛，正如智利伟大诗人、1971年诺贝尔文学奖获得者巴勃罗·聂鲁达所说：巨人雕像一个个竖起，他们像在直立行走，直至岛上全是石头鼻子的人，他们栩栩如生，势必一代代繁衍，他们是风和火山熔岩的儿子、空气和火山灰的孙子，他们以岛屿为巨足，行如破浪……

北美篇

徒步波浪谷

寻旷世奇景，揭纱波浪谷

那年在南极的游轮上，我们遇到一对中年德国夫妇，熟络后大家相谈甚欢，交流各自的旅行经历和趣闻。这对德国夫妇称得上旅游达人，走过100多个国家，10年前曾到过南极，此番算是旧地重游，第二次乘坐同一艘船，再次挺进南极洲。

交谈中，德国夫妇得知我们母女俩来自美国亚利桑那州时，开始兴致勃勃地讲起某年的某个夏天，他们俩如何在网上击败几万人幸运地抽到上上签并来到亚利桑那州的一个叫波浪谷的神秘又神奇的地方。

德国太太绘声绘色地讲述着波浪谷山岩那带着鲜艳色彩的石纹线条，富有韵律、千回百转，似波涛汹涌的石海，美得无与伦比……

自家门口有个被德国夫妇称为绝世仙境的波浪谷？我和女儿这两个已经在亚利桑那州生活并居住了20多年的居民竟然闻所未闻，听着德国夫妇的侃侃而谈，我和女儿相视尴尬一笑，惭愧不语。

我们虽然也已经走过了70多个国家，可是，相对于世界之大、旅游之无止境，我们仍然不过是两个孤陋寡闻的"井底之蛙"啊。

神秘波浪谷，每天仅卖20张票

从南极回来后，我赶紧恶补知识，见识下德国人到过的是什么神迹仙踪。原来，世界上真有这么一个神奇且不可思议的地方！这里不是世界自然遗产，不是世界地质公园，没被列入美国多如牛毛的国家公园体系，而是隶属于美国土地管理局，连我们常说的旅游景区都算不上，它只是美国众多自然保护区中的一个。

然而，正是这么个地方却有着如下不合常规旅游的方方面面规定：第一，即使告诉你地理位置，你还是会迷失方向。第二，即使你再有钱也不能随意进去。第三，每天只能有20个人凭许可证进入。第四，无论是谁，想进入都得靠抽签决定，全世界每天都有成百上千人抽签碰运气。这里没有潜规则。第五，擅闯者除了被罚款上万美元以外，还会面临牢狱之灾。第六，景点不进行任何的商业宣传。第七，游客还需要有良好的体能，因为没有任何交通工具，进出景点需要至少6小时的徒步，等等。

如此神秘又玄乎的地方，就是位于美国亚利桑那州和犹他州交界处，美得令人窒息的旷世奇景——波浪谷（The Wave）。

旷世奇景就在家门口，我这等爱好旅游和探险之人哪能淡定得了？心切切、心痒痒，恨不得第二天立马飞车几小时直奔那波浪谷。

打住，前面已经说过，此旷世奇景不是什么人想看就看得到的。波浪谷官方网站上明文明示：去年，全世界超过48000名游客激烈竞争那每天20张、全年共计7300张的烫手许可证。

　　如若有人擅自闯入，直接导致的严重后果可能是因无地图误入荒泽区域，导致车辆作废，甚至会有生命危险，而且可能会触犯美国国土安全法，面临牢狱之灾。

　　很多地方，不身临其境其实是不知道现场状况到底如何的。因为照片美，因为风光神奇，因为名额稀有，因为口耳相传的故事，更增加了波浪谷在人们心目中的神秘感。如此这般神秘又神奇的波浪谷，而"每天只准20人游览"的限制无形中又成了一个重要噱头，让我对这处美丽而神秘景观的好奇心一步步发酵，不断期盼和憧憬着……

波浪谷每天只发20张许可证，但对狗狗没有限制

网络申请，现场抽签，进波浪谷难乎其难

波浪谷这片石岩景观发端于1亿9000万年前的侏罗纪，直到30多年前才被人发现。至于波浪谷是如何被发现的，网上有各种传说。其中一个传说就是当年有几位美国摄影爱好者不屑于那些人头攒动的地方，哪里荒无人迹，这批摄影发烧友就奔向哪里，也因此无意中发现了波浪谷。此后，这几位摄影师以波浪谷为主题的摄影作品，在国际摄影比赛中几乎是屡战屡胜，获奖无数。见过照片的人，无不为之倾倒。

但是，它在哪里呢？没有人知道。这几位摄影师找到这块人间绝境时，他们就众口同声地保守秘密，绝不对外公开其位置。

这个秘密一直保守了10年之久，直到20世纪90年代初，一位德国摄影师跟随这些美国摄影师中的一位去了波浪谷之后，这个谜底才向世人揭晓。于是，大批的欧洲人，尤其是德国人远赴美国，只为了亲眼一睹这令人头晕目眩的旷世奇景。难怪我在南极船上遇到的那两位德国人那么痴迷于波浪谷。

美国土地管理局致力于保护波浪谷的地质地貌和自然风光，于是，在地质学家和环境保护专家的意见指导下，一个近乎孤本的简单规定，在人们敬慕的目光中颁布出来：这里每天只能发放20张许可证，全球的人不分国家、不分种族、不分信仰、不分贫富，机会均等，在公平竞争下获取许可证。

我和女儿仔细研究波浪谷官方网站上的规章制度，发现只有两种方法才有可能抽到签。其一，网上申请：每个月的第一天，当地时间中午12点开始受理申请并发放许可证，每天发出10张，许可证费用7美元，邮寄费用另加（只支持信用卡支付），申请人根据网页的要求填写表格，申请成功后，不管你在地球上的任何角落，公园方都会在规定的期限内，把许可证寄给你，并附有步行地图。其二，现场申请：由于波浪谷位于亚利桑那州与犹他州交界

之处，入口又在犹他州一侧，现场申请地址为犹他州89号公路上的"帕瑞亚谷管理办公室"，每天发出10张，前提是你必须提前一天在上午9点前进入办公室并填好申请表，9点准时抽签，如果你运气够好抽到签，那么就可以和另外9个人一起领完申请表后在第二天进入波浪谷。

奇幻玄妙波浪谷——无人打搅的静美之地

虽然无比心向往之，却是在网上几番尝试、几番失败，也听到有朋友去现场当场抽签，大多运气不佳。

之后的日子里，去波浪谷一睹其风采的想法常常会从心底似泉水般咕噜咕噜地涌出，可是面对一天只有20个名额这样强大的全球范围的"竞争"唯有望而却步，一点点地湮灭了去波浪谷的美好念想。不禁感叹，南极船上遇到的那对德国夫妻，该是怎样坚持不懈、鸿运高照，才能助他们从德国一路"杀"进波浪谷。

好在如今微信普及，很快朋友圈中就有人发出了成功抽签并进入波浪谷的美照，艳羡的同时，也让我增强了些信心。

朋友的朋友在网上幸运抽到签，机缘巧合之下，竟然让我能够跟随其他3位好友一起走进朝思暮想的波浪谷。

徒步前往波浪谷是目前唯一的交通方式。红悬崖国家保护区内的狼丘仍是一块神秘的区域，而波浪谷就隐藏在狼丘深处，要穿过它需要在一个景色犹如外星球的荒野里来回徒步11公里，共计6—7小时。

很不巧，我们进入波浪谷的前一晚下了场特大暴风雪，下雪路滑，不好开车，若按平时，这次旅行一定"歇菜"。但双手沉甸甸地捏着这几张来之不易、含金量极高的许可证，大家一致决定冒险前行。我们勇敢的队长临危不惧，淡定沉着地驾车上路。

这是一条没有铺过的土路，现在刚下过大雪，雪后又结上了薄薄的一层冰，队长开着四驱越野车在坑坑洼洼的冰雪土路上上颠下簸，把我们安全地带到了徒步入口处。

我们四人清早摸黑出发，沙漠里寒气逼人，温度在零下十几度。我们在雪地里深一脚、浅一脚，哆哆嗦嗦地沿着一条沙漠化的河床徒步。

大约行走了一个多小时以后，终于等到太阳露脸了。待身体暖和且活动开，大家开始兴致勃勃地观赏起四周美景。

极目眺望，红沙蓝天，雪映峡谷，大地辽阔壮美！白雪中我们开始寻找那片充满原始野性的神奇石浪。这里荒凉又冷寂，孤独又壮丽，静静地等待着探索者来揭开它神奇而又神秘的面纱……

按图索骥，我们来到了沙漠中最重要的地标——双胞胎面包山（Twin Buttes），也被我们大家戏称为《智取威虎山》中座山雕所在的"奶头山"。从远处端详，活脱脱的两座"奶头山"。

站在"奶头山"旁这怪石林立的山坳中，皑皑白雪下，四周是五彩斑斓的石山，远方绵延起伏着一片片沙丘岩石，不得不感慨大自然的鬼斧神工！我们仿佛是行走在外星球荒无人烟的砂岩地貌上。

临近目的地的一段路比较难走，需要从完全被白雪覆盖着的陡峭的页岩上攀爬上去。脚底下细细的沙路再加上齐膝的白雪真是不好走，雪有十几厘米厚，步履艰辛，要很使劲，否则脚会深深地陷入雪中，或者要进三步退一步。只是，希望就在眼前，咬咬牙加把劲，噌噌地就攀爬了上去。

波浪谷，真是寻你千百度！

在这里，数万年侵蚀风化而成的砂岩岩层纹理犹如卷起的大海浪潮，汹涌澎湃。我们到达时，当天幸运抽到签的20人中有几个比我们更早起的"鸟儿"，在这红、白、黄、橙等色彩各异的地质奇观中已经开始一波又一波地来回"冲浪"，开心照相，我们则耐心等待着我们的"冲浪"机会，虽然早已是心痒难耐。

来到波浪谷后才发现，波浪谷主景的面积其实非常小，几分钟就能走完。但周围峡谷气势恢宏，美不胜收。

红沙蓝天，雪映峡谷，大地辽阔壮美

气势恢宏，美不胜收

波浪谷之所以奇幻玄妙，是因为它独有的波浪线条让整个画面千变万化，可以突破空间的限制。波浪谷展示的是由数百万年的风和水雕琢砂岩而成的奇妙世界，岩石上流畅的纹路，创造了一种令人目眩的三维立体效果。

　　我们遇到了从捷克过来的一家四口，爸爸带着两个小男孩在浪谷里忙碌"冲浪"，妈妈则欣喜地和我们分享他们昨天现场抽签中奖的经历：他们一家几年前就开始在网上抽签，运气一直不佳。这次全家来美国，为了节约经费，干脆在离波浪谷土地管理局不远处搭帐篷"安营扎寨"，不达目的誓不归，现场抽签到第4天时，他们家终于抽到第一签。

　　千里迢迢从以色列来到波浪谷的犹太人阿维迪则告诉我们，他3年前就开始在网上抽签，屡抽屡败，4个月前终于有幸抽到今天这支幸运签。他让我用手机给他拍几张"冲浪"照，准备一有信号即刻发回家，好与亲朋好友们即时分享此人间仙境。

岩石上纹路的三维立体效果

　　看来，进入波浪谷的人皆有一番千辛万苦的抽签经历，回想起自己从南极归来后就开始的努力和不佳运气，真想说一句，波浪谷，问票能有几多愁？

作者在波浪谷内

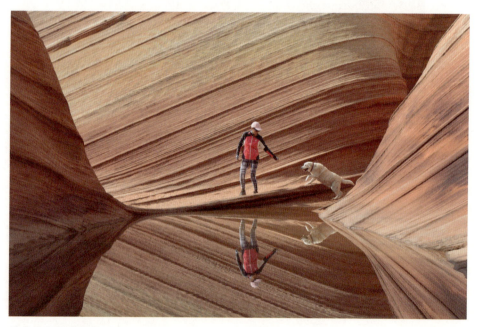

作者和宠物狗娜拉

在波浪谷里，我大声地呼喊："庆贺吧，幸运之人！"并再一次赞叹大自然的神奇。站在这里，仿佛站在了时空的年轮上，呼啸的风声带来了远古的种种声音。这里荒无人烟，一切都是那样自然原始，看到那些纵然已经熟稔于心，但依旧以一种完全陌生的震撼感深深惊艳着我们的曲线时，就会觉得这一路走来，千辛万苦换回人间绝色美景！

波浪谷暗藏杀机，我们有惊无险

波浪谷入口处有一小块低洼积水地，倘若无风无雨，波纹倒影在水中，拍照效果一级棒，很多大片均出自这里，因此也成为著名的小水塘了。

由于昨晚的特大暴风雪，小水塘现在结冰成了小冰河。此时队长叫我们3位女士来照合影，为了取得最佳效果，3位女士齐刷刷地站在了看似坚硬无比的小冰河上，手脚还没来得及伸出摆姿势，突然间，脚底下的冰开始发出咔嚓咔嚓的声响，根本来不及容我们有所反应，几秒钟后，冰层嘎啦啦作响，瞬间破裂，紧急关头，我下意识一把推开两个姐妹，自己却不幸跌进了这个并不深的冰窟窿，冰水竟也淹到脖子，真是惊险万分！

幸好我拥有一些野外徒步经验，每次长途徒步旅行，衣服必多穿几层，以备热脱冷加，此番从冰窟窿里钻出来后即刻换下了湿透的衣裤。看到其他两个姐妹及时跳离冰窟窿，心中闪过些许欣慰和惊喜，难道说我在波浪谷临时上演了一出"英雄救美"？

队长提醒，因为我现在衣衫单薄，最好在太阳下山前赶回停车场，并让有着丰富野外徒步探险经验的萍与我一起先往回走，自己则在后面照顾另一位走得较慢的队友。

波浪谷最著名的小水塘里的倒影

我们在雪地里沿着别人的脚印艰难地往回行走。不一会儿，萍兴奋地说，看到"座山雕"的两座"奶头山"了。我有些疑惑，这两座"奶头山"与上午经过的那两座似乎长得不太一样，萍说，咱们现在是往回走，反过来看形状就不一样啦。嗯，有道理。

两人吭哧吭哧地又走了十几分钟，萍突然停下说，糟了，咱们认错"奶头山"了，现在已经不知身在何处。环顾四周，除了我们俩的脚印，大地白茫茫一片真干净。更糟糕的是，此时，我们两人的手机均无任何信号。

想起官网上一再强调不要完全依赖GPS、指南针或者波浪谷里为数不多的路标，因为它们都不准。在这片土地上徒步，你不能任性地独自前行，这里没有任何一个指示性的路标，没有任何一个救助站，迷路、失踪和死亡的危险指数很高。

我们拼尽全力攀登上最高的山顶。从山顶上往下看，试图找到来时的线路。今天很不幸，白雪覆盖下群山茫茫，看不到一丁点儿进来时的路线或别人的脚印。

我开始忐忑不安，因为这里是一片荒野，不是国家公园，一旦出事真的叫天天不应，叫地地不灵，就算打911救援可能也要几天才能进得来，更何况我们手机没有信号，无法求救911。我们俩翻遍背包检查，水和食物所剩无几，更不幸的是我跌进冰窟窿后衣衫单薄，从没想过会迷路，会被困在此荒山荒谷里并要在此过夜保命。

野地探险，荒漠、低温、迷路、失踪、死亡……一丝不祥的预感涌上心头。

此刻，脑海里挥之不去的画面，竟然是去年夏天波浪谷里一个月内连续发生的两起死亡事故。第一起是和我同住一城的梅萨市居民、27岁的伊丽莎白女士，抽到签后与丈夫徒步进入波浪谷庆祝结婚5周年，回程时不幸迷路，两人因高温导致缺水。危难时刻，夫妻二人决定派身体略强壮的丈夫先摸出去找救兵，待丈夫找来救兵时发现妻子已中暑而死，喜庆的结婚纪念瞬间变成悲剧，夫妻从此阴阳相隔。第二起是49岁的比利时游客克里斯多夫，同样在回程中因迷路，高温缺水，最终中暑身亡。

我摸了摸身上单薄的衣衫，心头扑通扑通地连跳了几下。此番迷路，虽然不会高温中暑，但天寒地冻，半夜降温至零下几十度，难不成我今天会创造个纪录，成为在波浪谷里被冻死的第一个游客？

太阳慢慢西落，寒风阵阵来袭。此时在前面开路的萍镇定自如、步伐轻盈。经过一个小水潭时，萍竟然停下脚步，不肯放弃这白雪映衬下色彩艳丽、富有韵味的水中倒影。默默走路半小时后，萍高呼，前方看见"奶头山"了！我正要问萍前方的"奶头山"是真是假，又听到萍欣喜若狂地说，也看见人影啦！

作者与两座"奶头山"合影

波浪谷似波涛、如涟漪

　　好运来了挡不住，我又一次被幸运女神眷顾，有机会和女儿加上11岁高龄的宠物狗娜拉一起徒步进入波浪谷。这次运气不错，无风、无雨、无雪，有云、有阳光、有野山羊。波浪谷似波涛、如涟漪，真正是波涛汹涌、异彩纷呈，神奇石浪再一次把我们撞击得心潮澎湃、如痴如醉……

　　波浪谷，读你千遍不倦！

这一路走来，千辛万苦换回人间绝色美景

人间仙境一般

红、蓝、绿，大峡谷谷底探秘

我定居在美国亚利桑那州凤凰城20多年，因为大峡谷位于本州，常常自驾游或带亲朋好友前往，已经记不清有多少次见证过大峡谷的雄伟壮观，竟然直到近两年，通过朋友的微信照片，才蓦然发现在大峡谷谷底，隐藏着几个全美国最美又最不为人知的瀑布。

这家门口的景致，开车5小时、走路5小时就能到达的美丽小村，竟然等待了我20多年，简直就是辜负了大自然的一番美意。这不，我心急火燎、迫不及待地想前去一探究竟。

且慢，由于大峡谷属于印第安人保护区，不是想进就能随便进的。首先，要申请进入保护区的许可证（entry permit），每人35美元。其次，住宿和露营都得提前申请，尤其是住宿，大峡谷底下印第安人开的旅舍就一两家，僧多粥少，这么多游客都眼巴巴地盯着这一两家旅舍，可想而知要订上房间有多难了。

我们一行共14人，临时组成了一个大峡谷瀑布旅游小队。根据其他人的经验，我们的刘队长提前一年，锲而不舍地连续打了好几十通电话，终于在去年底订上了今年深秋的6个房间。

哈瓦苏村（Havasupai），美国唯一用骡子传邮件的神秘部落

一年筹备，两年计划，三日成行，四次会议，我们这14个人的队伍怀着激动又兴奋的心情，一致决定徒步前往哈瓦苏村。

由于哈瓦苏村地处偏远，只能搭乘直升机、骑骡子或徒步抵达。从哈瓦苏山顶（Havasupai Hilltop）出发，需要步行足足8英里（大约13公里）。我们将车子停在崖顶停车场，将三天要用的主要行李交给了印第安人的骡队，由印第安人的骡子驮运到谷底。就这样，每个人轻装上阵、轻松前行。

徒步小队沿着蜿蜒崎岖的山路，穿过时而狭窄、时而开阔壮丽的峡谷，终于走进了这一片原始荒野的深峡，令人顿生进入了原始境界的感觉。

以往的几十次皆是从上往下观赏大峡谷，此番走在山路上，再从下往上细细仰望大峡谷，险峻的山岩、斑斓的色彩，壁立千仞，而峡谷两边悬崖的巨石断层、褐色的嶙峋层岩，以及由水流冲击而成的岩穴石谷，怎不令人感叹大自然造物的神奇！

穿走在岩石间，这些岩石又何尝不是一幅地质画卷，反映了不同的地质时期。它们在阳光的照耀下变幻着不同的颜色，魔幻般的色彩彰显了大自然扑朔迷离而又变幻莫测的斑斓诡秘，留给我们的是带着神奇氛围的美不胜收。

一路上，骑在马上的印第安人赶着一群又一群的骡队和驴队不时地与我们擦肩而过。在这里，骡队的路权比人大，因此看到骡队和驴队通过时，我们大家都识相地靠到路边让路给它们先行，同时也避开骡子们扬起的漫天灰尘。

这些马帮、骡队整天来回运送峡谷底下印第安村民们所需的日常生活用品，同时又帮助游客们运送背包和行李，虽然每天奔波在崎岖的山路上，但它们昂扬着斗志，个个精神抖擞。那马踏沙尘的场景和声响，像极了《大地惊雷》般的好莱坞西部电影，而马背上的印第安人威严地颔首示意，不露声色地欢迎着我们。

8英里的最后一里，已经听到前方不远处的潺潺流水声了。走过一座小桥就进入了村庄，小桥下哈瓦苏溪（Havasu Creek）中流动着令人惊叹的蓝绿色溪水，好一个碧水人家，名不虚传啊！

在网上搜索，才知道这个印第安人哈瓦苏村是全美国唯一一个依靠骡子送信的地方，因此所有从哈瓦苏村寄出的邮件上都有哈瓦苏村特有的，也是全美国独一无二的骡形邮戳。村中居民仅有600多人，部落名为"Havasu"，意为blue-green water（蓝绿色的水），而"pai"指的是人，因此Havasupai的意思便是"居住在蓝绿色水边的人"。光听这美丽的村名，就让人产生无限遐想和无限向往。

直到目前，美国绝大多数印第安人还与车轮上的普通美国人格格不入，他们宁愿生活在马背上和山谷中，孩子们一般只上学到七八年级，然后选择在部落间通婚。尽管美国政府和美国各大院校都给印第安人特殊优惠待遇，但还是很少有人接受高等教育或去大城市谋生。

最吸引我们眼球的是村口大山上耸立着的两块人形大石头，传说这是哈瓦苏人的祖先，只要它们一直立在山上，子孙后代就能得到自然的恩赐和祝福，假若有一天石头人倒下，便是时候离开这片土地了。

我眯着眼仔细端详，怎么看怎么觉得像咱们中国云南的阿诗玛和阿黑哥。"阿诗玛"和"阿黑哥"含笑迎客，而村口一匹巨大的印第安白马亲切地"招呼"着我们一行队友，配合地挨个合影，表示热烈欢迎，我们徒步远足的疲劳瞬间烟消云散。

哈瓦苏村位于大峡谷里的一片开阔地，学校、邮局、篮球场和小超市都在这里，不远处还有一座小小的教堂。哈瓦苏溪穿村而过，村民们在房前养着狗和马，屋后搭建着给孩子们玩的秋千和滑梯。几个老人坐在学校操场上开心地聊着天，村中生活一片宁静安逸。

村里的哈瓦苏人皮肤黝黑，体型壮硕，年轻一辈都能说一口流利的英语，尽管村子常年对游客开放，村民们却依然保持着传统的生活方式，日出而作，日落而息。

北美第一大瀑布，哈瓦苏（Havasu）瀑布

印第安人开的旅舍要求徒步游客必须在当地时间下午5点前抵达并办理入住手续，过时不候，也就是说下午5点一过就没人帮你check-in（登记入住），届时拿不到房间钥匙的话就只能露宿山谷，可以说十分悲惨了。我们严守规定，下午3点刚过就抵达旅舍，巧合而有趣的是，帮我们驮行李的骡队也同时到达了。

趁着还有几个小时天黑，旅伴们稍作休息，就争分夺秒地冲了出去，想先游览两道瀑布，包括重中之重的哈瓦苏瀑布。

哈瓦苏溪全年流动着令人惊叹不已的蓝绿色溪水，流经哈瓦苏村，而后跌落1400英尺（约425米），最终形成几个景色绝美的瀑布群。溪水奔流不息，最后奔向百余公里外的科罗拉多河（Colorado River），而瀑布群则随时会受山洪影响而改变形态，干涸或水源丰沛。

顾不得已经徒步13公里的疲惫，我们从村里继续向前走了几公里，眼前的一片红色山谷中忽然出现一抹神奇的绿色，原来已经来到了第一个纳瓦霍（Navajo）瀑布。大伙儿朝着那一股清泉欣喜地冲了过去，留下一片咔嚓声。

走近瀑布，看到已有不少年轻人在瀑布下面游泳、戏水。我们队伍中几位男士挽起裤脚，走进了清澈见底的溪水里。我把双手浸入冰凉的溪水，有些心动，但我这个旱鸭子还是没敢冒险，这把老骨头可是经不起摔了。

沿着沙石路再走2公里，看到不远处水从高处倾泻而下，激起层层水雾，待走近细瞧，蓝绿色的瀑布沿着褐红色的岩石直落到下方绿宝石一般的湖中，简直就像沙漠绿洲一样，美丽不可方物。

只一眼，我就被它深深打动。这就是被誉为北美第一大瀑布的哈瓦苏瀑布。而哈瓦苏瀑布成为北美第一大瀑布并非因其30多米的落差，而是其变化多端的秀丽容貌。

我独自一人来到瀑布的另一端，再远眺绝壁悬崖、千仞孤峰，近观流水飞瀑、原始峡谷，四周除了哗哗的流水声，我尽情地享受着他人无法想象的幽静，宛如置身世外桃源一般。哈瓦苏瀑布，就让我一个人恣意地在这里听你、看你、呼吸着你的美吧！

同伴陈博士向大家解释，瀑布蓝绿色的水是因为水中含有大量的碳酸钙，后者是组成石灰岩的主要成分。岩石呈褐红色是因为其中含有铁质。瀑布下面的岩石均呈乳白色，这是因为水里含有的石灰岩成分较高，长期沉淀而成。绿色水潭的边缘环绕着青青的草荫。

同伴们兴致勃勃地摆着各种姿势，又从各个角度拍摄哈瓦苏瀑布，但各个角度都拍不尽它的美。靠近了看它水珠飞溅，壮阔豪迈，离远了看它又水如泻银，如丝绸般的蓝绿色瀑布温柔妩媚。褐红色的岩石、蓝绿色的流水、浅青色的小草，哈瓦苏瀑布，你处处美不胜收，读你千遍也不倦。

没有最美，只有更美，慕尼（Moony）瀑布和比弗（Beaver）瀑布再次让人沉醉不已

第二天清早，大家穿过露营地，往河谷下游深处走，很快来到了当天的第一个目标：慕尼瀑布。

据说慕尼是当时一个在大峡谷淘金采矿的人的名字。1882年，当他在峡谷底下采矿时找不到去瀑布的路，就试图绑着绳子降落，但锋利的岩石磨断了绳子，慕尼就这么直直地摔了下去，他的朋友营救他未果，慕尼就这样摔死了。隔天，他的朋友发现一个印第安人穿着他的靴子，经过询问发现岩石壁上有岩洞可以通到下面的瀑布，因此，为纪念采矿人慕尼，命名此为慕尼瀑布。

慕尼瀑布虽说与哈瓦苏瀑布有几分相似，但是落差更高、水流更急。要想看慕尼瀑布全景并进一步朝比弗瀑布走，就必须从几十米高的崖上下到瀑布底，得钻山洞、爬云梯、攀岩石，极具挑战性。

进入山洞前竖着的那个牌子"Desend at own risk"（危险自负）更让人们心惊胆战。我们小分队分成两拨，大半的人奋勇前行，另外一小半有恐高症和身体微恙的就免于前行。

我们前行的队伍沿着陡峭的台阶下到半山腰，穿过印第安人发现的山洞中极其陡峭的隧道，出口处就是几乎直上直下的悬崖，每个人非常小心地扶着印第安人固定的铁链子和铁桩子往下挪。其中的一个云梯踩上去连晃了几下，我整个身子一下朝外飞了出去，幸亏双手牢牢抓住云梯，要不就成了慕尼第二，真是吓得魂飞魄散。

一步步爬下谷底，克服艰难险阻后尝到的果实格外甜蜜。观赏慕尼瀑布全景，这座落差有200米的华丽瀑布，它的壮观在于变化多端的形态和蓝绿色的水流。

观赏慕尼瀑布全景

一只野山羊嚼着野葡萄叶子

又一个深谷里，一汪清水奔腾而下，呼啸着跌落到这个碧绿清澈的透明池子里。我摸了摸刚才攀岩时被撞击后有些青肿的小腿，不由得再次感叹，倘若止步不前，又怎会知晓这瀑布下游的壮哉妙哉？

从慕尼瀑布再往下游走4公里，是比弗瀑布，这段路得顺着溪流走，"山重水复疑无路"时就得过河，横穿河流来回6次，河中央有些地方水流湍急，水位深不可测，大家把备好的雨鞋拿出来换上，队伍里的两位"暖男"已经各就各位，先蹚水试过河，再在最危险的河段定好位，把所有人安全地护送过了河。

之后我们又穿过被大家公认为最美的一个山谷，满山谷深绿色的野葡萄，藤蔓翠绿苍苍，一只野山羊在认真仔细地嚼着满嘴的野葡萄叶子，我们近距离地跟它合影，它抬眼扫了一下，竟满不在乎地继续嚼着葡萄叶子，连身子都懒得抬一抬。

崖壁上浅绿色的仙人球上开着粉色的、黄色的、红色的细小花朵。深秋的阳光照耀着大地，一片金黄，秋风秋叶，秋意盎然。惊叹这山水之美，红色如斧削的山崖，碧蓝且透明的山涧，植物在山谷中野蛮生长，野生动物自由快活地成长，好一个仙境落人间！

再上下攀爬几个没那么危险的木头梯子，就来到了这最后一个，也是最精彩的比弗瀑布。

比弗瀑布由9层瀑布层叠而成，就像9个天然的无边泳池，错落着摞在一起。女士们已经迫不及待，顾不得矜持，急忙脱掉鞋袜，光着脚冲进了瀑布倾泻而下之后汇集的蓝色溪流中，摆出各种撩人姿态，男士们绅士十足，顾不得赏景，殷勤备至地为女士们拍照。

此情此景，当在野外与大自然融为一体的时候，所有人都忘记了自己的年龄，忘记了在城市里生活的约束，忘乎所以地回归原始，更感觉与瀑布、溪水、山川有了某种神秘而真切的联系，痛快地投入大自然的怀抱！

阳光在比弗瀑布下洒出满池黄金，溪水潺潺，流出动感韵律。比弗瀑布美得令人凝神屏息，美得令人无法移动脚步……

比弗瀑布由9层瀑布层叠而成

一潭碧水

湍急的水流

美得令人凝神屏息

返程时再次向山谷中的比弗瀑布望去，还有点恋恋不舍，还有些梦幻般的感觉。

我们的哈瓦苏之行算是结束了，大家意犹未尽，刘队长赶紧又去前台预订明年的行程，被告知明年全年已被订完，只能预订后年了。

14个人的队伍中，10人搭乘直升机飞回，而我们4人继续努力，徒步返回哈瓦苏山顶。朋友们乘坐的直升机在头顶盘旋飞过，我们抬头挥手致意，想到他们几分钟后即可抵达山顶，而我们仍需几个小时。

徒步行走在景色旖旎、神奇雄伟的峡谷之路上，真真切切地体会到了美国作家约翰·缪尔（John Muir）在1890年游览大峡谷后所写的：不管你走过多少路，看过多少名山大川，你都会觉得大峡谷仿佛只能存在于另一个世界、另一个星球。

徒步行走在景色旖旎、神奇雄伟的峡谷之路上

快乐玩耍的娜拉

抢救娜拉大作战

我的宠物狗"女儿"娜拉是一条拉布拉多犬，出生于2008年，那年恰逢北京奥运会，所以我们称它为"奥运狗狗"。娜拉两岁那年夏天，大哥大嫂来美国探望女儿，顺便在我家逗留了几周。

记得那天是8月的某日，凤凰城骄阳似火，8月的气温天天高达38℃以上。我早上起来后没看到娜拉，大嫂说是大哥刚才带它出去遛弯儿了。

娜拉

遛弯儿的娜拉

吃完早饭，我坐到电脑前开始当天的工作。看看时间，一晃已快到上午10点，怎么还不见大哥和娜拉？出去已经一个多小时了。望着烈日当头，一丝不安掠过我的心头。就算大哥记不得回家的路，娜拉也能带大哥回来啊。无数次地，娜拉驾轻就熟地带着我们，散完步把家还。

我开着车在小区里四处张望，终于找到了他们。大哥见到我，一脸神色慌张地说："不好了，娜拉出事儿了。"

再看娜拉，早没了平时那活蹦乱跳、神气活现的样子，耷拉着脑袋，趴在地上，嘴角渗出点点白沫，已经毫无力气起身走动。我大惊失色，知道娜拉这是中暑了。

与大哥一起奋力把娜拉抬回车上，回到家后，娜拉已不肯张嘴喝我喂给它的冰水，连对平时最爱喝的牛奶也无动于衷了。那双往日炯炯有神的、黑黑的、桂圆般的眼睛如今无力地盯着我，似乎在说，请救救我。几分钟后，娜拉大小便完全失禁，四肢开始不停地抽搐。我心如刀割，眼泪止不住地淌了下来。

危急关头，来自娜拉的一股神秘力量支撑着我，始终没让我乱了方寸。我眼含泪水，颤抖着双手，立刻上网找到了离我家最近的宠物急救医院，与大哥大嫂一起把娜拉抬上车，风驰电掣地开往医院。

3500美元换40%存活率

到了宠物急救医院，车还没停稳，我三步并作两步冲进了急诊室，大声呼唤："急救！急救！快来救救娜拉！"我焦急的、高分贝的呼救声惊动了急诊室里所有的人，大家抬头看着惊慌失措、失魂落魄的我。

"来了，来了。"护士见怪不怪，领着护工抬着担架把娜拉抬进了里面的急救室，同时也把我挡在了急救室外。室内室外，生死两重天！这时女儿也赶到了急救医院，还没来得及说上几句话，护士已过来收费，380美元一次清。也就是说，只要娜拉进了急救室，不管是死是活，这380美元是立刻要交清，而且不能分期付款。

2分钟后，医生过来约谈我们。情况很明了，娜拉是严重中暑，五脏六腑已受到重创，耳朵、眼底出血，再迟到几分钟，就一命呜呼了。现在救活的概率是40%，另外60%"in the woods"（处于危险、困难当中），也就是娜拉正处于危险的"丛林"里。"救还是不救，就看你们的了。""救，救！"女儿和我异口同声地发出了呼喊。"非常好。"医生接着说，"救的话，第一笔急救费用3500美元，接下来就要看娜拉的造化，如能救活，还要看娜拉在急诊室住几天，用什么仪器，吃什么药。救不活，当然了，3500美元后就什么也不需要了。这第一笔急救费用我们可以接受分期付款。时间紧迫，请立刻决定。"

娜拉在医院

女儿和我交换眼神，都是一样的坚定："救。"大嫂把我拉到一边，小声说："要不再考虑考虑？先不说那第一笔380美元的费用，医生不也说了救的话也只有40%的救活概率，也就是还有60%的概率救不活？更何况就算救活，这接下来还不知要花多少钱呢。"大嫂提了个醒，就怕我们当局者迷。大哥则在一旁唉声叹气："都怪我，都是我的错！"

此时此刻，我的脑海里满是娜拉进急救室前凝视着我的那双无力、无助、求救的大眼睛。一根无形的线拽着我心头的一角，让我的心感到了最真切的疼痛。眼泪再一次不由自主地流了下来："立刻救，砸锅卖铁也要救！"

不眠不休急救夜，过关

回到家握着手机，守着座机，全家人都神情紧张地等候着。傍晚前，医生打来电话：娜拉已脱离最危险期，但"still in the woods"（还在"丛林"里），不过可以去探望一下。

好似接到命令般，全家立刻出发赶到医院，这回连最疼爱娜拉的"干妈"全家也到齐了，以示给娜拉最强有力的支持。护士让我们分批进入急救室，我和女儿先进。

怀着忐忑不安的心，我一眼就看见了躺在狗笼里的娜拉。只见娜拉全副武装，脚上挂着输液管，头上装着鼻饲管、心电图管，再加上导尿管，笼子外面堆满了各种观察仪器。我试着轻轻地呼唤："娜拉，宝贝，我们看你来了。"

娜拉像是听见了，过了一分钟，它慢慢地睁开眼睛，一下子看向了我。四目相望，我的眼泪又不争气地流了下来。娜拉摇摇晃晃地、使劲地坐了起来，伸出挂着输液管的爪子，想要跟我握个手。我心头一颤，分明看到了娜拉眼角旁挂着的两颗晶亮的泪珠。我拼命忍着热泪，不停地对娜拉说，宝贝，再努力一把，我们帮你一起走出那片充满死亡危险的"丛林"！

又度过了一个不眠之夜。第二天一早就接到了医生的电话，说娜拉终于"out of the woods"（从"丛林"中走了出来）。全家人如释重负，心头的一块石头终于落地。

宠物中暑死亡率高，慎防

第三天，护士打来电话，说娜拉饿了，要我们给它带些稀食过去。我赶紧去超市买来鸡胸肉，大嫂亲自煮了鸡肉粥。第四天，全家人欢天喜地把娜拉迎回了家，就差敲锣打鼓、鞭炮齐鸣了。

还是大嫂提醒我，娜拉可是在急救室里住了4天3夜，除了那3500美元，医院还会收多少费用呢？

是啊，大嫂的一句话让我充满喜悦的心头一下子变得沉甸甸的。这宠物医院收费也真够狠的，见识了第一笔急诊费用3500美元，这接下来呢？果不其然，第二笔、第三笔急诊费用接踵而来，总共花费1万美元出头，分期付款，一年半付清。

事后在网上搜索，在亚利桑那州凤凰城，平均每年有29个当地居民会在夏天死于中暑或死因与中暑有关。宠物中暑死亡率更高，但由于大部分饲主没有报告，因此没有具体的统计数字。

娜拉救回后的直接后遗症是，由于身体受过重创，体质虚弱，它在两个月后染上了Valley Fever（一种肺炎），两年后治愈；3个月后患上甲减，需要终身服药。

每次回想起娜拉急救之事，仍然心有余悸。而看着眼前活蹦乱跳、温柔可爱的娜拉，我的整颗心又充满了感激和感恩！

恢复健康的娜拉

精神抖擞的可可

可可历险记

可可是我的"干女儿",是一只巴仙吉犬(Basenji)。它今年7岁多,按照狗龄计算,相当于人类的50岁多一点,跟我差不多是同岁的,哈哈!

秋已深,凤凰城即将进入冬季,却也迎来了一年中最美好的季节,艳阳高照,风和日丽。可可"爸妈"选择在一个阳光灿烂的午后,带上可可,直奔离家不远的优诗丽山远足。

可可一马当先,对上山的路驾轻就熟。每经过山中那几块巨石,它都会登高临下,挺直了身子四处张望。此时的可可,一副威风凛凛、英姿飒爽的样子,也成了其他登山客必拍的另一道独特的风景。

可可

威风凛凛、英姿飒爽的可可

下山的路上，夕阳西下，美景如画。天边一抹抹晚霞光斑涤荡，层层如画。绿色的仙人掌点缀着静悄悄的山谷。可可跟着爸妈驻足徘徊，照相机咔嚓咔嚓作响，拍下了一幅幅美好惬意的画面。优诗丽山在宁静中流露着安详和美好。

回到山脚下的停车场，可可爸打开车后门，安放登山用具，可可妈松开牵着可可的狗链子，准备把可可抱上车，一家人欢欢喜喜把家还。危险总是降临在不知不觉中。可可妈刚刚松开狗链子，可可"嗖"的一下朝东南方向冲了出去，转眼间就消失得无影无踪。

可可爸妈正要张口喊可可，只见三条深灰色的山狼（Coyote）从眼前掠过，一眨眼的工夫就不见了踪影，可可妈看得最清楚的是那三条肥壮、飞扬的狼尾巴。

"坏了，"可可爸说，"这三条山狼也冲向了东南方向。"可可妈的心一下子揪了起来，恐惧刹那间弥漫全身。可可身轻体盈，怎么看也不是一条山狼的对手，更何况是三条狼，那不一下子就成了它们的盘中美餐？

可可爸妈屏住呼吸，睁大双眼，齐齐望向东南角，浑身浸透了冷汗。可可爸拿上手电筒，揣上登山杖，向着危险的东南方向冲了过去。

四周黑压压、静悄悄，眼前的山峦狰狞怪诞，山道边的树丛深不可测。可可妈悬着一颗心再看过去，东南方向黑黝黝的，什么也看不清，她既担心着可可爸，又挂念着可可。美丽善良的可可妈眼含热泪，嘴里鼓着劲，拼命地呼唤："可可，回来！"

山野里尽是可可妈那焦急的、高分贝的呼唤声。几分钟后，可可爸回来，说："那边什么也看不清，也没听见打斗声、撕咬声。"可可爸妈明白，可可是回不来了。

可可驻足回望

　　没有了可可，该怎么向可大哥、可小哥交代啊。尤其是可小哥，上大学前，可可是小哥的心肝宝贝，永远屁颠屁颠地跟着小哥，连睡觉也要挨着小哥。上大学后，可小哥打电话回家，每回都是可可长、可可短的。可可妈想到这里，越发鼓足了劲，声嘶力竭地喊着可可。

　　也不知是什么时候，可可妈感到一团软乎乎的东西蹭着自己的裤腿。啊，是可可！可可妈紧紧地抱住失而复得的可可，热泪滚滚。可可爸把可可全身摸了个遍，还好，没缺胳膊没少腿。但可可爸还是摸到了可可脖子上黏糊糊、湿漉漉的一团，用手电筒一照，立刻看到了可可脖子上被山狼撕咬过的伤口，还在渗着丝丝血渍，不过伤口并不是很深，那黏糊糊、湿漉漉的一团是山狼的口水混合着可可伤口的血污。

　　可可爸妈胆战心惊，后怕极了，不知可可是怎么挣脱那三条山狼的狼口的。可可妈坚信不疑，是自己的呼唤把可可从鬼门关唤了回来。当优诗丽山满山遍野地回响着可可妈担忧的、撕心裂肺的呼唤声时，这壁厢可可听到妈咪熟悉的声音，求生欲望倍增。妈咪的喊声，是撤退的信号，是逃生的指令！可可矫捷地纵身一跃，从山狼的爪子和血盆大口中惊险逃脱，成功摆脱成为山狼"盘中餐"的命运。那壁厢三条山狼一下子被山谷里四处回荡着的喊叫声吓破了胆，判断不清敌人的实力和布阵。那喊叫声，是敌人进攻的号角，是厮杀的战鼓！也许眼前的可可只是诱饵，是陷阱，就这么一分神，到嘴的肥肉眼睁睁地溜了。

深夜里，可可妈被可可呜呜咽咽、抽抽搭搭的哭声惊醒，可能是它又做噩梦了。可可妈起身把可可搂进怀里，轻轻地拍打，柔柔地抚摸。可可在梦中又回到了那无惊无险，到处充满鸟语花香，优美、诗意、秀丽的优诗丽山中。

图书在版编目（CIP）数据

南北极后，还有远方吗？/（美）成燕著.—北京：中国国际广播出版社，2022.1

ISBN 978-7-5078-5057-4

Ⅰ.①南… Ⅱ.①成… Ⅲ.①游记－作品集－中国－当代 Ⅳ.①I267.4

中国版本图书馆CIP数据核字（2021）第233711号

著作权合同登记号　图字01-2022-1520

南北极后，还有远方吗？

著　　者	［美］成燕
策　　划	祝　晔
责任编辑	尹春雪
校　　对	张　娜
版式设计	邢秀娟
封面设计	赵冰波

出版发行	中国国际广播出版社有限公司 ［010-89508207（传真）］
社　　址	北京市丰台区榴乡路88号石榴中心2号楼1701
	邮编：100079
印　　刷	北京九天鸿程印刷有限责任公司

开　　本	710×1000　1/16
字　　数	420千字
印　　张	31.5
版　　次	2022 年 7 月 北京第一版
印　　次	2022 年 7 月 第一次印刷
定　　价	128.00 元